위작

위작 僞作

백진호 지음

고유명사

1.

비는 처절하게 쏟아진다. 비바람 소리에 세상이 지워지고 있다. 남자는 아스팔트에 엎드려 뺨에 쏟아지는 빗방울을 느낀다.
아프다. 총알에 관통된 복부의 뜨거운 통증보다, 뺨을 때리는 빗방울이 더 아프게 느껴진다.

남자는 눈을 뜨려 애를 쓴다. 눈꺼풀이 천근만근 같다. 자신의 의지로부터 너무 먼 곳에 있는 것처럼 느껴진다. 아니 느껴지지 않는다. 마치 눈꺼풀이 얼굴에서 사라진 것만 같다.

남자는 간신히 눈꺼풀을 들어 올리는 데 성공한다. 하지만 폭우의 장막이 시야를 가린다. 초라한 뒷골목의 네온사인들이 추적추적 깜박거리고 있다. 저기 골목 저편에서 레인코트를 입은 한 남자가 걸어오는 게 보인다. 아니 걸어가고 있는 걸까?

저편 골목의 소실점으로 레인코트가 사라지는 게 보인다.

의식이 가물거린다. 그러다 천둥소리에 퍼뜩 의식이 돌아온다. 복부에서 흘러내린 피가 입술을 적시는 게 느껴진다. 그런데 어떻게 피가 빗줄기를 역류하여 입술로 흘러올 수 있는 거지? 남자는 잠시 엉뚱한 질문을 던져보고는 피식 웃는다. 쿨럭 입에서 피가 쏟아진다. 자신의 피비린내가 향긋하게 느껴진다. 언젠가 이런 그림을 본 적이 있는 것만 같다. 아른아른 대는 비속에 불길한 나신으로 서 있던 여인의 그림. 그 그림에서는 몽롱한 비 냄새가 나는 것만 같았다. 그리고 문득 비의 냄새와 피의 냄새가 흡사하다는 생각에 빠진다.

점점 의식이 피처럼 빠져나간다.

뺨에 닿은 아스팔트로 흐르는 비의 강이 느껴진다. 마치 뺨이 얼굴에 잠시 머물던 요람인 것만 같다. 빗물이 뺨을 싣고 어딘가로 떠내려가려는 듯이 맹렬히 흘러가고 있다.

그리고 누군가의 뺨이 떠오른다.

오래 그 뺨을 잊고 지냈는데, 매일 보고 있으면서도 잊고 지냈는데, 이제야 그 뺨이, 그 뺨의 온기가 절실히 그리워진다.

남자의 뺨이 빗물에 사라지고 있다.

2.

"서면 5천 우선권 있습니다."
"현장 5천 5백 나왔습니다."
"6천. 현장."
"6천 오백. 6천 오백."
"예! 7천 나왔습니다."
"7천 오백 전화."
"8천 있습니까? 예. 8천 현장."
"8천. 8천만 낙찰입니다. 305번 고객!"
나래 옥션. 현장의 열기가 뜨거워지고 있다.
고요할 정도로 묵중해 보이는 백색의 단상에 선 경매사는 진지한 표정으로, 그러나 활기에 넘치는 몸짓으로 경매 현장의 분위기를 주도했다. 꼭 경건하고 엄숙한 제사를 집전하는 제사장처럼 종교적인 광휘마저 느껴질 정도였다. 경매 현장은 자본주의의 종교적 의식이었다. 경매사의 좌측 스크린에 제물로 나온 그림의 영상이 떠올랐고, 우측 스크린에 입찰가가 오를 때마다 제물의 가치가 각 주요 국가의 통화로 환산되어 나타났다.

고상하고 기품이 넘치는 검은 수트를 차려입은 경매사가, 왼손에 경매 봉을 들고 오른손의 우아한 손동작으로 비드된 가격을 외칠 때마다, 근대 풍의 장엄한 장식으로 마감된 실내 여기저기서 숨죽인 탄성이 흘러나왔다. 끊임없이 비드를 외치는 경매사의 목소리가, 실내의 모든 사람들을 높은 봉우리로, 경매의 제단이 차려져 있는 산의 정상으로 이끌고 올라갔고, 그 높고 엄숙한 곳에는 한 줌의 산소도 없는 듯 모든 사람들이 숨죽인 채 제식에 참여하고 있었다. 어떤 열병에 사로잡혀 의식을 잃고 있는 신도들처럼.
"이번 작품은 오늘 경매의 하이라이트를 장식하는 작품입니다. 바로 우기파를 대표하는 고혼기 화백의 1980년대 작품이죠. 소문은 많았습니다. 1980년대를 풍미한 고혼기 화백의 걸작들이 몇 점 더 남아 있었다는 건 말이죠. 고혼기 화백이 소장하고 있다가 일 년 전에 아쉽게 팔렸던 작품이 오늘 바로 여기에서 여러분들께 모습을 드러냅니다."
그간 한 치의 흔들림도 없던 경매사의 목소리에 미미한 흥분이 묻어나기 시작했다. 그만큼 이번 작품이 지니는 의미가 중대하다는 방증이었다. 그리고 비로소 오늘 경매가 절정에 이르고 있다는 의미이기도 했다.

자본주의의 예배당 같은 실내에 경건한 긴장감이 흐른다. 이윽고 제단 우측 스크린에 고혼기 화백의 그림이 수면 아래에서 죽은 나신이 떠오르듯 모습을 드러냈다. 수묵의 몽환이 지배하는 기묘한 수채화 작품. 물의 생명력이 느껴지는 숱한 점묘들로 막을 친 비의 옅은 장막, 그 속에 여인의 몽롱한 나신이 어른거리고 있다.

그 유명한 우기파라는 말을 낳은 고혼기의 비속의 나신 시리즈 중 한 작품, 한 위대한 작품이 지니는 종교적 경건이 어떠한 것인가를, 경매에 참여한 모든 사람들은 술렁이는 침묵으로 대변하고 있었다. 그리고 그 침묵을 불온한 리듬으로 깨면서 터져 나오는 경매사의 목소리. 빛이 가득한 실내 여기저기서 비드하는 사람들의 패들이 올라갔고, 교회의 성가대석처럼 보이는 전화 경매 석에서는 옥션의 직원들이 분주하게 전화를 받고 있었다.
"바로 45억 5천 나왔습니다. 46억, 46억 나왔습니다."
경매사가 끊임없이 좌중을 둘러보며 입찰가를 외쳤다. 그의 양손이 오케스트라의 지휘자처럼 허공에 우미한 몸짓을 남길 때마다 경매장의 분위기는 고조되었다.
"서면 47억 5천, 우선권 있습니다."
전화 석에서 패들이 올라왔다.
"전화 48억 나왔습니다. 48억 5천 없습니까?"
"48억 5천 나왔습니다, 현장. 전화 49억 있습니다."
실내 곳곳에서 점점 탄성이 터져 나오기 시작했다. 이미 예상가 40억을 훌쩍 넘어선 가격으로 비드는 숨 가쁘게 상승하고 있었다.
"50억 나왔습니다. 50억 5천."
무려 30여 년간 어둠 속에 묻혀 있던 우기파의 걸작. 고혼기 화백이 세상에 드러내지 않은 80년대 작품 십여 편을 본인이 직접 소장하고 있다는 사실이 세상에 알려졌을 때, 수많은 호사가들이 그 작품을 사려고 했었다. 하지만 작품은 경매에 나오지 않았고, 다만 익명의 한 사람이 갤러리를 통해 그중 한 편을 구매해갔다는 믿을만한 소식이 미술계에 퍼졌다. 그리고 약 1년여간 작품의 행방은 묘연했었는데, 오늘 바로 그 작품이 옥션에 나온 것이다. 그리고 이 작품을 신호탄으로 고혼기 화백이 소장하고 있는 작품들이 경매에 나올 것이란 풍문이 돌았다. 고혼기 화백을 세계적인 화가로 만들어준 그의 1980년대 작품들. 30여 년의 세월이 흐르는 동안 그의 작품들은 무려 100배가 넘는 가격으로 그 시장 가치가 뛰어올랐다. 더이상 작품이 없어서 못 팔 정도로 고혼기 화백의 비속의 나신 시리즈는 미술계를 가장 열광케 하는 작품이 되어 있었던 것이다.

"52억, 52억 나왔습니다. 52억 5천, 전화로 접수되었습니다. 53억 현장 나왔습니다."

비드의 가격은 멈출 줄 모르고 숨 가쁘게 올라갔다. 점점 비현실적으로 입찰가는 상승하고 있었다. 그야말로 한국 미술계의 최고가 기록을 깰 기세였다. 경매장의 분위기는 열광에 휩싸였다. 모든 사람들이 과연 고혼기 화백의 작품이 어디까지 정점을 찍을지를 기대에 차서 바라보고 있었. 53억, 53억 5천. 그리고 54억. 믿을 수 없는 숫자들이 경매장에 가득 울려 퍼졌다. 하지만 정작 그 당사자인 그림 속 여인은 아무런 말이 없었다. 물처럼 흐를 듯한 나신으로 오래된 화폭에 잠긴 채 여인은 침묵을 지키고 있었다.

경매에 참여한 모든 신도들이 자신을 이토록 숭배하고 있음에도 불구하고.

3.

외진 포구에 정박해 있는 낡은 화물선이 비에 젖고 있다. 붉게 녹이 슨 컨테이너 한 대가 마치 화물선의 늙은 경비인 양 홀로 남아 쓸쓸히 비를 맞고 있다. 주변은 교활할 정도로 적막하다. 가끔 바람이 일어 파도가 방파제를 때린다.

강청식은 차창을 열고 담배를 입에 물었다. 차창으로 비가 들이친다. 담배 연기가 소심한 입김처럼 창밖의 빗속으로 슬그머니 빠져나간다. 포구에 드문드문 떠 있는 가로등 빛이 추적추적 사위를 밝히고 있다. 누군가의 꿈속으로 들어온 듯 강청식은 몽롱한 취기를 느낀다. 소주를 한 병 마시기는 했다. 하지만 취하지 않았고 오히려 정신은 또렷한데, 왠지 모든 게 비현실적으로 느껴졌다. 비가 쏟아지고 있는 포구의 저 깊숙한 곳에 기이할 정도로 크고 육중해 보이는 시멘트 건물도 현실적이지 않다. 누가 이곳에 이따위 건물을 지어놓을 생각을 했을까? 물론 강청식은 알고 있다. 저 건물은 마약밀매조직 골든 게이트가 소유하고 있는 여러 포구의 적재 창고 중 하나다. 저런 건물을 골든 게이트는 전국 곳곳의 포구에 이십 여채나 지니고 있었다. 그중 한 곳으로 마약이 바나나 따위의 상자에 담겨 들어오곤 했다. 경찰은 뻔히 알고 있었지만, 압수수색은 좀처럼 하기 어려웠다. 골든 게이트는 매번 법망을 교묘히 빠져나갔고, 또 정관계의 인사들과도 은밀한 관계를 맺고 있었기 때문이다. 그 또한 너무 현실적인 일이라 강청식에게 비현실적으로 느껴진다. 마치 유독 비가 내리는 올해 여름의 축축하고 몽롱한 기후처럼. 이토록 비가 많이 오는 계절의 날씨는 언제나 불친절하고 비현실적이다.

여름의 첫 비가 내리던 무렵 김지환이 죽었다. 등과 복부에 총을 두 발 맞았다. 그중 한 발이 심장을 관통하여 김지환은 고통 없이 죽었다. 사망 후 약 두어 시간이 흐른 후, 골목에 버려져 있는 쓰레기 같던 그의 시신을 술 취한 행인이 발견하고 경찰에 신고했다.

김지환은 강청식의 선배 형사였다. 풋내기 형사 시절부터 한 팀에서 일했고, 수많은 사건들을 함께 처리하며 죽을 고비도 여러 번 넘겼었다. 김지환은 작년 겨울 승진하여 팀장이 되었다. 동료들보다 꽤 늦은 승진이었다. 어렵게 경감을 달고 함박 웃던 그의 너털한 미소가 떠오른다. 드디어 마누라에게 조금 어깨를 펼 수 있게 되었다고 무척 좋아했던 그였다. '이제 청식이 너도 내가 이끌어 줄 테니 곧 승진하게 될 거'라며 평소답지 않은 너스레도 부리며 무척 행복해했었다.
언제나 정직한 건 아니었지만 김지환은 좋은 형사였다. 물론 가끔 증거물에서 지폐 몇 장이나 상품권 등을 빼돌린 적은 있었다. 그런 돈으로 아들 학원비도 보태고 후배들이 어려울 때 용돈을 쥐여주기도 했다. 박봉의 형사 생활에서 그런 건 일종의 팁과도 같은 거였다. 그 외에 결코 부정한 돈을, 결코 받아서는 안 되는 돈을 김지환이 받아본 적은 없었다. 강청식은 그렇게 믿었다. 올해 들어 마약조직과의 연루설로 몇 차례 팀 전체가 청문 감사를 받은 적이 있긴 했지만, 김지환 팀장을 의심한 적은 한 번도 없었다.

김지환을 죽인 건 골든 게이트의 행동 대원이었다. 공식적으로는 그러했다. 그는 김지환이 죽은 후 이틀이 지나 유서와 함께 자살한 시체로 발견되었다. 유서에는 살인 사건 무마의 대가로 김지환에게 금품과 향응 등을 제공해 왔다고 적혀 있었다. 김지환의 고향집 창고에서 수천만 원에 이르는 현금다발과 명품 시계 등이 발견되기도 했다. 이로써 사건은 어처구니없게 종결되었다. 김지환은 죽어서 불명예 퇴진했고 유족들은 순직 연금을 받지 못했다.

김지환이 그렇게 비명횡사했음에도 마약밀매조직 골든 게이트의 회장은 조사조차 받지 않았다. 그는 김지환 팀이 오래 수사해온 마약조직의 보스였다. 그리고 그 조직인 골든 게이트의 행동 대장이 김지환을 죽였다고 유서를 쓰고 자살한 것이다. 그런데도 사건은 단순 살인사건과 자살사건으로 종결되었다. 일반적인 수사 과정은 물론이고 경찰이 죽은 중대한 사건에서는 더더욱 있을 수 없는 일이었다. 윗선이 개입했다는 방증이었다. 하지만 그 윗선이 누군지는 가늠조차 할 수 없었다.

몇 달 전 골든 게이트가 소유하고 있는 강남의 한 클럽에서 납치사건이 벌어졌었다. 증권회사에 다니는 한 중년의 남자가 클럽에서 감쪽같이 사라졌던 것이다. 골든 게이트 측은 남자가 술을 먹고 취해서 클럽을 나갔다고 했다. 하지만 수사 과정에서 남자가 골든 게이트의 조직원과 실랑이를 벌이다 폭행을 당하는 CCTV가 발견되었다. 남자는 단순한 증권맨이 아니었다. 그는 골든 게이트 조직의 외부 이사 중 한 명이었고, 김지환 팀이 공들여 수사한 끝에 여러 증거를 미끼로 회유한 인물이었다. 그를 통해 김지환 팀은 골든 게이트 조직의 보스를 잡아들일 결정적인 기회를 노리고 있었다. 하지만 남자는 실종되었고, 오랜 수사의 노력은 수포로 돌아갔다. CCTV에 나온 조직원의 차량을 압수수색해서 남자의 피 묻은 혈흔을 발견하기는 했다. 조직원을 체포해서 살인을 했는지 추궁하기도 했다. 하지만 아무런 소용이 없었다. 조직원은 남자와 주먹 다툼을 했고 그때 묻은 남자의 피가 자신의 차량에 남은 것이라고 했다. 조직원의 체포영장은 나오지 않았다. 김지환과 강청식을 비롯해 팀원들은 분노했고 허탈감에 사로잡혔지만 어찌할 도리는 없었다. 그런데 그 사건 이후로 김지환이 골든 게이트 조직으로부터 뇌물을 받았다는 소문이 돌았다. 차량을 압수 수색하기 전에 김지환이 그 차량에 먼저 접근했다는 첩보가 있었던 것이다. 하지만 강청식과 팀원들은 아무도 그 첩보를 믿지 않았다. 골든 게이트가 뿌려놓은 덫이라고 생각했던 것이다. 그리고 몇 달이 지나 김지환이 죽었고, 증권맨을 납치했다고 의심받던 조직원 또한 자살을 했다. 그리고 조직원의 유서를 통해 살해당한 증권맨의 시신을 야산에서 발견했다. 사건은 그렇게 종결되었다.

사위는 빗소리뿐이다. 비가 끈질기게 울먹이듯이 내린다. 강청식은 담배를 끄고 창문을 닫았다. 비에 젖은 소매가 팔등에 들러붙었다. 마치 해파리가 들러붙은 것처럼 불쾌했다. 골든 게이트의 보스가 창고 안으로 들어간 지 약 삼십 분이 지났다.

빗줄기가 거세지기 시작했다. 강청식은 뒷좌석에서 장우산을 꺼냈다. 차 문을 열자 빗소리가 고함을 치듯이 크게 들려왔다. 우산을 목덜미로 받쳐 쓰고 강청식은 바다를 향해 소변을 보았다. 그리고 뒷주머니에 있는 권총을 확인했다. 총신은 차갑고 축축했다. 준비는 끝났다. 모든 게 현실이 아닐 뿐이다.

우산을 쓰고 강청식이 다가오자 창고를 지키고 있던 덩치들이 놀란 기색을 보였다. 그들은 머뭇거리며 서로의 얼굴을 쳐다보다가 그중 한 놈이 강청식을 제지하려는 듯 손을 뻗었다. 강청식은 손목을 잡아 꺾은 후 조인트를 깠다. 무심한 표정으로 덩치들을 일별한 후, 마치 양로원의 노파처럼 별일 아니라는 듯이 손을 한번 들어 보인 후 창고 문을 열었다.

이상할 정도로 온몸에 기운이 없다. 몸속 깊은 곳의 뜨거운 분노가 손끝에 와닿지 않는다. 분노가 몸속에서 들끓다가 온몸의 근육을 삶아버린 것만 같다. 수육처럼 되어버린 몸뚱이를 질질 끌고 강청식은 썰렁한 창고 건물을 가로질러 걷는다. 우측 한켠에 박스들이 잔뜩 쌓여 있다. 과일이나 뭐 그런 따위의 물건들이 적재되어 있을 것이다. 바나나 냄새가 은근히 창고 안을 떠돌고 있다. 창고 맞은편에 2층짜리 사무실 건물이 있다. 조직의 덩치들이 사무실 앞에 의자들을 갖다 놓고 앉아 쉬고 있다. 보스는 저 안에 있을 것이다. 아마 조만간 이 건물로 마약이 들어올 가능성이 있다. 아니면 보스가 이 건물을 찾아온 건 순전히 페이크인지도 모른다. 그러나 아무런 관심도 없다. 그러거나 말거나 강청식은 바나나 냄새를 맡으며 느리게 발걸음을 옮긴다. 누군가가 입을 틀어막은 듯 숨죽인 빗소리가 희미하게 들린다. 강청식이 천천히 다가오자, 조직원들이 어리둥절한 표정으로 느리게 일어난다. 마치 흑백영화의 슬로우 모션을 보는 것만 같다. 그중 한 놈의 용감한 덩치가 강청식에게 다가와 그의 가슴을 밀어낸다.

"형님, 여기 들어오시면 안 됩니다. 어서 가세요."

강청식은 고개를 들어 덩치를 쳐다본다. 육중한 어깨 위에 머리털이 달린 박스를 올려놓은 것만 같다. 강청식은 피식 웃는다. 덩치가 몸으로 강청식을 막으려는 듯 그에게 한 발짝 다가온다. 바나나 냄새가 짙다. 마약 조직원의 몸에서 나는 바나나 냄새라니 비현실적이다. 강청식은 녀석의 고환을 움켜잡는다. 물컹하고 해삼 같은 게 손에 잡힌다. 불쾌하다. 덩치가 몸을 비틀며 괴로워한다. 강청식은 미안한 듯 겸연쩍은 미소를 짓고 고환을 놓아준다. 그리고 태연히 고통받는 덩치의 옆을 지나간다.

창고 건물 창밖으로 비 내리는 밤하늘이 비스듬히 보인다. 가로등 빛이 허공의 빗줄기를 비추고 있다. 강청식이 멍하니 창밖을 올려다보고 있자 사무실 문 앞을 지키고 있던 조직원들이 당황한 듯 창 쪽으로 고개를 돌렸다. 입가에 모호한 미소를 지으며 고개를 한번 끄덕인 후 강청식이 사무실 쪽으로 걸음을 옮긴다. 유령처럼 앞으로 스윽 다가온 강청식에 놀란 조직원들이 주춤거리며 뒷걸음질 쳤다. 강청식이 그중 한 놈의 얼굴을 잡고 엄지손가락으로 눈알을 누른다. 그 동작 그대로 녀석의 머리를 사무실 문 쪽으로 밀어붙인다. 비명을 지르며 녀석이 반쯤 뒤로 넘어진다. 그래도 강청식은 놓아주지 않고 체중을 실어 녀석의 눈두덩을 더욱 깊이 누르고 있다. 그러곤 아무 일도 없다는 듯이 몸을 들고 옷매무새를 가다듬은 후 덩치들을 둘러보며 묻는다.
"회장님 안에 계시지?"
사무실 문이 열린다. 골든 게이트 회장이 정중한 미소를 지은 채 문손잡이를 잡고 서 있다.
"이번에 또 무슨 일이시죠? 형사님. 강청식 형사님 맞죠?"
강청식은 사무실로 들어갔다. 그리고 안에서 문이 잠기는 소리가 났다. 조직원들은 당황했지만 아무도 사무실 문에 손을 대지 못한 채 서로의 얼굴만 멀뚱히 바라볼 뿐이었다.

십여 분의 시간이 흘러갔다. 바나나 향기가 빗소리 속에서 점점 짙어져 갔다. 안에서는 조용히 다투는 듯한 소리가 들렸다. 조직원 중 한 명이 회장님 괜찮으십니까? 라고 물으며 문을 열려고 했다. 안에서 괜찮다, 기다려! 라고 대답하는 보스의 목소리가 들렸다. 그리고 이윽고 쿵! 하고 누군가 쓰러지는 소리와 함께 연이어 총소리가 들렸다. 두 차례 창고의 묵은 공기를 뒤흔드는 격발 음이 울리고 문이 열렸다. 피가 흐르는 어깨를 왼손으로 움켜쥔 채 강청식이 문을 열고 나왔다. 오른손에는 총을 들고 있다. 피가 묻은 입술에 미소를 띤 채 조직원들을 둘러 본다. 손을 대면 깨질 것처럼 차고 아슬아슬한 미소였다.
"회장님 저승 가셨네. 장례는 잘 치러주고."
어깨가 떡 벌어진 거구의 조직원이 망치를 들고 강청식의 머리를 향해 내리쳤다. 강청식이 몸을 피해 옆구리로 망치를 비스듬히 피한 후 바로 조직원의 허벅지를 총으로 쏘았다. 그러곤 태연히 망치를 빼앗아 든 후 강청식은 화물 박스가 쌓여 있는 쪽으로 걸어갔다.

그리고 묵묵히 망치로 박스를 때려 부순다. 박스가 쪼개지고 안에 가득 쌓여 있던 바나나가 쏟아져 내린다.

그중 하나를 들어 껍질을 벗긴다. 강청식은 입안 가득 바나

나를 쑤셔 넣는다.
씁쓰름한 달콤함이 얼굴 가득 퍼진다.

참을성 있는 빗줄기가 창고 밖에서 강청식을 기다리고 있다.

4.

젊고 건강한 손은 아름답다. 순한 혈액의 빛으로 생생한 손등과 매끄럽고 유려하게 뻗은 손가락. 섬세한 터치를 가능케 하는 저 손목의 힘찬 유연성. 몸속에 가득 찬 시정을 캔버스에 고스란히 옮겨주는 건 결국 손의 아름다운 힘이다.

그러나 나는 오래전 그 아름다운 힘을 잃었다.

고혼기는 오후 내내 화폭에 펼쳐지는 비의 장막을 보고 있다. 물에 얇게 풀어진 회색빛이 화폭에 번지며 그림 속에 몽연한 우기를 불러들이는 순간, 비의 장막 속에서 점점이 떠오르는 아름다운 여인의 나신에 정신을 빼앗긴 채, 미동도 없이 무서운 얼굴로 침묵에 잠겨 있다. 사십여 년 전 화폭 앞에서 붓을 들고 잠을 잊은 채 창작의 시간을 보내던 무아지경의 나날을 떠올려 본다. 이제는 시력을 잃어가는, 아니 시야를 잃어가는 노인의 눈으로 아주 먼 과거를 더듬는다. 그러면 항상 먼저 떠오르는 건, 한 여인의 오묘한 나신과 그 나신을 붓으로 더듬던 자신의 아름다운 손이다. 마치 저 젊은 남자의 손처럼, 길고 가느다란 손가락, 생명의 환희로 도톰하게 부풀어 오른 손등, 그리고 언제나 힘찬 예술의 파도가 출렁이던 손목. 바로 저 손이 과거 나의 손이었다, 지금 내 육신에 덜렁거린 채 붙어 있는 손은 오래전에 죽었다. 그리고 저 남자의 손으로 환생한 것이다.

오후 내내 화폭에 비의 장막을 펼치는 어시스턴트의 손에 정신을 빼앗긴 채 고혼기는 소파에 비스듬히 앉아 있었다. 그가 눈을 두고 있는 건 어시스턴트의 아름다운 손이지만, 그의 시선이 가 있는 곳은 먼 과거의 자신의 손이다. 고혼기는 이제 삶의 황혼기에 접어들었다. 황혼기라니! 참으로 시적인 표현이 아닌가. 그러나 죽음을 앞에 둔 육신은 전혀 시적이지 않다. 그는 오래전부터 제대로 잠을 이루지 못했다. 몸은 조금도 오래 물을 품고 있지 못했고, 그래서 자주 화장실을 들락거려야만 했다. 그는 몸에서 물기를 잃어버렸다. 자고 일어나면 침대에 피부가 점점이 흩어진 채, 마치 밤새 바람이 불어 몸에서 피부 조각들이 떨어졌다는 듯이, 매일 조금씩 가벼워진 몸뚱어리로 일어나곤 했다. 그는 자신이 살날이 그리 오래 남지 않았음을 매일 눈을 뜰 때마다 느끼고 있다. 이제 정말 세상에 자신의 화폭을 남길 날이 별로 남지 않았다는 것을. 그럴수록 그는 어시스턴트를 더욱 재촉했고, 물끄러미 앉아 작업을 지켜보고 있다가도, 느닷없이 불쑥 화를 내기도 했다. 어시스턴트는 충분히 숙련된 터치로 그림을 그려나갔다. 작업 속도는 충분히 빨랐다. 하지만 고혼기는 만족하지 못했다. 그의 몸속에 남은 건 성마른 초조함 뿐이었다. 몸속에서 물기가 다 사라져버리자, 메마른 바람만이 끊임없이 일고 있다는 듯이⋯.
"선생님 여기 계속 앉아 계셨던 거예요?"
언제 들어온 것일까? 김지연은 늘 기척이 없다. 그녀의 어머니와는 달리 공간에 몸의 파동을 남기지 않고, 언제나 스윽 스쳐 가듯 나타났다가 사라지곤 한다. 고혼기는 고개만 살짝 돌려 김지연을 올려다본다. 김지연이 입가에 매혹적인 미소를 지으며 다가온다. 그녀의 어머니와 달리 존재감이 별로 없지만, 그녀의 몸은 현혹적일 정도로 아름답다. 그것만은 그녀의 어머니를 빼닮았다.
"그렇게 앉아 계시면 힘들지 않으세요. 이제 그만 들어가서 쉬세요. 선생님."
김지연의 목소리는 도도하고 차분하다. 아무리 몸을 움직여도 흐트러짐이 조금도 없는 옷자락처럼 그녀의 목소리는 항상 단정한 온기를 품고 있다. 언제나 일정해서 차갑게 느껴지는 온기. 고혼기는 묵묵히 김지연에게 고개를 끄덕여 보일 뿐 좀처럼 일어날 기색을 보이지 않고 어시스턴트의 손을 쳐다보고 있다. 오히려 작업에 몰입해 있던 어시스턴트가 일어나 엉거주춤한 자세로 김지연에게 인사를 건넨다.
"오셨어요. 관장님."
"작업은 잘 되고 있죠. 작가님."
김지연이 입술에 살짝 미소를 띠고 말을 건넨다. 그러나 시선은 사무적으로 작업대에 걸려 있는 그림에 가 있다.
"네. 물론 열심히 하고 있습니다."
살짝 능글맞은 미소를 지으며 어시스턴트가 대답한다. 목에 가래가 낀 것처럼 탁하고 걸죽한 목소리다. 목소리만 들어서는 중년을 훌쩍 넘은 듯하지만, 그는 이제 30대 중반에 접어든 젊은 나이였다.
"화백님이 이렇게 지켜보고 계시니깐 말이죠. 더 열심히 하게 됩니다. 일을 말이죠."
여전히 엉거주춤한 자세로 김지연을 쳐다보며 어시스턴트가 너스레를 떤다. 발음이 미묘하게 부정확하다.
"그래요. 그럼 잠시 쉬다 오세요. 하지만 담배는 태우시면 안 됩니다. 작업실에 냄새가 배니까요."
김지연이 약간 나른한 기색으로 말한다. 햇살을 쪼이는 고양이처럼 도도한 평온이 느껴지는 표정.
어시스턴트가 쭈뼛거리며 눈치를 보듯 고혼기와 김지연에게 인사를 하고는 작업실을 나갔다.
"선생님 젊었을 때 생각하고 계셨죠. 정말 똑같이 그리지 않나요?"
고혼기가 고개를 들고는 멀뚱한 눈으로 김지연을 잠시 쳐다본다. 그러곤 생각에 잠긴 눈빛으로 느리게 소가 여물을 씹듯이 우물거리는 목소리로 말한다.
"내 감독하에 그리고 있지 않은가? 저 친구는 내 수족일세. 내 그림을 그리고 있지. 그러니 당연히 내 그림과 똑같을 수밖에. 자네는 뭔소리를 하는지 알 수가 없구만."

"그래요. 선생님. 선생님 작품이니까요."

김지연은 짐짓 흐뭇한 미소를 지어 보인다. 뺨의 흰 살결에 살며시 분홍빛 홍조가 떠오른다. 차분히 수줍음을 연기하는 얼굴. 그녀는 얼굴의 근육을 움직이듯 혈색의 농담을 자유롭게 표현해 무척이나 우아하게 자신의 감정을 드러낼 줄 알았다.

"전 언제나 선생님 작품을 보고 있으면 조금 몸이 달아올라요. 뭐랄까, 저 비의 장막 저편에서 내가 나신으로 떠오르는 느낌이라고 할까요. 선생님 작품처럼 몽환적이면서도 지독히 현실적인 감각을 전해주는 작품은 따로 없어요."

이미 고혼기는 김지연의 말을 듣고 있지 않았다. 김지연의 육신을 입고 있는 그녀의 어머니를 보고 있었다. 김지연은 그녀의 어머니인 이미애를 빼닮았다. 이목구비가 완전히 똑같은 건 아니었다. 그러나 얼굴의 도도한 생김새와 육감적인 몸의 곡선에서 느껴지는 고혹적인 분위기는 위험할 정도로 이미애를 빼닮았다. 죽은 이미애가 딸의 몸에 유독한 환영으로 머물고 있다는 듯이. 김지연을 볼 때마다 고혼기는 이미애를 보았다. 눈에 병이 들수록 더욱 그러했다. 늙어갈수록 이미애는 김지연의 육신에서 여름의 무성한 녹음처럼 짙어져만 갔다. 그는 건강한 눈을 잃은 대신에 과거를 보는 환시를 얻은 것만 같았다. 그는 이미애가 그리웠다.

이미애는 그가 사랑한 유일한 여자였다. 아니 유일한 인체였다. 그녀가 있었기에 우기의 나신들은 탄생할 수 있었던 것이다.

비현실적으로 아름답지만 놀랍게도 생리현상을 지닌 살아 있는 육신으로 존재했던 그녀의 신체.

고풍스러운 교기가 흐르던 그녀의 아름다운 몸은 고혼기의 젊은 육체가 품을 수 있는 가장 찬란한 열망의 상징이었다. 선과 형태, 그리고 색채의 마법을 걸어 화폭에 봉인하는 순간, 그 어떤 오르가즘보다도 더한 황홀감을 선사해주던, 그가 사랑한 유일한 여자의 나신이었다.

그는 단 한 번도 이미애의 나신에 손을 댄 적이 없었다. 그러고 싶은 욕망을 느낀 적도 없었다. 그의 욕망은 몸으로 그녀의 육신을 품는 것이 아니었다. 그의 화폭으로 그녀의 인체를 감싸는 것이었다.

1980년대 초 어렵게 일본에서 명성을 얻어가던 무렵 이미애를 처음 만났다. 그때 고혼기는 일본 전위 작가 그룹과 어울리며 다양한 실험적인 작품들을 발표하고 있었다. 인간이 사물을 가공하여 예술이라는 인위적인 틀에 가두는 것이 아니라, 철저히 근대문명의 인간 중심적인 예술에서 벗어나 인간이 사물과 동등한 객체로서 존재하는 시공을 포착하려는 작품 활동을 펼쳐 나갔다. 그래서 물감에 젖은 깃털을 도화지에 무심히 떨어지게 해서 깃털이 품고 있던 바람의 무늬를 포착하기도 했고, 유리판 위에 갯벌에서 실어온 바위들을 올려놓아 유리의 시공에 바다의 향기를 떠돌게 하기도 했다. 지금 생각하면 세상을 도발하는 일이 예술적 열정의 모든 것이라 생각했던, 그런 무모한 객기를 미학의 현학적인 이론으로 포장하던 치기 어린 시절이었다. 물론 그런 활동들로 고혼기는 일본에서 작가로서 어느 정도 명성을 얻을 수 있었다. 그러나 이미애를 만나고 모든 것이 바뀌었다.

고혼기가 내내 실험적인 작품만 발표한 건 아니었다. 그는 물의 성질을 자유자재로 활용하여 그만의 독특한 질감의 수채화를 그리곤 했었는데, 그의 실험적인 작품들이 그에게 예술가로서의 명성을 안겨주었다면, 그의 수채 작품들은 호사가들로부터 인기를 얻게 해주었다. 일본의 컬렉터들 사이에서 그의 수채화는 제법 입소문을 타고 퍼져나갔던 것이다.

하지만 고혼기는 학창시절과 작가로서 데뷔하고 난 초기를 빼고는 모델을 대상으로 그림을 그려본 적이 없었다. 그는 이상할 정도로 인물화를 기피했고, 고전적인 미의 대상으로서의 인간의 육신을 신뢰하지 않았다. 유신정권 치하에서 고문을 당했던 경험 때문이었을까? 인간의 육신은 깨지기 쉽고 너무나 민감했으며 생리현상은 지나치게 추악한 것들에 가까웠다. 한마디로 인간의 몸은 위대한 예술의 대상이 되기에는 형편없다고 생각했던 것이다. 무방비 상태의 짐승의 몸처럼, 육체의 형상은 그저 어떤 특정한 인상을 남기는 감각의 대상일 뿐, 예술의 대상은 아니었다.

이토록 육체에 적대적이었던 고혼기의 태도는 이미애를 만나고 몇 년이 지나는 동안 서서히 바뀌어 갔다. 정확히 말하자면 인간의 육신에 열정을 품게 된 것이 아니라 이미애의 육신에 열정을 품게 되었던 것이다.

고혼기가 이미애를 만난 것은 도쿄의 한 화랑에서였다. 그때 그는 일본의 전위파 동인들과 [현대미술, 인간의 보편적 시선을 넘어]라는 이름으로 그룹전을 갖고 있었다. 이미애는 한국의 주요한 화랑인 갤러리 나래의 대표로 작품을 구입하기 위해 그 전시회에 참석했었다. 그녀는 이미 한국에서 고혼기의 존재를 알고 있었다. 일본에서 명성을 얻기 시작한 한국인 화가는 국내에서 비싼 가격에 팔릴 수 있었던 것이다. 그런 상업적 마인드로 그녀는 고혼기에게 접근했지만, 그의 수채 그림들을 직접 눈으로 보고는 마음이 바뀌었다. 그는 그녀가 생각했던 것보다 훨씬 더 훌륭한 화가였던 것이다.

그 후로 이미애는 꾸준히 고혼기를 찾아 일본으로 왔다. 그의 그림들을 사려는 목적보다는 그를 한국으로 데리고 가서 갤러리의 전속 화가로 키우고 싶은 열망 때문이었다.

처음에 고혼기는 이미애를 무척 매혹적인 미모를 지닌 여자 정도로 생각했었다. 하지만 어느 날 이미애의 부탁으로, 결코 그가 여성의 나신을 그려본 적이 없었음에도 불구하고 그날은 무엇에 홀린 듯이 붓을 들어 그녀의 나신을 그리게 되었는데, 그때 이후로 그는 이미애의 나신에 탐미적으로 집착하게 되었던 것이다.

하지만 예술적 열광도 군사정권의 엄혹한 지배하에 있는 한국으로 돌아갈 용기를 주지는 못했다. 그는 박정희 정권 때 학생 운동에 가담했다가 고문을 당한 전력이 있었다. 그때 그는 처절히 깨달았다. 인간의 몸이 얼마나 인간을 고통스럽게 하는지를, 그리고 그 고통은 또 얼마나 인간을 치욕에 빠트리는지를. 또다시 고문을 당한다면 그는 더이상 인간으로서 존재할 수 없으리라고. 그 참혹했던 고문의 날들 이후로 고혼기는 한국을 버렸다. 그랬던 그가 서슬 퍼런 군사정권의 치하로, 자신의 삶과 작품의 안전이 위협당할 수 있는 그 지옥의 구덩이로 돌아갈 수는 없었다. 고혼기는 노동자의 삶이니 민주주의니 하는 것에는 전혀 관심이 없었다. 오직 예술의 자유가 가능한 곳만이 그의 존재가 가능한 지평이었던 것이다.

그리고 몇 년의 세월이 흘러 1987년 6월 혁명이 일어났다. 군사정권이 무너졌고 민주주의 헌법이 들어섰다. 여전히 군사정권 출신의 대통령이 당선되긴 했지만, 이제는 백주

대낮에 시민들을 무단으로 잡아가는 공포 정치는 더는 한국 땅에 발을 붙일 수 없을 듯했다.

그리고 그제야 비로소, 고혼기는 한국으로 돌아갈 용기를 낼 수 있었다.

5.

저녁 햇살이 천천히 벽을 따라 기운다. 흰 벽지에 은은한 노을이 번진다. 강청식은 내내 거실 벽을 물끄러미 바라보고 있다. 저 벽 너머에 딸의 미미한 기척이 있다. 이를테면 기침 소리, 의자를 잡아당기는 소리, 때로는 화장실 문이 열렸다 쿵 닫히는 소리, 도시락의 비닐봉지를 벗기는 소리들 같은.

딸의 존재를 기척으로만 느끼며 살아온 지 벌써 1년이 지났다.

그가 거실에 있을 때면 딸은 밖으로 나오지 않았다. 매번 자신의 방에 있는 냉장고에서 차갑게 식은 밥을 꺼내 먹곤 했다. 그래서 어느 날 강청식은 새 전자렌지를 사 왔고, 아내가 딸의 방에 그것을 설치해주었다. 그 후로 벽 너머에서 종종 전자렌지가 돌아가는 소리가 들리곤 했다. 그러면 그는 딸의 밥 먹는 모습을 떠올려 보았다. 그러나 근 1년이 넘게 강청식은 딸을 보지 못했고, 그전에도 늘 격무에 시달리는 형사 생활로 인해 거의 딸과 함께 밥을 먹어본 적이 없었다. 그는 딸의 밥 먹는 모습을 상상해 본다. 칠칠맞지 못하게 음식을 책상에 흘리면서 먹을까? 핸드폰을 보다가 반찬을 떨어트린다든지? 아니면 그 작은 입술로 음식을 꼭꼭 씹으면서? 아니면 오물거리면서? 그런데 작은 입술이라니? 딸의 입술이 잘 기억나지 않는다. 뺨은? 딸의 뺨은 통통한 편이었는데 그것은 벌써 오래전 초등학교 때의 모습이다. 사진을 보면 지금 딸의 뺨은 홀쭉 들어간 편이고 광대가 조금 나왔다. 눈은 자신을 닮아 이상할 정도로 형형하다. 중학생 또래의 순진하고 쾌활한 정이 넘치는 눈빛이 아니라, 무언가를 끊임없이 경계하고 의심하는 듯한 눈빛이다. 사진이 그렇게 나왔을 뿐일까? 오래전 아이의 눈빛은 온통 상냥한 장난기로 반짝였었는데, 그 햇살 같던 눈빛은 어디로 사라져버린 것일까?

딸은 학교 폭력의 피해자였다. 중학교에 입학하고 딸은 아이들과 잘 어울리지 못했다. 아니 못된 아이들이 딸을 괴롭혔다. 분명 딸의 잘못이 아닌데도, 강청식은 딸도 무언가 잘못한 것이 있지는 않은지, 어떤 이유가 있어서 갈등이 시작된 건 아닌지 불쑥 묻고 싶을 때가 있었다. 오랜 형사 생활로 인해 생긴 고약한 취조 본능이었다. 그런 태도 때문이었을까? 아니면 아버지가 경찰인데도 자신에게 어떤 도움도 되지 못한 것에 대한 실망감 때문이었을까? 아이는 다른 학교로 전학을 가야만 했다. 그 후로 강청식은 아이의 얼굴을 볼 수 없었다.

어디서부터 잘못된 것일까? 그를 데면하게 대하기는 아내 또한 마찬가지였다. 아내는 꼭 필요한 말만 했다. 물론 가끔 서로의 안부를 묻기도 했지만, 함께 살아가는 사람들이 안부를 묻는다는 것 자체가 비정상적인 일이었다. 그러나 강청식도 아내도 그 비정상적인 생활이 불편하지는 않았다. 다만 가끔 생각난 듯 쓸쓸함이 한 번씩 찾아올 뿐.

그는 아내의 체온을 품어본 지가 언제인지 까마득해서 기억조차 나지 않았다. 어언 신혼 시절, 아내는 가슴이 봉긋해서 그는 아내의 가슴을 손안에 담고 자는 걸 좋아했었다. 그 생명의 진한 온기가 마치 두꺼비 집 속의 포근한 어듬처럼 그의 손바닥에 퍼지는 감각을 느끼며 그는 단잠에 빠져들곤 했었다. 그때는 그도 아내도 젊었고 미래에 대한 평범한 기대를 품고 있었다. 너무나 평범해서 도리어 행복하게 느껴지는 충만한 시간들. 아이를 낳고 집을 사고 또 아이가 성장해 가는 것을 보며 주름져 가는 서로의 얼굴을 행복하게 바라보는 일. 그런 일이 그와 아내가 꿈꾸었던 미래였다. 지금 그러나 아이는 성장해 가고 서로의 얼굴에 깊은 주름이 져가지만, 이제 두 사람은 더이상 서로의 얼굴을 바라보지 않는다.

아내는 이혼을 생각해 봤을까? 강청식은 단 한 번도 이혼을 생각해 본 적이 없었다. 그러나 아내의 이혼은 자주 생각해 보았다. 아내의 입장에서 자신 같은 남편과 살아가는 일이 얼마나 힘들고 고통스러운 일일지 종종 생각해 보곤 했었다. 참으로 지랄 같은 삶이리라. 그러나 아내의 입에서 이혼이란 말이 나온 적은 단 한 번도 없었다. 적어도 아이가 마음의 병을 앓은 이후로 아내는 아이에게 더 이상의 상처를 주고 싶지 않았을 것이다. 아내는 그런 성격이었다. 모든 것을 감내하고 묵묵히 받아들이는. 그런 것이 삶이라고 쉽게 체념하며 살아가는. 아내는 화조차 제대로 내지 않았다. 화나는 일이 있으면 차라리 입을 다물어버렸고, 혼자서 끙끙 앓다가 조용히 마음의 먹구름이 지나가길 기다리는 성격이었다.
"당신 벌써 들어왔어? 저녁 차려줄게."
돌아보니 아내가 현관에서 신발을 벗고 있었다.
"근데 불이라도 켜고 있지? 어둡잖아."
어느새 시간이 그렇게 되었나? 거실 벽에 일렁이던 노오란 햇살은 사라지고, 벽이 점점 땅거미 속으로 가라앉고 있다는 듯이 어둑한 그늘에 잠겨 있었다.
"응. 오늘 일찍 들어왔어. 당신도 일찍 왔네."
강청식은 소파에서 비스듬히 몸을 돌려 아내를 바라보며 말했다. 왠지 겸연쩍은 느낌이 들었다. 이런 대화를 나눈 지 너무 오래되었기 때문일까?

"나? 나야 매일 이 시간에 오는데."

아내가 그런 것도 몰랐냐는 듯이 살짝 눈썹을 찡그리며 웃는다. 예전에도 아내는 저렇게 웃으며 그의 무심한 태도에 핀잔을 주곤 했었다.

그가 범인을 쫓아다니느라 그녀의 생일을 잊고 전화조차 하지 않았을 때에도, 그녀는 다음 날 아침을 차려주면서 내 생일도 잊어버린 거야? 라고 웃으며 핀잔을 주곤 했다. 그러면 그날 저녁은 꼭 일찍 퇴근하기 위해 노력했다. 생일 선물이 든 쇼핑백을 손에 들고.

그녀는, 나의 아름다운 아내는 그런 사소한 노력에도 얼마나 관대하게 용서해주곤 했던가. 그러나 이 또한 오래전 일이다.

그에게 저녁을 차려주고 아내는 쟁반에 식사를 담아 아이의 방을 노크했다. 아이가 문을 여는 소리가 들린다. 하지만 그의 자리에서는 아이의 방문이 보이지 않는다. 아내는 쟁반을 건네주고 아이는 문을 닫는다.

오래전 무리한 수사를 하다 좌천당했을 때, 밤새 유치장을 지키는 일을 한 적이 있었다. 그때 그는 식당에서 배달이 오면 식사가 담긴 쟁반을 받아 유치장의 피의자들에게 건네주곤 했었는데, 문득 그런 생각이 나면서 아이의 방이 집안의 유치장처럼 여겨졌다.

정말 이보다 스위트한 홈이 또 있을까?

아이가 아버지로부터 스스로를 유치한 저 방은 역설적으로 아버지가 경찰이기 때문이었을까?

아이가 학교에서 괴롭힘을 당하는 동안 경찰인 자신은 아무것도 몰랐고, 일이 전부 끝난 후에는 아내가 모든 것을 수습했기 때문에 또 아무것도 할 수 없었다.

아이가 스스로를 가둔 건 경찰인 아버지를 피하고 싶어서였을 것이다.

"오늘 신문 봤어. 지환씨 죽인 그 조폭의 두목이 죽었다던데? 경찰의 총에 맞아서."

아내가 문득 말을 꺼냈다. 그리고 아직 목에 걸려 있는 말이 있다는 듯이 침을 삼키곤 강청식의 눈치를 살피듯 넌지시 물었다.

"그거 당신이야?"

오늘 비슷한 질문을 경찰 청문관들이 했다. 그들은 취조실에서 강청식을 다그쳤다. 정당방위가 아니라 일부러 찾아가서 처형한 것이 아니냐고. 강청식은 어깨에 칼을 맞았고, 반사적으로 총을 꺼내 두 번 쐈다고 말했다.

한 번은 공포였고 한 번은 실탄이었다. 총알은 회장의 내장을 휘저으면서 복부에 박혔고, 그는 과다출혈로 인한 쇼크로 사망했다.

청문관은 강청식의 설명을 믿지 않는 것 같았다. 현장에 남은 증거들은 얼추 강청식의 말을 뒷받침했다. 하지만 어째서 골든 게이트 회장을 찾아갔는지 그 이유가 제대로 소명되지 않았다. 그가 생각하기에도 마약이 들어온다는 제보를 받았다는 설명은 궁색하기 짝이 없는 것이었다.
청문관들은 계속 같은 질문을 반복했다.
"어째서 혼자 갔죠? 지원도 요청하지 않고 파트너에게 연락도 하지 않고."
강청식은 말을 얼버무릴 수밖에 없었다.
"응. 음 그렇지 뭐."
"그렇지 뭐라니? 그런 대답이 어디 있어."
아내는 형사 일에 대해 좀처럼 물어본 적이 없었다. 신혼 초 아내는 그가 회사에서 있었던 일들을 가끔은 들려주기를 원했었다. 하지만 강청식은 뭐든 돌려 말하는 일에 익숙하지 않았다. 그래서 말을 할 수 없었다. 어떻게 오늘은 망치에 머리가 깨져서 뇌수를 흘린 채 죽은 시체가 나왔고, 또 오늘은 내장을 다 쏟은 채 죽은 여자의 시신이 나왔다는 말을 할 수 있겠는가? 다른 동료들은 집에서 회사 일에 대해 어떤 대화를 나누는지를 강청식은 몰랐다. 물론 서장이 말도 안 되는 이유로 수사를 중단시켰다는 둥의 부조리한 일들에 대해 이야기를 할 수는 있었을 것이다. 하지만 그런 일들조차 강청식은 적당히 얘기할 줄을 몰랐다. 아내는 그런 강청식에게 소외감을 느꼈다. 그가 어떤 일도 아내인 자신과 나누려 하지 않는다고 생각했던 것이다. 반면에 아내는 매일 그에게 이런저런 일상에 대해 미주알고주알 이야기하는 걸 좋아했다. 하지만 그 또한 강청식은 성심껏 들어주는 연기를 능숙하게 하지 못했다. 강청식은 일상에 대한 상상력이 부족했다. 타인이 무엇을 원하는지, 무슨 말을 듣고 싶어하고 어떤 뉘앙스의 대화를 나누고 싶어하는지, 그런 평범한 일들에 대해 강청식은 아무 것도 상상할 줄 몰랐다. 상상력이 빈곤하면 삶 또한 빈곤해진다.

아내는 그런 강청식을 이해하려 노력했다. 그리고 체념했다. 그녀에게 체념하는 일이란 머리로 이해할 수 없는 일들을 가슴으로 받아들이는 과정이었다. 그녀는 더이상 회사 일에 대해 묻지 않는 것으로 강청식을 편안하게 해주었다. 이번처럼 가족의 삶과 직결되는 심각한 문제가 아니라면, 굳이 강청식을 곤란하게 만들고 싶지 않았던 것이다.
"별일 아니야. 마약에 대한 제보가 있어서 갔었는데. 뭐 그렇지. 칼을 들기에 어쩔 수 없이 총을 쏜거야."
"사람이 죽었는데?"
"총을 맞았으니깐 당연히 죽지."
어깨를 으슥해 보이곤 설렁한 농담이라도 했다는 듯이 피식 웃는다.
"참. 여전해. 당신이란 사람은. 이렇게 시종일관 변하지 않는 사람도 없을 거야."
어이없다는 듯 아내가 따라 웃으면서 말했다.
"다친 곳은 없어. 칼에 맞았어?"
"어…. 어깨를 스쳤어."
"봐봐 어디?"
아내가 자리에서 일어나 강청식 곁으로 와서 팔소매를 걷어본다.
"뭐야 이게. 깊게 벤 거 아니야?"
"응. 조금. 심각하진 않아."
아내가 말없이 강청식을 내려다본다. 강청식은 아내의 눈빛이 흔들리는 걸 느꼈다. 무언가 체념할 때마다, 그냥 묵묵히 받아들이려 할 때마다 아내의 눈은 이렇게 망연한 빛으로 흔들리곤 했다.
"알았어. 조심해. 앞으로도."
그러곤 아내는 딸의 방을 잠시 쳐다보았다. 마치 방문이 열리기라도 했다는 듯이. 딸이 문에 귀를 댄 채 자신들의 대화를 엿듣고 있다는 듯이. 강청식은 아내의 시선을 따라 보이지 않는 딸의 방문을 바라본다. 그러곤 딸이 정말로 아버지의 일에 관심을 두고 걱정을 하고 있을지도 모른다는 생각을 해본다. 그러나 그건 어디까지나 강청식의 바람일 뿐, 딸의 방에서는 아무런 기척도 들리지 않는다.

아내는 시선을 깊이 낮추고 강청식을 본다. 그러곤 조용히, 마치 학교에서 말썽을 일으킨 아들에게 다짐을 받듯 조금은 엄한 목소리로 묻는다.
"정말… 정말 아무 일도 없는 거지? 회사에서 문제 되는 거 아니지?"
"응. 그럴 거야. 걱정하지마."
그러나 이번엔 무사히 넘어가지 못할 것 같다고 강청식은 생각했다.

6.

숲은 무성히 울고 있다. 다종한 수목의 혼효림이다. 비바람에 나뭇가지들이 검은 머리카락처럼 흔들린다. 거실의 광대한 전면창으로 어두운 숲이 산발한 머리카락을 나부끼며 미친 여자처럼 흐느끼고 있다.

오래 보고 있으면 괴기한 시정마저 느껴지는 풍경.
고혼기는, 비 오는 날이면 늘 거실 소파에 몸을 묻고 숲이 미쳐가는 모습을 본다.

그 풍경에서 마음의 안락을 얻는다.

곁에 아무도 없다는 사실이 마음 편하다.
이런 날이면 오롯이 이미애의 나신을 떠올릴 수 있다.
이를테면 자신의 화폭 속에서 비에 젖은 채 몸을 웅크리고 인체를 벗어던지려는 인체의 저 도저한 슬픔을.
빗물에 혼융되어 아스라하게 사라지려는 인체의 안간힘을.
자신의 붓으로 창조한 저 아름다운 소멸의 기운이 지금 창밖 숲속에 가득하다.

오늘 하루는 힘들었다. 오늘 하루는 그림을 그리지 못했다.
어시스턴트는 하루 휴가를 얻었다. 김지연이 갤러리 작업실에 홍정훈을 데리고 왔기 때문이다.

평소처럼 어시스턴트의 작업을 보기 위해 갤러리에 도착했지만 어시스턴트의 모습은 보이지 않았다. 큐레이터 김팀장에게 물어보니 오늘은 출근하지 않았다고 했다. 어째서인가? 라고 또 물으니 김지연 관장이 오늘은 출근할 필요가 없다고 했다는 것이다. 그리고 바로 핸드폰이 울려 왔다. 받아보니 김지연이었다. 홍정훈과 함께 곧 도착하니 차 한 잔 하시죠, 라고 김지연은 말했다. 홍정훈? 아, 그 친구 말이군. 하고는 바로 전화를 끊었다.

불쾌했다. 하루라도, 그리고 한 점이라도 더 작업을 진행해야 하는데, 김지연은 도대체 무슨 생각으로 이렇게 태평한 것일까?

하지만 김지연의 심기를 거스를 수는 없었다. 그녀는 결코 자신의 심기를 거스르는 사람을 받아들이지 않기 때문이다.

그녀의 어머니가 세상을 떠나고 김지연은 갤러리 관장직을 물려받았다. 역량은 충분했다. 차고도 넘칠 정도였다.
그녀는 어머니 이미애의 명성을 이어받아 화랑을 잘 이끌었고, 아시아에서 최고의 명성을 누리는 갤러리로 성장시켰다. 그건 그녀가 지닌 작품에 대한 안목과 사업수완 때문이기도 했지만, 무엇보다도 신비롭고 불가사의한, 그녀의 미목이 지닌 아우라의 힘이 있었기에 가능한 일이었다.
그녀는, 김지연은 고혹적인 향기를 지닌 여자였다. 그녀의 몸에선 아찔하고 위태로운 관능의 냄새가 났다. 그것은 존재하지 않는 아름다움을 존재하는 여자에게서 찾게 만드는 미묘하고 위험한 향취였다.

부와 권력을 지닌 자들은 그들이 지니지 못한 미의 환영을 그녀에게서 찾으려 했고, 그녀가 건네는 예술 작품들을 받아먹으며 자신들이 고상하고 아름다운 세계에 속해 있다고 착각에 빠지곤 했다.

그녀는 그들로 하여금 그런 착각에 집착하게 만드는 힘을 지니고 있었던 것이다.

하지만 고혼기는 그런 그녀의 허허로운 홍안에 빠져들지 않았다. 물론 그녀의 육신은 아름다웠다. 그러나 그뿐이었다. 그녀는 시각적으로 아름다울 뿐, 그녀의 어머니가 지니고 있던 소멸에 가까운 탐미적인 기운을 지니고 있지는 않았다. 이미애의 몸은 그녀가 지나는 모든 시공에 파문을 일으킬 정도로 강렬한 존재성을 지니고 있었고, 그것은 머지않아 사라질 것이기에 더없이 멀리 퍼지는 잔상을 남기는 아름다움이었다.

김지연의 아름다운 향취는 비가 내리면 휩쓸려가지만, 이미애의 아름다운 형상은 비속으로 스며들어 비의 막으로 아른아른 대기를 떠돌다, 흡사 무대 위의 배우가 조명이 서서히 꺼짐과 동시에 인상적인 잔상을 남기며 사라지듯, 사라짐 그 자체라는 불가사의한 잔상을 남기며 희미해져 갔다.

이미애의 몸은 자신의 붓이 완성시킨 인체의 미혹적인 환영이었던 것이다.

고혼기는 갤러리의 VIP 고객실에서 삼십 여분 정도를 기다렸다. 차갑고 적막하고 고급스런 홀이었다. 마네의 인물화와 몬드리안의 차가운 기하학적 패턴이 절묘한 불균형을 이루며 아름답게 장식되어 있었고, 아르데코풍의 가구들이 공업적 우아함을 뽐내며 곳곳에 배치되어 있었다. VIP 홀은 충분히 세련되고 안목 높은 취향이 지배하는 공간이었다. 그러나 왠지 고혼기는 이 홀에 들어설 때마다 미묘한 굴욕감을 느낄 정도로 마음이 불편했다. 그건 김지연의 자아가 자신을 짓누르는 듯한 느낌 때문이었다. 김지연이 별로 눈에 띄지 않는 소소한 사물까지도 완벽하게 조율하고 통제한 듯한 이 공간은, 사실 고객을 정중하게 모시고 영접하기 위한 목적의 장소라기보다는, 이곳을 찾는 사람들 자체를 김지연의 홀이라는 작품을 장식하기 위한 최종적인 오브제로 받아들이려는 목적이 노골적으로 드러난 공간이었기 때문이다.

그래서 이 홀을 찾는 부와 권력을 쥔 어중이떠중이들은, 이 공간에 들어서는 순간 무슨 마법에 걸린 것처럼, 꼭 김지연의 손가락에 실이 끼워져 있는 마리오네트 인형이라도 된다는 듯이 행동했다. 그들은 모두 김지연이 연출하는 고상하고 기품있는 인형극의 배우들이었던 것이다. 김지연은 그들의 머리 위에서 우아하게 손가락을 놀려 그들의 몸짓을 연주하는 자신을 아마도 즐기고 있었을 것이다.

고혼기는 김지연과 홍정훈을 기다리며 이런 생각에 빠져 있었다. 그러나 곧 그런 생각도 시들해져 갔다. 자신의 작품을 완성하는 일에 힘껏 조력해주기만 한다면 김지연이 어떤 사람이든 그는 전혀 개의치 않았다. 입도 대지 않은 다질링 원산의 고급 홍차가 그의 앞에서 망연히 식어가고 있었다. 코끝에 그윽하게 머무는 씁쓰름한 향취를 남긴 채. 문밖에서 하이힐의 또각이는 소리가 들려왔다.
"선생님. 오래 기다리셨죠?"
김지연이었다. 그녀는 문을 열고 그윽히 번지는 향수 냄새처럼 실내로 들어섰다. 등 뒤에는 그녀를 품에 안을 듯 훤칠한 키의 남성이 서 있었다. 홍정훈이었다. 그는 묵직한 바디의 양감이 드러나는 중후한 맵시의 검정 수트를 입고, 입가에 잔잔히 머무는 미소로 고혼기에게 깊이 고개 숙여 인사를 건넸다.
"오랜만에 뵙습니다. 화백님!"
홍정훈을 만나는 건 이번이 두 번째였다. 애초에 자신이 홍정훈을 왜 만나야 하는지도 알 수 없었지만, 어쨌든 약 1년 전 어시스턴트가 그린 자신의 그림을 구매하기 위해 갤러리에 왔을 때 김지연의 주선으로 잠깐 인사를 나눈 적이 있기는 했다. 그 그림은 얼마 전 경매에 내놔 대충 서너 배 비싼 가격에 팔렸다고 한다. 천박한 것들. 자신의 그림이 경매에서 좋은 가치로 인정받는 건 솔직히 불쾌한 일은 아니지만, 예술 작품에 시장 가치라는 것을 매기고 그것을 사고 파는 일로 돈을 버는 인간들은 불쾌하기 짝이 없었다. 하지만 그는 그런 인간들의 존재를 묵묵히 받아들였다. 자신의 예술 작품을 감히 돈으로 환산하는 짓거리를 좋게 생각할 수야 없지만, 어차피 미술계에서 인정받기 위해서는 미술 시장에서 어느 정도 성공을 거둬야 한다는 건 부정할 수 없는 일이기 때문이다. 고혼기는 예술 작품이 거래되는 미술 시장을 냉소적이고 비판적으로 관조하면서, 고상하게 혐오하고 투덜거리는 걸 좋아했다. 한마디로 그는 고결한 정신의 자본주의적 예술가였던 것이다. 자신의 작품을 시장에 던져주고 사람들이 감탄하는 걸 비웃고, 평론가들이 그럴싸한 헛소리를 지껄이는 걸 냉소적으로 즐기면서, 예술에 투자하는 하이에나들이 작품에 열광하며 돈을 쏟아부을 때마다, 쯧쯧쯧 혀를 차며 시니컬한 희열에 빠져드는, 자본주의에 가장 가까우면서 자본주의를 가장 배척하는 고상한 포즈의 예술가였다.

"음. 자네 이름이 뭐라고 했었지?"

고혼기는 소파에 몸을 깊이 묻은 자세 그대로 고개만 살짝 들어 홍정훈을 보며 물었다.

"네. 홍정훈입니다. 화백님."

홍정훈은 정중한 목소리로 대답했다.

"미안하네. 보다시피 내가 노령이지 않은가. 일어섰다 앉았다 하는 게 힘이 드네."

"괜찮습니다. 선생님."

"자. 그럼 우리도 저쪽으로 앉을까요. 대표님."
김지연이 자연스럽게 홍정훈의 어깨를 잡고 에스코트하듯 고혼기의 맞은편 소파 자리로 데리고 갔다. 그곳은 살짝 단이 높은 자리였다. 양 소파의 위쪽 가운데 1인용 소파가 있었지만, 김지연은 좀처럼 그 상석에 앉는 법이 없었다. 손님은 항상 지금 고혼기가 앉는 자리로 안내했고 자신은 그 맞은편 소파에 편히 앉는 걸 김지연은 좋아했다. 하지만 정작 자신이 까다롭게 상대해야 할 고객일 경우 그녀는 상석에 있는 소파에 앉거나 그 손님을 그 자리로 안내하거나 했다.

김지연은 홍정훈을 소파에 앉히고는 자신이 직접 차를 우리러 다기 세트가 있는 장으로 향했다. 골반의 요염한 풍만이 드러나는 머메이드 치마를 입은 그녀의 뒤태는 아름다웠다. 허리에서 골반으로 이어지는 곡선은 눈을 호릴 정도로 요요했고, 무릎 아래에서 살짝 날개처럼 펴지는 치마의 밑단은 가녀린 발목의 매혹을 더욱 돋보이게 했다.
"화백님은 요즘 작업하시느라 바쁘시다고 들었습니다."
홍정훈이 말문을 열었다. 홍정훈은 몸을 자연스레 앞으로 숙여 고혼기의 시선에 겸손히 눈을 맞추고 있었다. 하지만 고혼기는 홍정훈의 시선이 일순 김지연의 뒷모습으로 향하는 걸 놓치지 않았다. 아스름히 젖어드는 듯한 눈빛이었다. 고혼기는 그것이 사랑에 빠진 자의 눈빛이란 걸 알아챘다. 그러고 보니 이 남자는 김지연의 약혼자라고 했던가. 무슨 변호사 일을 한다고 들었던 것 같은데. 사실 고혼기는 홍정훈에게 별다른 관심이 없었다. 김지연의 약혼자라는 것이 조금 흥미로울 뿐.

별다른 목적이 있는 만남은 아니었다. 다만 최근 경매에 대한 이야기가 오갔고, 홍정훈이 그에 대해 고혼기 화백에게 사례를 하고 싶다며 무슨 도자기 선물을 가지고 왔을 뿐이다. 도자기는 김팀장이 고혼기에게 보여준 후 그의 집으로 가져다 놓겠다고 했다. 솔직히 선물에 별 관심은 없었다. 고혼기는 무슨 이조시대 백자인가 하는 김지연의 설명을 듣는 둥 마는 둥 했다. 자신의 작품을 팔고 이런 중고 도자기를 샀단 말인가, 하는 한탄스런 생각도 들었다. 그리고 이런 하찮은 이유로 작업을 중단했다고 생각하니 울화통이 치밀어 오르기도 했다. 고혼기는 점잖고 품위 있는 노인의 얼굴을 애써 지어보이며 흠흠 하고 콧소리를 내며 화를 삭였다. 김지연은 그런 고혼기의 모습을 고개를 살짝 치켜들고 물끄러미 내려다 보았다. 그녀의 아름다운 목선이 쇄골의 바다에 뜬 흰 돛대처럼 드러나 보였다.
고혼기는 그녀의 시선을 피했다. 김지연의 입가에 천천히 미소가 번졌다. 모성의 다정함이 느껴지는 잔잔한 미소였다.
대화는 홍정훈의 정치 데뷔에 대한 이야기로 이어졌다. 대선을 앞두고 야당의 러브콜을 받았고, 곧 경선 후보로 등록할 것이라는 이야기였다.
"대표님은 정치를 하고 싶어하지 않으셨어요. 사람들은 이렇게 말하면 믿지 않겠지만 정말 그랬어요. 극구 안 하겠다는 걸 제가 간신히 설득했죠. 시대의 부름이란 게 있다고요."
김지연의 말에 홍정훈이 쑥스러운 듯 넥타이를 매만지며 말했다.
"화백님 죄송합니다. 시대의 부름이라니. 이 사람이 좀 과하게 표현했죠. 그저 전 이 땅의 법치주의가 다시 서기를 바랄 뿐입니다."
"괜찮네. 김지연 관장의 말에 나도 동의하네. 대권은 그런 것이 아닌가. 시대의 부름을 받지 못한 자는 결코 움켜쥘 수 없는 거라네."
고혼기는 이때까지만 해도 홍정훈이 정치에 데뷔한다는 사실을 전혀 모르고 있었다. 어디선가 얼핏 들은 거 같기는 했다. 노년에 이르고 나서 고혼기는 티비 뉴스나 신문을 전혀 보지 않게 되었다. 세상 돌아가는 일은 이제 그에게 그저 세상이 돌아가는 일일 뿐이었다. 그렇다 해도 갤러리 작업실에 출입하면서 큐레이터들이 하는 얘기를 통해 바깥세상 이야기를 조금은 들을 수 밖에 없었는데, 홍정훈의 정치 데뷔에 관한 소문도 아마 그렇게 해서 듣게 되었을 것이다.

홍정훈은 중견 로펌인 세정(世正) 로펌의 대표였다. 그는 법조계에서 엄격한 법치주의자로 알려져 있는 인물이었다. 최근에 한 살인사건 변호를 맡아 사회에 이름을 알리게 되었는데, 여성을 강간하고 살해한 범행의 수법이 잔인무도하여 대중의 공분을 샀던 사건이었다. 처음에 그는 인면수

심의 범인을 변호한다는 이유로 언론의 집중포화를 받았고 여론은 그를 악마의 변호사라고 지칭하며 비난했었다. 하지만 그는 꿋꿋이 용의자의 무죄를 주장했다. 용의자는 인천 시청의 고위직 공무원이었고, 피해자인 여성은 그의 부하직원이었다. 피해자는 자신의 집에서 구타당하고 칼에 난도질 당한 무참한 시신으로 발견되었다. 칼이 수차례 박힌 그녀의 얼굴은 알아볼 수 없을 정도로 뭉개져 있었다. 언론은 주검의 참혹한 상태를 가감 없이 보도했다. 그것이 더욱 국민을 분노에 휩싸이게 만들었다. 경찰은 그녀의 몸에서 용의자의 정액이 검출되었고, 피해자가 사는 빌라 근방의 도로에서 용의자가 택시를 잡는 모습이 CCTV에 포착되었다고 발표했다. CCTV영상은 언론에 의해 대중에 공개되었다. 누가 봐도 용의자의 범행을 의심할 수밖에 없는 물적 증거가 명백한 사건이었던 것이다. 하지만 홍정훈은 용의자가 피해자와 내연의 관계였다는 사실을 들어 성관계를 맺은 건 사실이지만 죽인 것은 아니라고 변호했다. 피해자의 몸에서 정액이 검출되었다는 것이 피해자를 죽였다는 사실에 대한 직접적 증거로 작용할 수는 없다는 것이었다. 기나긴 재판과정 동안 홍정훈은 전 국민의 공적이 되어 비난을 받았다. 그럼에도 홍정훈은 흔들림 없이 용의자를 변호했고 방송에 나와 법치주의의 근본은 무죄추정의 원칙임을 강조했다. 범인이라 의심된다고 해서 심정만으로 유죄를 내릴 수는 없고, 설령 대중 여론이 강한 압박을 가한다 해도 법조인이라면 무죄추정의 원칙을 고수해야 하며, 형사재판의 근본은 증거 제일주의라는 사실을 역설했다.

'법치주의가 무너지면 민주주의는 그저 목소리 센 사람들이 승리하는 중우정치로 흐른다.'

이것이 홍정훈이 자신의 페이스북에 써놓은 문구였다. 대중은 오만한 엘리트주의자라며 홍정훈을 비난했고 사실은 돈만 밝히는 로펌의 변호사면서 고상한 척은 다 한다고 그를 비꼬았다. 그러나 재판부는 대중의 예상과는 달리 용의자에게 무죄를 선고했다. 홍정훈이 찾아낸 결정적인 증거가 그의 무죄를 밝혀냈던 것이다. 언뜻 눈에 띄진 않았지만 자세히 살펴보면 피해자의 빌라 뒤쪽 골목에서 누군가 창문을 열고 침입한 듯한 흔적이 있었는데, 홍정훈은 그곳 창틀 아래 벽에 희미하게 남겨져 있던 진범의 핏자국을 발견하여 증거로 제출했던 것이다. 사건이 발생한 지 무려 몇 달이 지났음에도 불구하고 끈질기게 사건현장을 조사했던 홍정훈의 포기하지 않은 집념과 수고의 결과였다.

용의자의 무죄가 밝혀지자 언론은 대대적으로 이 사건을 재보도했다. 이로 인해 경찰 초동수사의 명백한 부실이 백일하에 드러나게 되었다. 경찰은 피해자의 사망 시점에 용의자가 집 근처에 있었다는 CCTV 증거에만 매달리느라 피해자의 집주변을 샅샅이 살펴볼 생각을 하지 않았던 것이다. 진범은 피해자를 죽인 후 다시 창문을 넘어 도주했다. 그 과정에서 검붉은 벽돌 벽의 요철에 손바닥이 살짝 긁혀 핏자국을 남겼던 것이다. 이처럼 진범이 명백한 증거를 남기고 갔음에도 피해자의 내연남에 대한 맹목적인 심증은,

먼저 경찰의 눈을 가렸고 다음에는 매스미디어의 알량한 정의감을 자극했으며, 결국엔 무고한 사람에 대한 대중의 폭력적인 도덕심을 부추겨 온 나라를 위선적인 마녀사냥에 빠트렸던 것이다. 하지만 언론과 대중 여론은 반성하지 않았다. 도리어 이번에는 경찰을 마녀사냥의 대상으로 삼아 집단 린치를 가하기 시작했다. 그리고 그 반대급부로 전국적인 마녀사냥의 폭력에 맞서 무고한 한 남자의 누명을 벗겨낸 홍정훈 변호사의 영웅적인 활약이 센세이셔널하게 떠올랐다. 그의 활약에 대한 르포 방송이 만들어졌으며, 예능 방송과 광고에서조차 그를 섭외할 정도였다. 하지만 그는 그 모든 출연을 고사했고, 그것이 더욱 대중에게 그의 진정성을 빛나 보이게 했다. 경찰이 진범을 잡아 손에 수갑을 채우는 순간, 한국 사회는 다시 홍정훈 변호사의 이름을 연호했다. 경찰이 범인으로 몰았던 무고한 남자의 누명을 벗겨낸 것도, 진범을 잡아 참혹하게 죽은 피해자의 원한을 풀어준 것도 모두 홍정훈 혼자서 해낸 일이었다. 그는 일약 전국민적인 스타로 떠올랐다.

'법치주의가 무너지면 민주주의는 그저 목소리 센 사람들이 승리하는 중우정치로 흐른다.'

홍정훈 페이스북의 이 문장은 다시 한번 한국 사회의 주목을 받았다. 이번 사건은 공정하고 엄정해야 할 법치주의가 얼마나 대중 여론의 압박에 취약한지를, 그리고 그것이 어떻게 시민들의 자유를 정의라는 이름으로 억압할 수 있는지를 적나라하게 보여준 사건이었다.

이번 일을 통해 홍정훈은 매스미디어의 선동적인 보도와 대중들의 어리석은 여론에 맞서 당당히 법치주의와 힘없는 시민의 자유를 지켜낸 영웅으로 부상했다. 가짜뉴스와 SNS의 선동과 위선적인 정의감이 판치는 시대. 국민들은 민주주의라는 이름으로 벌어지는 어리석은 중우정치의 위험성을 느끼고 있었다. 그러한 때에 홍정훈은 정의와 원칙을 고수하는 강고한 인물로서 민심을 완전히 사로잡게 되었던 것이다.

정치권에서 그를 향한 러브콜이 쏟아지기 시작했다. 최근 조사된 야당 대통령 후보들에 대한 여론조사 결과들은 충격적인 것이었다. 홍정훈이 놀랍게도 모든 조사에서 1등을 차지하며 단박에 정치권의 다크호스로 떠올랐던 것이다.

홍정훈의 대권 도전에 관한 이야기를 듣고서야 고혼기는 어째서 김지연이 홍정훈을 선택했는지를 알게 되었다. 지금까지 김지연을 이십여 년째 알고 지냈지만 그는 김지연이 연애를 하는 걸 본 적이 없었다. 그렇다고 김지연이 전혀 남자를 만나오지 않았던 건 아니었다. 그녀는 자유롭고 매혹적인 향기처럼 몇몇의 남자들 곁에 머물다 그들을 떠나가곤 했었다. 하지만 김지연이 그런 남자들을 자신에게 소개해준 적은 단 한 번도 없었다. 하물며 갤러리에 그들을 데리고 온다는 건 좀처럼 생각할 수 없는 일이었다.

고혼기는 김지연의 정치적 욕망이 홍정훈에 투사되고 있음을 알았다. 그녀는 자신의 삶을 예술 작품으로 생각하는 여자였다. 이제 김지연도 어느덧 불혹의 나이에 접어들었고, 이제 그녀의 삶을 더 높고 권위 있는 색채로 물들일 필요가 있었던 것이다. 아름답고 우아한 갤러리의 관장에서 역사의 한 페이지에 자신의 이름을 또렷이 새길 고혹적이고 기품 있는 영부인의 삶으로, 그녀는 자신의 인생이라는 캔버스를 옮기고 있는 중이었던 것이다. 홍정훈은 그런 창작의 과정에 필요한 하나의 고급스러운 오브제였다. 그녀에게 사랑이란 언제나 자신의 삶을 향한 사랑이었다.

비바람이 혼효림의 나뭇가지들을 흔들고 있다. 거실의 전면창으로 검은 머리카락들이 우는 모습이 보인다. 마치 비바람 속을 미친 여자가 머리를 산발한 채 울면서 돌아다니고 있는 것만 같다.

오래 보고 있으면 괴기한 슬픔마저 느껴지는 풍경.
비 내리는 날이면, 고혼기는 거실 소파에 몸을 깊숙이 묻고 숲이 미쳐가는 모습을 본다.

그 풍경에서 마음의 평안을 얻는다.

그의 손이 섬세하게 터치했던 비속의 나신을 떠올린다.
한때 그가 사랑했던 유일한 몸의 풍경을.

7.

며칠째 내리던 비가 그쳤다. 그리고 후덥지근한 바람이 불어왔다. 습도가 높은 날이었다. 쨍쨍한 햇빛이 쏟아지고 있는데도 기묘하게 하늘을 올려다보면 우중충한 먹구름이 높은 산처럼 떠 있었다.

강청식은 잡풀들이 무성한 국도변에 서서 담배를 피웠다. 덤프트럭 몇 대가 지나가며 먼지 바람을 일으켰다. 담배에서 오래된 국도의 황량한 먼지 냄새가 났다.
강청식은 침을 뱉었다.
"개 같은 새끼들. 담배 피는 사람은 개도 안 건든다는데."
담배꽁초를 국도의 잡풀에 내던지고 그는 추모공원의 주차장으로 걸어갔다. 오전에 와서 차를 이곳 주차장에 세워두고 벌써 서너 시간이 지났다. 해가 먹구름의 산맥을 넘어 꾸물꾸물 중천에 떠올라 주차장을 벌겋게 달구고 있었다. 뜨거운 열기로 주차장 아스팔트가 일렁여 보였다. 흰색의 주차선 안에 얌전히 서 있는 차들도 어딘가 비현실적으로 흔들리고 있는 듯했다. 강청식은 현기증을 느꼈다. 그러고 보니 아침도 먹지 않고 이곳에 왔다. 딱히 갈 곳이 없었다. 집에 종일 있자니 거실 벽 너머 딸의 기척이 그를 슬프게 했다. 그가 아침 일찍이 나가지 않으면 딸은 학교에도 가지 않았다. 그는 오전 내내 유리장 안에 덩그러니 놓여 있는 하얀 유골함을 보며 시간을 죽였다. 넋두리처럼 유골함에 있는 사람에게 몇 마디를 중얼거리기도 했다. 김지환은 185센티미터의 장대한 체격의 남자였다. 지금 그의 눈앞에 있는 유골함의 키는 불과 30센티미터도 되어 보이지 않았다. 떡 벌어진 어깨와 느티나무 둥치처럼 우람한 허리, 오랜 운동으로 근육이 잘 잡힌 허벅지 같은 것들이 어떻게 저 동그란 도자기 안에 다 들어갈 수 있는 것인지를 그는 좀처럼 이해할 수 없었다. 살이 몽땅 타버렸다 해도 그렇지 그 크고 장대했던 골격만으로도 이런 도자기 다섯 개는 필요할 성 싶었는데, 막상 화장이 끝나고 보니 고작 그의 몸은 유골함 입구에 뼛가루가 넘실대는 정도밖에 되지 않았다.

김지환은 경찰 묘역에 묻히지 못했다. 조폭과 연루되어 뇌물을 받다 알력 다툼 끝에 사망했다고 결론이 났기 때문이다. 그는 불명예 퇴진 당했고 유족은 그의 유해를 경기도 양주의 사설 납골당에 안장했다. 김지환의 25년 경찰 인생이 부정당한 것이다.
"하지만 어쩔 수 없어. 김지환의 고향 집 창고에서 현금다발이 나왔잖아."
"아뇨. 아시면서 그러세요. 그 정도야 얼마든지 조작할 수 있죠. 오늘 총경님이 돌아가시면 내일 댁에서 현금다발이 나올지도 모를 일이죠."
"말을 너무 막 하는군. 자네 심정이야 모르는 건 아니지만."
"그렇다는 거예요. 그 정도로 간단한 일이란 거죠."
"그걸 모르는 건 아니네. 그래서 말했지 않은가. 골든 게이트 정 회장이 사주했을 거라고. 지환이가 억울하게 죽은 거 나라고 왜 모르겠나? 하지만 지환이 차량에서 나온 증거들이 너무 명백했어."
강청식은 김지환의 결백을 믿었지만 경찰서 내에는 그렇지 않은 형사들도 있었다. 김지환이 골든 게이트의 뒷돈을 받은 정황 및 물적 증거들이 나왔기 때문이다. 특히 증권맨의 살인사건과 관련되어 김지환이 빼돌렸다고 생각되는 살인도구가 그의 차량에서 발견된 것은 결정적인 증거로 작용하였다.

어제 백진수 총경은 그 사실을 강조하며 강청식을 회유하려 했다. 분하고 억울한 일이어도 어쩔 수 없이 받아들여야 할 때가 있다면서. 그리고 진실은 결국 아무도 모르는 거라고 총경은 덧붙여 말했다.
"자네나 나나 진실은 알 수 없어. 아마 골든 게이트 회장은 알고 있었겠지. 하지만 그는 죽었고 김지환도 죽었네. 우리 경찰들은 결국 증거를 찾고 증거에 의존해서 수사할 수밖에 없는 사람들이야. 김지환이 결백하다고 생각하는 것도 결국 자네의 심증 아닌가?"
"네. 저의 심증이죠. 그건 지환 팀장을 향한 마음속 믿음이기도 하고요. 총경님, 아니 진수 선배, 아시잖아요. 지환이 형이 그럴 사람 아니라는 거."
백진수는 잠시 강청식을 물끄러미 바라보다 한숨을 쉬며 고개를 저었다.

"아니. 난 모르겠어. 솔직히. 그래 심정적으로야 지환이 뒤집어썼다고 생각되지. 나라고 답답하고 원통하지 않았겠나? 하지만 그래도 참고 받아들여야 하는 게 우리 경찰의 숙명이야."
백진수는 짐짓 달래는 듯한 어조로 말했지만 표정만은 근엄하고 엄숙하기 짝이 없었다. 마치 그런 근엄한 상사의 가면을 어디선가 사서 뒤집어쓰고 다니는 것처럼 보였다. 그렇게 점잖고 엄숙한 표정을 지을 때면 그는 코로 숨을 깊게 들이마셨고, 그럴 때마다 넓적한 콧구멍이 벌름거렸다. 백진수 총경은 레슬링 선수 출신이었다. 그는 키가 작고 땅딸막했고 가슴은 단단하고 터질 듯이 팽팽했다. 귀는 납작하게 찌그러져 있어서 누가 봐도 한눈에 레슬링 선수 출신이란 걸 알 수 있었다. 하지만 총경은 광역수사대장으로 승진하고부터 단 한 번도 자신이 레슬링 선수 출신이란 걸 말한 적이 없었다. 뿐만 아니라 동료들이 그걸 언급하는 것도 용납하지 않았다. 그는 둔하게 생긴 외모와는 달리 날카로운 정치적 감각을 지니고 있었는데, 언제 사람을 포용하고 언제 사람을 내쳐야 하는지를, 또 언제 고개를 바짝 숙이고 들어가야 하는지를 그 누구보다 잘 알고 있는 사람이었다. 그는 조직이 궁지에 처했을 때 자신이 책임을 지는 듯하면서도 미꾸라지처럼 빠지는 법을 알았고, 큰 사건을 해결해서 조직이 스포트라이트를 받을 때 부하들에게 공을 돌리는 듯하면서도 그 과실을 뒤에서 묵묵히 독식하는 법도 잘 알았다.
"지환이와 동고동락한 수많은 동료 형사들이 그랬을 거야.

분하고 원통했을거라구. 하지만 강청식! 우린 경찰이야. 경찰이란 숭고한 법 집행 기관의 일원이란 말이야. 사적인 감정으로 움직이는 조직이 아니라구."
강청식은 백진수 총경의 벌렁거리는 코를 보고 있었다. 콧구멍으로 흰 코털이 길게 빠져나와서 그가 숭고한 경찰 어쩌구 목소리를 높일 때마다 콧바람에 마구 흔들렸다. 그게 너무 신경 쓰여 강청식은 손을 뽑아 그 코털을 뽑아주고 싶을 지경이었다.
"그니깐 자네처럼 말이야. 사적인 감정에 휘둘려서 올바른 판단을 내리지 못하고 마구 월권을 자행한다면, 시민들은 경찰이 더이상 정당하게 법을 집행하는 사람들이라고 생각하지 않을 거야. 그러면 국가 치안의 질서가 흔들리는 거라네."
"너무 거창한 말씀입니다. 총경님. 무거워요. 너무 무거워서 주저앉겠어요."
일순 백진수 총경의 얼굴이 차갑게 굳었다. 점잖고 근엄한 가면이 딱딱하게 굳어 얼굴에서 쨍 하고 떨어질 듯했다. 노여움에 가득찬 눈빛으로 총경은 잠시 강청식을 노려 보았다. 강청식은 그 눈빛을 피하지 않았다. 어깨를 약간 느슨하게 펴고 그는 총경의 시선을 뒤로 흘려보내듯 받아냈다.
"그래. 좀 거창했지. 사실 말이야. 이 자리에 있다 보면 말이 좀 그렇게 되네."
이윽고 백진수 총경이 다시 점잖은 상사의 가면을 뒤집어쓰고 입을 열었다.
"하지만 강청식, 아무리 원통해도 사적인 보복은 용납될 수 없어! 이번 일은 최선을 다해서 무마해보려고 노력은 해보겠지만, 쉽지가 않아. 정말 쉽지가 않네. 자네도 잘 알겠지만…."
"전 그냥 참고인 진술을 들으려고 갔다가 다툼이 일어나 정당방위로 쐈을 뿐입니다."
"흐흐흐"
갑자기 근엄한 총경의 얼굴에서 낮고 요란한 웃음소리가 흘러나왔다.
"그거 자네도 말이 안 되는 거 알고 있지?"
백진수가 근엄한 얼굴의 가면을 벗어던지고 불현듯 능청맞은 표정으로 물었다.
"아뇨. 진짜 그놈에게 몇 가지 물을 게 있었거든요."
"뭘 물으러 거기까지 가셨는데?"
강청식이 잠시 뜸을 들였다 내뱉듯 대답했다.
"살인교사요."
"뭐? 살인교사? 누구에 대한?"
백진수가 단어 하나하나를 찍어누르듯 강조하며 물었다.
"김지환 팀장에 대한."
"종결된 사건에 대해서 뭔 참고인 진술을 받으러 갔다는 거야? 자꾸 같은 말 반복하게 하지말게."
"총경님도 방금 전에 말씀하셨잖아요. 그 녀석이 범인이란 걸 안다고."
"난 그렇게 말한 적이 없네. 지환이가 뒤집어썼을 가능성이 있다고 말했지."

잠시 침묵이 흘렀다. 강청식의 시선은 다시 백진수 총경의 콧구멍으로 향했다. 흰 코털이 여전히 삐져나온 채 땀에 살짝 젖은 총경의 인중에 들러붙어 있었다. 마치 인중이 코털을 붙잡고 놓아주지 않으려고 하는 것처럼 보였다. 아프지 않을까? 저 코털을 확 잡아 뽑으면? 그런 생각을 하자 갑자기 실소가 터져 나오려 해서 강청식은 애써 웃음을 목구멍으로 쑤셔 넣어야 했다. 그래도 웃음이 밀고 나오려 해서 고개를 숙여 요란하게 기침을 하며 웃음을 토해냈다.
"죄송합니다. 갑자기 기침이 나와서."
강청식은 흠흠 하며 목을 가다듬고 나서 말했다.
"총경님. 경찰이란 조직은 범죄자를 잡아들이는 집단입니다. 법을 집행하고 정의를 실현하는 집단이죠."
"그 법을 집행하기 위해선 경찰이 먼저 법을 지켜야 하네. 법을 집행하는 과정 자체가 법에 따라야 하는 거란 말이네."
다시 엄숙한 관료의 가면을 쓴 총경이 차분하고 딱딱한 어조로 말했다.
"그렇죠. 하지만 법을 맹목적으로 따르다 보면 정작 법을 집행하지 못하게 되는 경우가 많지 않습니까? 돈 있고 권력 있는 사람들은 누구나 경찰이 법을 충실히 따라서 집행하기를 원합니다. 경찰이 그러고 자빠져 있는 동안 자신들은 충분히 빠져나갈 수 있으니까요."
"그렇다고 경찰이 마구 법을 어기면서 심증만으로 아무나 잡아들일 수는 없지 않은가?"
"그렇죠. 아무나 잡아들일 순 없어요. 하지만 결국 경찰이 잡을 수 있는 건 돈 없고 백 없는 범죄자들뿐이죠. 골든 게이트처럼 대놓고 마약을 팔아도 사람을 죽여도 심지어 경찰을 죽여도 우리가 할 수 있는 건 아무것도 없어요. 법을 잘 지켜서 그들을 잡아야 하는데 그들은 우리가 법을 지키기를 바라거든요. 아무 증거도 남겨두지 않았으니깐."
"그렇다고 그렇게 총을 들고 가서 마구 쏴서 죽여도 된다는 건가?"
"말했잖습니까? 그놈은 김지환 팀장을 죽였어요. 저는 그걸 물으러 간 겁니다. 네가 죽였냐? 그랬더니 칼을 들고 저를 위협했고 제 어깨를 칼로 찍었고 그래서 전 총을 꺼내서 쐈습니다. 공포탄을 먼저 쏘면서 칼을 버리라고 말했죠. 하지만 버리지 않았어요. 그래서 쐈습니다."
백진수 총경은 한숨을 쉬었다. 짐짓 무겁고 비통하게 느껴지는 한숨이었다. 그는 반쯤은 연민하는 듯한 눈빛으로 강청식을 바라보았다.
"그래. 강청식. 그 심정, 그래 이해 못 할 것도 없어. 하지만 이번 일은 쉽게 넘어가지 못할 거야. 내가 노력은 해보겠지만."
"아뇨. 굳이 애쓰실 필요 없습니다. 어떤 결과가 나오든 받아들이겠습니다."
강청식은 사실 결과를 예상하고 있었다. 이번에는 정말 옷을 벗게 되리라고 생각했다.
"뭔가 오해를 하고 있나 본데. 옷을 벗는 걸로 끝나지 않을 거란 말이네. 살인으로 기소될 수도 있어."
"……"

강청식은 다시 담배를 꺼내 물었다. 이번에도 덤프트럭들이 지나가며 먼지 바람을 일으켰다. 황사가 몰아닥친 것처럼 주변이 뿌옇게 모래 먼지에 휩싸였다. 그는 담배에 불을 붙이지 않고 질겅질겅 씹으며 생각했다. 옷을 벗는 걸로 끝나지 않을 거라는 백진수의 말은 냉철한 판단에 따른 타당한 경고였다. 그 또한 이미 예상하고 있던 일이었다. 그날 비속의 창고에서 강청식은 정회장을 죽여야만 했다. 그것이 그가 사는 길이었다. 그 외에 다른 길은 생각해 볼 수 없었다.

종일 하얀 유골함을, 한때 김지환이었을 뼛가루들이 들어 있는 도자기를 보고 나왔지만, 도자기는 침묵을 지킨 채 아무런 말이 없었다. 오래 보고 있으면 문득 도자기에서 지환이 형이 뭔가 말을 걸어올 것 같았지만, 흰 도자기는 묵묵했고 그 아래 놓인 액자 속에서 지환은 아들의 어깨에 팔을 두른 채 환하게 웃고만 있었다. 지환이 너무나 자랑스러워했던 아들이었다. 아들은 공부를 썩 잘했고, 그는 아들이 의대에 가기를 바랐다. 그래서 아들을 대치동 학원에 보내는 둥 아들 학업 바라지에 부산을 떨었었다. 그런데 그렇게 애지중지하던 아들이 대학에 입학하는 것조차 보지 못하고 김지환은 죽었고, 아무 말도 없이 도자기 속으로 숨어버렸다. 강청식은 묻고 싶었다. 백진수 총경이 그에게 물었듯이, 김지환에게 묻고 싶었다. 정말 무슨 일이 있었던 거냐고?

8.

파스텔 톤의 젖빛으로 칠해진 벽면에 잠잠한 조명이 비추고 있다. 햇빛이 들지 않지만 유백색의 벽면은 어둡지도 답답하지도 않고, 흡사 스스로의 생명력으로 묵직하게 서 있는 듯한 느낌을 준다. 그 벽면의 한쪽에 궁서의 고풍스러운 필체로 고혼기의 이력이 시행처럼 스며들어 있다. 그리고 이어지는 투명하게 비어있는 공간들의 행렬. 곧 저 하얀 벽면에 비속의 나신들이 걸릴 예정이다.
"언론에 마지막 보도자료는 다 배포한 거지?"
김지연이 어린 여직원에게 물었다. 차분히 사람을 추궁하는 목소리였다. 여직원은 살짝 기가 죽은 표정을 지으며 고개를 끄덕였다.
"차실장, 브아이피들에게 전화는?"
김지연은 비서처럼 판넬을 들고 그녀 곁에 바싹 붙어 있는 직원에게 물었다.
"무척 흡족해들 하시는 것 같았어요. 관장님이 직접 안내를 해주신다니깐."
싹싹한 미소를 지으며 차실장이 대답했다.
"특히 양회장이 좋아할 거야."
"맞아요. 선생님. 안 그래도 언제 화백님 전시회를 볼 수 있냐구 성화를 부리셨거든요."
"그래. 그분은 그렇지. 고혼기 선생님 작품을 못 사서 안달이 난 양반이니깐."

김지연은 어깨를 으쓱했다. 그러곤 입가에 온화한 조소를 품은 채 말을 이었다.
"그림이 유전이라고 생각해 그분은. 돈이 석유처럼 쏟아져 나오는 유전."
고혼기 화백의 전시회가 이틀 앞으로 다가왔다. 주류 언론은 모두 이번 전시회에 대해 일제히 보도하면서 세상에 아직 모습을 드러내지 않은 고혼기 화백의 1980년대 걸작들이 세상에 모습을 드러낼 예정이라고 밝혔다. 나래 갤러리 측에서 배포한 보도자료에 따르면 이번 전시회에 공개되는 일곱 점의 작품 이외에도 열점의 미공개 작품이 더 있다는 사실 또한 언론은 빼놓지 않고 보도했다. 그간 침체되어 있던 미술 시장에 모처럼 찾아온 희소식이 아닐 수 없었다. 특히 이제는 더이상 시장에 나오지 않는 비속의 나신 시리즈에 대한 컬렉터들의 오랜 목마름을 채워줄 수 있는 기회였던 것이다. 나래 갤러리 측은 이번 전시회에 거는 미술계의 기대를 잘 알고 있었다. 그래서 김지연 관장은 다른 어느 전시회보다 더 많은 신경을 써가면서 전시회의 모든 준비과정을 직접 나서서 지시하고 감독했다.
김지연은 오래 어머니를 동경해 왔었다. 어머니 이미애는 한국 화랑의 역사에 한 획을 그은 인물로, 열악하고 척박한 한국의 미술 시장에서 갤러리 나래를 창립하여 현대 미술의 주요한 작가들을 발굴해낸 입지전적인 존재였다. 하지만 어머니를 동경하는 만큼 김지연은 자신을 짓누르고 있는 어머니의 그림자가 지긋지긋했다. 사람들은 그녀의 어머니를 갤러리 나래와 동일시하여 생각하지만, 정작 갤러리를 이어받아 한국 최고의 화랑으로 키운 것은 바로 자기 자신이었다. 갤러리 나래를 대표하는 최고의 화가인 고혼기 화백을 키운 것 또한 어머니가 아니라 자신이라고 김지연은 생각했다. 물론 일본에 있던 고혼기를 발견하고 한국으로 데리고 온 것은 어머니였지만, 한국에서 고혼기가 성장할 수 있도록 그의 모든 창작 과정을 뒷받침한 것은 김지연 바로 자신이었던 것이다. 그녀는 이번 전시회를 통해 세상이 잘못 알고 있는 그 사실을 바로 잡고 싶었다. 어머니 사후 고혼기 화백은 더는 사람의 나신을 그리지 않았다. 그는 다른 작품들을 제작하여 전시회를 열고는 했지만, 더이상 사람을 모델로 한 작품에는 손을 대려 하지 않았던 것이다. 까닭에 이번 비속의 나신전은 40여년만에 고혼기의 인물화를 세상에 선보이는 자리였다. 바로 1980년대 세상을 떠들썩하게 했던 그 비속의 나신들을.

돌이켜 보면 이번 전시는 그야말로 천운이 따라 준 일이었다. 작품이 없으면 전시회를 열 수 없다. 당연한 일이지만 김지연은 전시회를 개최하기 위해서 작품이 필요했다. 그러나 이제 더 이상 붓조차 손에 들지 못하는 고혼기에게 그림을 그리라고 할 수는 없는 노릇이었다. 더욱이 그는 더이상 여인의 나신을 소재로 한 작품은 제작하려 들지 않았다. 십여 년 전 아직 고혼기의 시력이 멀쩡하고 여전히 왕성한 열정으로 작품을 제작하던 시절, 김지연은 자신이 모델이 되어줄 테니 새로운 나신화 시리즈를 시작할 생각이 없는지 물어본 적이 있었다. 하지만 고혼기는 단칼에 그 제안을 거절했다. 그는 이상할 정도로 그 점에 있어서는 완강했다. 마치 어머니가 세상을 떠나자 이 세상의 모든 나신이 사라져버렸다는 듯이. 자신이 그릴 수 있는 사람의 육체는 오직 이미애의 육체뿐이었다는 듯이. 그는 평소 은근히 김지연의 눈치를 보면서 잇속을 차릴 정도로 교활한 속물이었지만, 비속의 나신에 대해선만은 고결한 예술적 사명에 빠져있는 양 요지부동의 태도로 고집을 부렸다. 고혼기의 그런 태도는 김지연에게 더없는 모욕감을 안겨주었다. 내색은 하지 않았지만, 그녀가 받은 모욕은 크고도 심중한 것이었다. 스스로조차 인정할 수 없을 정도로. 김지연은 거울을 잘 보는 여자가 아니었다. 그녀는 굳이 거울을 볼 필요가 없을 정도로 아름다웠고, 세상 사람들의 눈빛이 바로 그녀의 홍안을 비추는 동경(銅鏡)이었던 것이다. 화장할 때를 빼고 그녀가 거울을 유심히 볼 때가 있다면, 그것은 욕실에 가득찬 수증기 속에 잠긴 자신의 나신을 볼 때였다. 그것은 더없이 슬프고 고혹적인 알몸이었다. 물이 되어 사라지는 인체의 신비로운 환영이었다.

시장에서 사라져버린 고혼기의 나신화들이 일본에서 유통되고 있다는 소식을 들은 건 약 2년 전이었다. 처음에는 그저 소문 정도로 치부했지만, 도쿄 미술계의 지인들로부터 들은 이야기는 달랐다. 비속의 나신 작품들이 확실히 옥션에 돌고 있다는 이야기였다. 김지연은 바로 간단한 짐을 챙겨 일본으로 출국했다.

도쿄의 한 옥션에 나온 작품은 육안으로 보면 분명한 진품이었다. 그 특유의 공간 분할이며 오묘한 신비로움이 느껴지는 색감, 그리고 붓 터치 등이 분명히 고혼기 화백의 작품이었던 것이다. 하지만 이상하게도 도록에는 존재하지 않는 작품이었다. 굳이 도록을 볼 필요도 없었다. 김지연은 총 15점에 이르는 비속의 나신 시리즈만이 아니라 고혼기 화백의 모든 작품들을 속속들이 잘 알고 있었던 것이다. 고혼기의 거의 모든 도록을 제작한 것도 바로 김지연 자신이었다. 고혼기 화백의 작품을 세상에서 자신보다 더 잘 알고 있는 사람은 없을 거라고 김지연은 자신할 수 있었다.

그런데 놀랍게도 그 작품은 분명 자신이 모르는 고혼기 화백의 작품이었다. 그것도 그의 최고 걸작이라 할 수 있는 비속의 나신 시리즈였던 것이다. 비의 안개에 감싸인 아름다운 여인의 나신은 위작에 대한 우려에도 불구하고 무려 3억엔이라는 놀라운 가격에 낙찰되었다. 김지연은 이 작품의 출처를 찾아봐야겠다고 생각했다.

처음에 작품의 출처는 묘연했다. 옥션 측에서 제공한 출품자는 중국인 무역상으로 알려진 인물이었다. 하지만 동원할 수 있는 모든 정보 수단을 총동원하여 추적해 본 결과

중국인 무역상이라는 사람은 존재하지 않았다. 그는 서류상에만 존재하는 인물이었던 것이다. 실제 그 작품을 서류상의 무역상을 대리하여 출품한 사람은 한 일본 미술 대학의 교수였다. 김지연은 대학으로 그를 찾아갔다. 도쿄의 유명 갤러리의 관장과 그의 소개로 알게 된 법조계의 유명 변호사를 대동하고서였다.

김지연은 거두절미하고 이 작품이 위작이란 사실을 알고 있다고 말했다. 당연하게도 미술 교수는 처음에는 인정하려 들지 않았다. 하지만 그로부터 진실을 끄집어내는 데 그리 오랜 시간이 걸리지 않았다. 교수 역시 김지연이 누구인지 잘 알고 있었던 것이다. 김지연은 언제든지 모든 수단을 동원하여 그를 철저히 파멸시킬 수 있는 사람이었다. 하지만 김지연의 목적은 고작 위작이란 사실에 대한 실토를 듣는 것이 아니었다. 그녀는 누가 이 그림을 그렸는지 알고 싶어 했다. 미술 교수는 이번 일에 대해 묵인하는 조건으로 위작 기술자의 신원을 가르쳐주겠다고 말했다. 김지연은 흔쾌히 수락했다.

위작 기술자는 30대 중반의 남자였다. 미술 교수의 제자였던 사람으로 하릴없이 도박을 하면서 재능을 낭비해온 전형적인 한량 타입의 남자였다. 김지연이 그를 찾은 곳도 한 파친코 가게에서였다. 그를 설득하는 것은 어렵지 않았다. 얼마든지 도박을 할 수 있는 현금만 쥐어준다면, 그는 영혼이라도 팔 사람이었던 것이다.

김지연은 위작 기술자를 데리고 한국으로 돌아왔다.
처음 기술자를 소개받던 날 고혼기의 표정은 볼만한 것이었다. 김지연은 기술자에게 먼저 비속의 나신 작품 한 점을 제작할 것을 의뢰했다. 일종의 샘플로서 고혼기에게 보여주기 위함이었다. 기술자는 단 며칠만에 그림을 완성했다. 김지연은 그 그림을 들고 고혼기의 집으로 찾아갔다. 그리고 그에게 진품에 대한 여부를 판별해달라고 부탁했다. 고혼기는 소파에 몸을 깊숙이 묻고 꿈꾸는 듯한 시선으로 그림을 바라보았다. 아무 말도 하지 않고 어떤 표정의 변화도 없이, 진짜 꿈을 꾸고 있는 것처럼. 하지만 김지연은 보았다. 고혼기의 눈가에 미미한 물기가 서리고 있는 것을. 이윽고 그는 조용한 어조로 자신의 작품이 맞다고 인정했다. 언제 그렸는지는 기억이 희미하지만, 저 그림 속의 나신은 분명 이미애의 신체라고.

며칠 후 김지연은 고혼기를 위작 기술자의 작업실로 초대했다. 그리고 기술자가 자신의 작품을 복제하는 모습을 지켜보게 했다. 위작 기술자의 작업을 바라보는 동안 고혼기의 표정은 창백해 졌다. 마치 눈을 뜨고 가위에 걸린 사람 마냥 그는 입을 가만히 벌린 채 꼼짝도 하지 않고 기술자가 자신의 그림을 복제하는 장면을 지켜보았다. 김지연은 오랜 복수라도 한 것처럼 통쾌한 기분을 느꼈다. 심장 저 깊은 곳으로부터 조소가 차올라 표정을 관리할 수 없을 지경이었다.

처음에 고혼기는 위작 기술자를 받아들이려 하지 않았다. 바로 며칠 전 기술자의 작품을 자신이 그린 진품이라 말해 놓고는, 그의 눈앞에서 작품을 다시 똑같이 그려내자 이것은 모독이라고, 이런 흉내내기를 자신은 평생 용납해 온 적이 없다고 고래고래 소리를 지르며 미친 노인네처럼 침을 튀겨댔다.

"김지연 관장! 이건 흉내야. 흉내! 그것도 아주 졸렬하고 저속하기 그지없는… 나는 절대 용납할 수 없네. 이건 나에 대한, 아니 예술 그 자체에 대한 모욕이라 아니할 수 없네. 흠! 흠! 흠!"

"내가 좀 흥분했군. 미안허이. 하지만 자네도 이제 어엿한, 아니 한국 최고 갤러리의 대표가 아닌가, 자네는… 내 처음에 좀 착각을 했다만, 자네도 알다시피 나는 눈이 안 좋지 않은가? 이 놈의 눈이 문제라네! 자네도 늙으면 눈이 나빠질게야. 그림에서 작가의 영혼을 볼 수가 없어진다네. 색채에서는 작가의 혈흔을, 형상에선 작가의 입김을 느낄 수 없게 되지. 이 늙은이를 좀 불쌍히 여겨주게나. 은총을 내려달라는 말은 아닐세. 자네는 신이 아니니깐 은총을 내려줄 수는 없지 않은가. 나는 이미 살아오면서 예술의 신으로부터 은총을 받을 만큼 받아 왔다네. 그런데 늙어 버리니깐 예술의 신도 말일세, 그저 젊은것들이 더 좋은지 나를 떠나버리고 말았지. 옛날엔 남자가 군대를 가면 여자가 고무신을 거꾸로 신는다는 말이 있었네. 예술의 신도 그리 지조가 있는 편은 아니지. 고무신을 거꾸로 신었으니. 어쨌든 은총은 필요 없네. 우리가 종교인은 아니지 않은가? 다만 그래도 말일세. 이 늙은이를 조금만 더 불쌍히 여겨주게나. 늙는다는 건 서러운 일이라네. 늙은이에겐 미래란 게 없다네. 남는 건 온통 미래를 차지하는 과거의 추억들 뿐이지. 자네도 늙으면, 늙게 되면 말일세… 근데…… 아니 근데 지연 관장은 아직 젊지 않은가! 올해로 아직 서른이지? 아니 마흔이 되었던가? 마흔도 좋은 나이일세. 아직 몸에 아름다움이 머무는 나이이지. 그래도 자네는 이제 마흔인데 어째서 저 젊은 사기꾼 녀석이 비속의 나신을 그릴 수 있다고 말하는 건가? 자네는 저 그림의 색채에서 내 회색의 혈흔이 느껴지던가? 어쨌거나 이건 흉내내기에 지나지 않네. 그림은 영혼이 스민 손에서 나오는 것이라네. 화가의 살아 있는 몸에서 나오는 것이지. 자네도 잘 알고 있지 않은가? 몸은 일종의 깊은 우물이라네. 작품을 건져 올리는. 자네도 다 알고 있는 얘기이지 않은가? 어머니가 그렇게 가르치지 않았나? 화가는 몸이란 우물에서 작품을 건져 올리는 거라고. 손을 두레박처럼 사용해서 말이네. 아무리 똑같이 그려도, 작가의 손목에 깃든 영혼의 필치까지 담아낼 수는 없네. 저 그림은 물론 비속의 나신들과 놀라울 정도로 흡사하지. 하지만 저기엔 내가 없네. 내 손목의 아름다움이 깃들어 있지 않아."

"어시스턴트라니? 내게 왜 어시스턴트가 필요하단 말인가? 내가 뭐 축구선수인가? 도움을 받아서 골을 넣게? 그런 건 돈을 많이 벌려는 비속한 화가들이나 하는 짓거리라네. 그림 한 장 그리는데 뭔 타인의 도움이 필요하단 말인가? 그렇게 백 장을 그린다 한들, 그건 화가의 몸에서 나온 그림이 아니지 않은가? 진정한 화가는 자신의 손으로 그려야 하는 거라네."

"물론 그렇지. 나도 비속의 나신을 다시 그리고는 싶다네. 내 몸에서 흘러나온 유일하게 아름다운 삶은 오직 그 그림들 뿐이었지. 그러나 어찌하나? 예술의 신은 이미 고무신을 거꾸로 신었는데… 예술의 신이 내 몸을 떠나면서 내게서 눈과 손을 앗아갔다네. 지금 내 몸에 붙어 있는 이거? 이건 그저 소변을 보거나 밥을 먹을 때나 필요한 살덩어리일 뿐이지. 이 노인을 불쌍하게 여겨주게나. 더는 괴롭히지 말게. 나는 이미 생에서 아름다운 손을 잃어버렸다네."

고혼기는 그날 짐짓 슬픈 미소까지 지어가며 완강히 거부의 의사를 표했다. 하지만 김지연은 그가 아무리 고상한 말로 예술이 어쩌네 운운해도, 그가 아무리 절대 용납할 수 없다고 대못을 때려 박듯 소리를 질러도, 결국엔 그가 기술자를 어시스턴트라는 명목으로 받아들일 수밖에 없다는 것을 잘 알고 있었다. 고혼기는 그의 말대로 더이상 그림을 그릴 기력이 없었다. 허구한 날 자신이 나신의 숲이라 부르는 창밖 풍경이나 하염없이 쳐다보면서, 오래전에 그렸던 어머니의 환영 속에서 살아가고 있는 고혼기였다. 아마도 그의 몸속에는 그림이 되지 못한 어머니의 나신이 부글부글 썩은 죽처럼 끓어오르고 있을 터였다. 그래서 그의 입에서 그처럼 악취가 풍겨 나오는 지도. 어쩌면 고혼기는 그녀 자신보다 더 간절히 비속의 나신들을 원하고 있는지 모른다. 그런 그에게 그녀는 젊은 화가의 손을, 수십 년 전 그의 손과 너무도 흡사한 아름다운 손을 가져다주었을 뿐이다. 고혼기가 결코 거부할 수 없을 예술적 도취를, 잔인한 유혹의 손을…

김지연의 예상대로 고혼기는 채 일주일이 지나지 않아 그녀에게 연락을 해 왔다. 그리곤 '곰곰이 생각해 봤는데, 나도 이제 나이가 들었으니 다른 화가들처럼 어시스턴트를 쓰는 것도 나쁘진 않겠지, 어쩌면 예술의 신이 내게 손의 윤회를 허락했는지도 모르겠네. 저 사기꾼 녀석의 손은 내 젊은 날의 손이 환생한 것인지도 모르지'라고 고상한 헛소리를 늘어놓으면서 결국 어시스턴트를 받아들였다. 그리고 바로 다음 날부터 작업은 시작되었다. 비속의 나신 시리즈를 새롭게 제작하기로 한 것이다.

고혼기가 매일 기술자의 작업실로 출근을 하면서, 기술자의 작업은 현저히 느려지기 시작했다. 작품 한 편당 보름이 훌쩍 걸렸는데, 고혼기가 내내 그를 쳐다보고 있었기 때문이다. 그는 하루도 빠지지 않는 정도가 아니라 한 시간도 자리를 비우지 않고 기술자의 곁에 바싹 붙어 앉아 그의 작업을 꼼꼼히 지켜보았다. 동네 장기판에서 훈수를 두는 노인처럼 그는 기술자에게 꼼꼼하게 이런저런 지시를 내리기도 했다. 그러자 놀랍게도 원곡을 아름답게 변주하여 들려주는 피아니스트의 연주처럼, 비속의 나신 원본을 앞에 두고 작품을 그리는 기술자의 손끝에서 새로운 고혼기의 작품이 탄생하기 시작했다.

고혼기는 어시스턴트의 손을 빌려 1980년대를 떠도는 비속의 유령들을 현대의 공간으로 소환해냈던 것이다. 1980년대의 영혼들에게 2020년대의 나신을 입혀주었던 것이다.

9.

침실에는 중세의 고성에서 가져온 듯한 가구들이 놓여 있었다. 낡고 바랬지만 오랜 세월의 기품이 느껴지는 엔티크한 가구들이었다. 묵직한 암흑을 품고 있는 듯한 검은색 장은 전면에 은빛의 자개 꽃들이 상감되어 있었다. 침실의 심홍빛 조명 속에서 그 은빛 꽃들은 이상할 정도로 불길해 보였다. 화장대는 크고 육중했고 고대의 기괴한 덩굴식물이 테두리를 감싸고 있어, 흡사 화장 거울이 우거진 덩굴 속에서 은은한 물빛으로 떠오르고 있는 것만 같았다. 화장대의 양쪽으로는 검은색 유리장이 놓여 있었는데, 그것은 어느 귀족 부인의 침실에서 볼 듯한 고풍스러운 유리장으로, 가구의 검은빛이 종이처럼 바스락 소리를 낼 것만 같은 뭔가 신비스런 기운을 품고 있는 가구였다.

홍정훈은 침대에 누워서 욕실에 들어간 김지연을 기다리고 있었다. 이 침실에 올 때마다 그는 김지연의 미모에서 느껴지는 어떤 어둠 속에 들어온 듯한 느낌을 받곤 했다. 그것은 오래되고 신비로운, 그러나 무척 매혹적인 심연으로, 한번 그 속에 들어가면 다시 빠져나올 수 없는 아름다운 미로와도 같은 것이었다. 홍정훈에게 그녀와 함께 한 모든 시간은 그 아름다운 미로를 헤매고 다닌 일이었다. 그것은 아름다운 몽유병이었던 것이다. 홍정훈도 그녀의 불가사의한 미목(眉目)이 이끄는 이 어지러운 꿈속이 뭔가 불길한 예감으로 가득 차 있다는 것을 알았다. 그녀의 아름다움은 그것을 사랑하는 사람을 파괴하는 아름다움이라고 어렴풋이 느낄 수 있었다. 하지만 그는 그 위험한 미망에서 깨어나고 싶지 않았다. 그것은 그가 평생 들어가 보지 못한 아름다운 꿈속이었던 것이다.

욕실의 문이 기척도 없이 열리고 그녀가 아름다운 수증기처럼 흘러나왔다. 심홍빛 조명이 아슬하게 스며들고 있는 우유빛의 나이트 슬립을 입고 그녀는 처연해 보일 정도로 수줍은 미소를 짓고 있었다. 고혹적인 요부의 몸속에 갇힌 천진한 소녀처럼, 그녀는 위험할 정도로 관능적이면서도 안타까울 정도로 애틋해 보였다. 홍정훈은 몸속에서 벌떡 일어서려는 광포한 욕망을 느꼈다. 그녀의 가녀린 몸을 품에 안고 으스러트리고 싶었다. 그가 침대에서 움찔하며 일어서려고 하자 김지연이 허공의 어둠을 쓰다듬는 듯한 동작으로 왼손을 들어 가만히 그를 제지했다. 홍정훈은 그녀의 몸짓에 옴짝달싹할 수 없었다. 그는 광포한 욕망을 품은 채 결박당해버린 거인이 된 것만 같았다. 그녀는 수증기로 만들어진 아름다운 그림자처럼 다가왔다. 스르르 다가와 그의 몸속으로 안개처럼 스며들 듯이. 달콤한 그녀의 물기가 그의 몸을 적셨다. 그녀의 몸속으로 그가 기절할 듯이 스며들어 갔다.

향긋하고 쌉싸름한 담배 연기가 방안을 채웠다. 홍정훈은 담배를 피지 않았지만 김지연이 섹스 후 피는 담배 연기는 좋아했다. 그녀는 자신의 손가락처럼 가늘고 요염해 보이는 담배를 입에 물고 가만히 숨을 쉬는 것처럼 연기를 들이마셨다. 그럴 때 그녀의 눈빛은 깊고 몽롱했다. 김지연은 타인이 피는 담배 연기를 싫어했다. 그녀 자신도 평소에는 담배를 전혀 입에 대지 않았다. 사람들은 그녀가 흡연자라는 사실을 몰랐다. 담배는 침실에만 있었고, 늪처럼 끈적이는 육체의 향연이 지나가고 난 이후에만 담배를 입에 물었다. 그녀의 얼굴에 살짝 초콜릿 향이 나는 담배 연기가 떠돌았다. 그녀의 아름다운 프로필이 엷은 안개에 잠기는 것만 같았다.
"담배 냄새가 싫지 않아요?"
김지연이 재떨이에 담배를 끄며 물었다.
"아니 당신이 피는 담배 연기는 좋아."
홍정훈이 재떨이를 받아 침대 옆 탁자에 놓으며 말했다.
"흥. 변호사라 그런지 거짓말을 잘하는군요. 법정에서도 그렇게 달콤한 거짓말로 사람들을 홀리나요?"

"난 무뚝뚝한 사람인데. 법정에서는 더 무뚝뚝해져."
"그렇게 무뚝뚝한 표정으로 나를 쳐다보는 그 눈빛이 예뻐요. 눈빛만 무뚝뚝하지 않은 사람 같아요. 당신은."
그렇게 말하며 김지연은 홍정훈의 콧등을 검지로 쓰다듬었다. 그녀의 지문이 콧등에 스며드는 듯한 느낌에 홍정훈은 전율을 느꼈다. 그녀의 모든 터치는 섬세하고 도발적이었다.
"난 재미없는 사람이잖아. 그나마 눈빛이라도 지루하지 않은 것 같아서 다행이네."
김지연이 침대에서 몸을 일으켰다. 나이트 슬립의 레이스가 그녀의 쇄골에서 흘러내려 오른쪽 가슴이 드러났다. 병아리처럼 연약하고 따뜻해 보이는 가슴이었다. 홍정훈은 자신의 투박한 손으로 그녀의 가슴을 움켜쥐고 싶었다. 하지만 그는 자제했다. 그의 페니스가 꿈틀거리며 요동을 쳤다. 그녀가 가만히 달래듯 그의 페니스를 움켜쥐었다. 홍정훈의 입술에서 한숨이 새어 나왔다.
"화백님은 일흔이 넘으셨잖아."
"그런데요?"
김지연은 홍정훈의 팔베개를 하고 그의 턱에 숨결을 불어넣으며 물었다.
"일흔이 넘으셨는데 여전히 창작 활동을 하신다는 게 정말 대단한 열정인 것 같아. 내일 전시회도 그렇고. 지난번에 봤던 작품들을 전시하는 거지?"
"그분은 자신이 창작한 작품 속에서 사시는 분이에요. 그게 그분 삶의 모든 것이죠."

"그렇다 해도 그림이라는 게 엄청난 체력이 필요하다고 들었어. 몸도 불편하신 것 같은데 그러다가 건강을 해치는 게 아닐까?"

홍정훈은 걱정스러운 목소리로 물었다. 그는 왠지 고혼기가 안쓰러웠다. 곧 증발할 것처럼 그 노인은 야위었고 앙상했었다. 그런 몸을 소파에 푹 파묻고 그는 아무것에도 관심 없는 공허한 눈빛으로 앉아 있었다. 그는 사람에게 관심이 없는 사람이었다. 그러니 내내 혼자일 수밖에 없는 그런 사람이었다. 그런 처절한 고독 속에서 예술이란 게 과연 무슨 의미가 있을까? 사람을 곁에 존재할 수 없게 하는 차가운 얼음 같은 예술이란 것이. 홍정훈은 그런 생각을 하면서 자신은 결코 예술가가 될 수 없는 사람이란 걸 알았다. 아니 저렇게 천상천하 유아독존의 고집스럽고 황폐한 내면이 예술가의 세계라면 자신은 결코 예술가가 되고 싶지 않았다.

"어시스턴트가 있잖아요."

김지연의 차갑고 평온한 목소리가 생각에 잠겨 있는 홍정훈을 질책하듯 깨웠다.

"어시스턴트? 그게 뭐지? 비서 같은 건가?"

"아니요. 창작을 도와주는 사람이죠."

"그니깐 수발을 들어주는 사람이군. 비서와 같은 일을 하는 게 아닌가."

"아니에요."

김지연이 홍정훈을 다정히 바라보며 그러나 무뚝뚝하게 잘라 말했다.

"그러면? 대신 그림이라도 그려준다는 거야."
"네. 고혼기 선생님은 고령이시라 더이상 붓을 들 수가 없잖아요."
"그러고 보니 눈도 침침하셔서 잘 안 보이신다 하지 않았나?"
"그렇죠."
"그런데 어떻게 그림을 그리실 수 있지?"
"……."
"눈이 잘 안 보이면 색감이나 이런 것도 잘 느끼실 수 없지 않나?"
"……."
홍정훈이 똑같은 질문을 반복하자 김지연은 갑자기 다정함을 잃은 소녀처럼 그를 우두커니 쳐다보았다.
"미안. 내가 좀 지나쳤군. 직업병이라 그래."
비스듬히 침대 벽에 누워 있던 몸을 일으키고 김지연은 흘러내린 나이트 슬립을 다시 어깨에 걸쳤다. 병아리 같았던 그녀의 수줍은 가슴이 부드러운 실크 속으로 사라졌다.
"눈이 잘 안 보이세요. 손목에 힘도 없으시고요. 그래서 어시스턴트를 쓰시는 거죠."
홍정훈은 뭐라고 대답해야 할지 몰랐다. 그녀가 느닷없이 사무적인 타인처럼 느껴졌다. 여전히 차분하고 상냥한 목소리로 말했지만 그녀의 음성은 살얼음처럼 그의 가슴에 스며들었다.
"미술에 대해서 잘 모르니깐 그렇게 생각할 수도 있어요."

그녀가 다시 목소리에 다정한 온기를 품고 홍정훈을 지그시 내려다보며 말했다. 홍정훈은 뻘쭘하게 누워 꾸중을 듣는 아이처럼 그녀를 올려다보았다. 그런데 뭘 그렇게 생각할 수도 있다는 거지? 그는 그녀의 말을 이해할 수 없었다.
"음. 그래. 난 미술에 대해서 전혀 몰라서."
김지연은 입술에 손을 대고 풋풋하게 웃었다. 남자의 어리숙한 모습에 사랑스러움을 느끼는 짓궂은 소녀처럼.
"어시스턴트는 작가의 뜻에 따라 그림을 그리는 사람들이에요."
"전부 다? 대신 그려주는 건가?"
홍정훈이 의아한 얼굴로 물었다. 숨기려 했지만 목소리에 동요가 묻어났다. 그는 사실 좀 충격을 받았던 것이다. 남이 대신 그림을 그려주는 화가도 있다는 말인가? 금시초문이었고, 거짓말 같은 이야기였다. 그러면 그 그림은 누구의 작품이 되는 거지?
"음…"
김지연이 잠시 단어를 고르듯 생각에 잠겼다가 말했다.
"예술은 화가의 몸속에 깃든 영혼의 표현이에요. 단순히 물리적인 노동의 결과가 아니란 거죠. 이를테면 뒤샹이 있잖아요. 그는 어느 날 백화점에서 남성 소변기를 사와서는 리처드 머트라는 서명을 하고 갤러리에 전시했어요. 누가 봐도 그건 그냥 공산품 소변기였죠. 다만 다른 게 있다면 그것이 놓인 자리가 미술관이라는 것과 샘이라는 제명이 붙어 있었다는 거예요. 만약 그 물건이 어느 술집의 화장실에 놓여 있었다면 사람들은 거기다가 소변을 봤겠죠. 하지만 마르셀 뒤샹이 그것을 샘이라 부르고는 예술이라는 시공에 옮겨 놓자 그것은 세상에 유일무이한 미술 작품이 되었고, 아무도 거기다가 감히 소변을 볼 생각을 하지 못하게 되었죠. 왜냐고요? 그것은 이제 공산품 소변기가 아니라 희고 아름다운 샘을 표현한 예술 작품으로 변환되었으니까요. 그런데 뒤샹이 그걸 만들었나요? 아니요. 뒤샹은 아무것도 만들지 않았어요. 다만 하나의 사물에 자신의 예술혼을 불어넣었을 뿐이죠."

"그렇지만 거기에는 아무런 수고와 노동도 들어가지 않았잖아. 그런 식이라면 누구나 기발한 아이디어를 가지고 사물에 이름을 붙여주면 예술이 되는 거 아니야."

"맞아요. 하지만 그 이름을 붙여주기까지의 수고와 노동은 왜 생각하지 않죠. 소변기에 이름을 붙이기까지 마르셀 뒤샹이 했을 오랜 예술적 고뇌는요? 누구나 예술 작품을 만들 수는 있어요. 하지만 세상에 그것만이 존재할 듯한 예술 작품은 누구나 만들 순 없죠."

어느새 홍정훈은 몸을 일으켜 반듯하게 침대 벽에 기댄 채 김지연의 이야기를 듣고 있었다. 김지연의 말은 설득력이 있었다. 예술에 문외한인 자신도 쉽게 이해할 수 있을 듯했다. 그럼에도 고집스런 의아함이 마음속에 남아 그를 괴롭혔다.

"하지만 모든 예술이 그런 식일 수는 없잖아. 그렇다면 예술과 기발한 철학적 아이디어 사이엔 뭔 차이가 있지?"

"철학은 사물을 필요로 하지 않아요. 추상적 관념만이 존재하죠. 하지만 예술은 그 철학적 관념을 담아낼 사물이란 용기가 필요하고요."

다시 김지연의 말은 묘한 설득력을 지니고 그를 괴롭혔다. 고상한 장사꾼의 아름다운 감언이설을 듣고 있는 것만 같았다. 그는 더이상 반박할 말을 찾지 못했다.

"하지만…"

반박할 수 없었지만 홍정훈은 그럼에도 입을 열었다.

"변기는 마르셀 뒤샹이 찾은 거잖아? 하지만 화백님을 대신해서 그림을 그려준다면 그건 어쨌든 그 어시스턴트란 화가가 그린 거 아니야?"

"그 그림의 정신과 예술적 형식은 화백님으로부터 나오는 거죠. 그리고 화백님의 철저한 디렉팅 하에 어시스턴트는 그저 물리적으로 손을 빌려주는 것일 뿐이고요. 화백님만 그런 것도 아니예요. 많은 화가들이 어시스턴트를 두고 있죠. 제프 쿤스 같은 현대미술을 대표하는 예술가도 많은 어시스턴트를 두고 자신의 작품을 만들어요."

김지연은 무료한 기색을 숨기지 않고 말했다. 여전히 따스했지만 그것은 어느 교수의 성의 없는 목소리 같았다.

홍정훈은 그만해야 한다고 생각했다. 그녀를 만나고 처음으로 벌이는 언쟁이었다. 오래 함께 하다 보면 서로 다른 의견과 취향으로 다툴 때도 있는 법이다. 하지만 왠지 그녀와는 그래서는 안 될 것 같았다.

그럼에도 홍정훈은 마치 진실에 대한 변론을 하듯 담담한 어조로 말했다.

"글쎄. 정신과 몸이 각각 다른 사람으로부터 나온 예술이란 게 있을 수 있을까?"

*

밤이 깊었다. 홍정훈은 잠들었다. 침실의 조명은 심홍에서 연홍으로 묽게 변해서 밤의 안개처럼 방안을 채우고 있다. 가만히 눈을 감고 있으면, 그녀의 얼굴이 조명의 연지빛에 서서히 물들어 버릴 것만 같다.

'글쎄, 정신과 몸이 다른 예술이 있을 수 있을까?'

'물론 그런 예술은 있을 수 없다!'

그건 바로 어머니의 가르침이었다. 정신은 몸을 지니지 않으면 어떤 가치도 없다고 어머니는 말하곤 했었다. 정신은 보이고 만지고 더듬을 수 있는 것이어야 한다고, 정신은 꽃을 피우고 덧없이 소멸할 수 있는 것이어야 한다고, 인체가 아름다운 건, 그리고 인체가 공간에 새기는 일상의 무늬가 아름다운 건, 곧 덧없이 사라질 정신이 몸속에서 흘러나와 삶을 염염히 적시고 있기 때문이라고, 그러므로 아름다운 몸이 늙어서 추해져 간다는 건, 몸속에서 정신이 서서히 썩어간다는 것인데, '하여 지연아! 내 아름다운 딸아! 늘 몸을 봄날의 꽃처럼 환하게 피어 있게 해야 한단다, 몸을 아름답게 지속시킨다는 건 너의 몸속에 깃든 단 하나의 화초인 정신이 시들지 않도록, 너의 몸속에서 냄새를 풍기며 썩어가지 않도록 가꾸는 일과도 같단다' 라고 어머니는 밤이면 자장가를 부르듯 속삭이곤 했었다. 그녀의 머리를 쓰다듬으면서, 그녀의 이마를 몽롱한 손으로 토닥토닥 쓰다듬어주면서… 그녀의 전언은 아름답고 불길한 동화와도 같았다. 그래서였을까? 김지연은 어머니가 죽었을 때 어머니가 병으로 죽은 것인지, 몸이 늙어가는 일을 용납할 수 없어 병환이란 배를 타고 죽음이란 섬에 가닿은 것인지 알 수가 없었다. 어머니의 죽음은 급작스러웠고, 그만큼 생뚱맞은 것이었다. 김지연은 생각하곤 했다. 어머니의 심장에 가을이 깃들었구나. 가을이 붉게 깃들어 어머니의 맥박이 심장에서 썩은 낙엽처럼 떨어져 버렸구나!

어머니의 기묘한 자장가를 들으며 자란 그녀는 외로운 아이가 되었다. 그녀는 항상 거대한 저택의 응접실 소파에 덩그러니 앉아 있는 창백한 인형처럼, 집에서도 학교에서도 외롭게 존재하지만 자신은 외로움을 느끼지 못하는 아름다운 인형이 되어갔다. 하지만 그녀의 그 인형 같은 불가해한 분위기는 또래 아이들을 사로잡았다. 그녀는 어른들의 눈마저 호릴 정도로 아름답지만, 결코 손에 쥘 수 없는 겨울날 쇼윈도의 인형처럼 자신만의 눈 내리는 동화 속에서 도도하게 살아가고 있었던 것이다. 그녀는 항상 아이들의 세계를 행성처럼 스쳐 갔지만, 언제나 아이들의 무리에서 빛을 발하며 떠도는 어두운 중심과도 같았다. 그녀는 조숙했고 언제나 반듯했으며 너무나 차가워서 따뜻했다. 아이들은 손을 대고 불을 쬐듯 차가운 그녀의 주변으로 모여들었고, 가끔 따스하고 달콤해지는 그녀의 시선을 받기 위해 쭈볏거리며 그녀의 곁을 서성거렸다. 그녀는 아이들이 원하는 것이 무엇인지를 알았다. 그것은 자신만이 그녀의 따스한 체온을, 그녀의 관대한 우정을 느끼고 있다는 착각이었다. 그녀는 때때로 선별적으로, 그녀의 주변에 모여든 아이들에게 그 달콤한 착각을 선사해주었다. 그녀의 어머니가 그녀에게 그러했듯이…

삶은 아름다운 인형극의 무대와도 같다. 그녀는 삶을 무대로 여기는 법을 어머니로부터 배웠다. 어머니가 그렇게 가르친 건 아니었다. 어머니는 한 번도 삶을 무대에 선 것처럼 살아가라고 말하지 않았다. 그녀의 인체에 아름다운 정신이 깃들도록 마리오네트 인형처럼 그녀의 몸사위를 정교하게 만져주었을 뿐이다. 어머니는 그녀의 방을, 방에 있는 가구들을, 자잘한 소품들까지, 아름다운 공간 예술이 되도록 섬세하게 손을 댔고, 그녀의 몸에, 그녀의 손이며 다리, 허리의 사소한 움직임까지, 그 모든 그녀의 몸짓에 예술의 심미가 깃들도록 공을 들여 그녀를 가꾸어주었다. 김지연은 그런 어머니의 손길을 싫어하지 않았다. 늘 어머니의 아름다운 조각이 되기 위해 노력했다. 그래야만 어머니의 삶 속으로 들어갈 수 있을 것만 같았던 것이다. 하지만 어머니는 눈부신 조명이 쏟아지는 텅 빈 무대처럼, 그녀에게는 늘 멀고도 아른거리는 풍경, 걸어들어갈 순 있지만 그곳에서 살아갈 순 없는, 멀리서 보면 따스해 보이지만 안으로 들어가면 아무런 온기도 없는, 창백하고 아름다운 풍경이었을 뿐이다.

김지연은 그런 어머니의 아름다운 풍경 속을 홀로 걸으며 성장해 갔다. 때로 어머니의 자상한 체온이 그리웠던 사춘기 시절을 지나 그녀는 아름다운 여인으로 성장했고, 어머니의 자부심이 깃든 갤러리에서 당당히 큐레이터로서 일을 할 수 있게 되었다. 그래도 어머니의 풍경 속에서 살아갈 수 없기는 마찬가지였다. 그녀는 어머니의 풍경에 존재했지만, 다만 그곳에 서 있는 아름다운 한 그루 나무였을 뿐이다. 어머니는 어떻게 큐레이터로서 일을 해야 하는지, 작품을 선별하는 안목이나 전시회를 기획하는 구체적인 방안 같은 것들에 대해 그녀에게 가르쳐 준 것이 없었다. 그녀는 오롯이 큐레이터로서의 일을 혼자서 배워야만 했었다. 그보다는 어머니가 그녀에게 가르쳐 준 것은, 갤러리라는 풍경 속에서 아름다운 조각으로 존재하는 법이었다. 미술관에 전시되는 작품처럼, 어머니는 그녀의 몸을 대했던 것이다. 갤러리라는 현대의 우아한 살롱에서, 그리고 미술계라는 고상하고도 위선적인 사교 환경에서, 요려하고 풍염한 인체의 꽃으로 피어나 화상이며 비평가들의 눈동자에 지워지지 않는 붉은 잎을 떨어트리는 법을, 어머니는 그녀에게 가르쳐 주었다. 그녀를 갤러리 나래라는 사교계의 우아한 마담으로 키웠던 것이다. 역설적으로 어머니의 그러한 가르침은 그녀를 미술계에서 가장 성공한 큐레이터로 만들어 주었다. 사람들은 작품에 대한 그녀의 안목에 감탄하기 보다는, 그녀가 작품에 부여하는 기묘하고 환혹적인 아우라에 열광했다. 그리고 그녀가 기획하는 전시회는 언제나 성공을 거두었다. 그녀가 그 무대에 아름다운 주연처럼 서 있었기 때문이다. 사람들은 전시회가 아니라, 그녀가 미려한 조각으로 서 있는 전시회라는 풍경을 보러 왔던 것이다.

어머니는 늘 자장가처럼 그녀의 귀에 대고 속삭이곤 했다. 세상에서 정말 사랑할 가치가 있는 건 자신의 몸속에 있는 아름다움뿐이라고. 그 아름다움이 몸 밖으로 배어 나오면서 조각해 놓은 나신의 미려한 형상뿐이라고. 그러니 몸이 아름다울 수 있을 동안에는, 몸속에 도도하게 서 있는 풍려(豐麗)한 화환도 지지 않는 법이라고. 몸속의 화환이 쓰러지고 풍려했던 화초들이 시들고 썩어가면 몸도 썩어가는 것이라고. 김지연은 어머니의 그 전언을 평생 잊지 않고 살아왔다.

그러나 사람들이 그 몸속의 화환이 도대체 무엇이냐고 묻는다면, 그녀는 대답할 말을 찾을 수 없었다. 그것은 어머니 또한 한 번도 말로서 그녀에게 설명해주지 못한 일이었다. 그것은 언어로 조형되는 추상의 그 무엇이 아니라, 그 신비를 아직도 다 헤아릴 수 없는 인체로, 인체의 섬세하고 나긋한 움직임으로 사위에 퍼트리는 미의 환영이었고, 그

미의 환영이 일상에 배어들어 삶을 언제나 아름다운 일락의 풍경으로 물들이는, 하여 삶 자체를 극단의 예술로 조형하는 아우라와도 같은 거였다.
"사람의 몸이 세상에서 가장 아름다운 조각이다."
김지연은 어머니의 유언을 그렇게 생각했다. 그녀의 어머니는 유언 따위는 남기지 않고 죽었지만. 이제 어머니의 몸은 썩어서 문드러졌고, 더러운 흙 속에 파묻혀 영원히 자라나는 무성한 잡초가 되어버렸지만, 갤러리 나래에 그녀의 몸은 어머니의 유언처럼 남았다.

어머니가 죽고 김지연이 제일 먼저 한 일은 바로 그녀의 몸에서 어머니의 유언을 지워내는 일이었다. 그것은 어머니보다 더 아름다운 나신을 갖는 일이라고 김지연은 생각했다. 그녀는 어머니가 공을 들여 조형한 삶의 모든 장식들을 재배치했다. 어머니와 함께 살았던 저택의 모든 가구부터, 어머니의 아름다운 신체와도 같았던 갤러리의 건축적 조형마저 바꿔버렸다. 어머니의 정신은 그녀의 몸과 함께 이미 썩어서 잡초가, 잡초를 자라나게 하는 퍼석퍼석한 부엽토가 되었다. 그녀의 몸속에 도도하게 서 있던 예술의 화환은 이미 무너졌고, 그녀의 나신은 살이 흐물어져 축 처진 고깃덩이가 되기 전에 스스로를 불살라 버렸다.

어머니가 돌아가신 지 십여 년이 지났지만, 그녀는 어머니의 마지막 풍경을 잊지 않았다. 그것은 영안실에서 염을 할 때 본 죽은 자의 얼굴이었다. 그녀는 초로에 이르러서도 여전히 불가사의할 정도로 요염한 미목을 지니고 있었다. 사람들은 하얗게 얼어붙은 그 죽은 얼굴의 고혹 앞에서 경악을 금치 못했다. 죽어서도, 꽁꽁 얼어붙어서도 어머니는 무서울 정도로 아름다웠던 것이다. 그리고 그 무서운 얼굴은 이제 정말 세상에서 사라져버렸다.

침실의 연지빛 조명이 안개처럼 부옇게 방안을 떠돌고 있다. 그녀의 머리맡에서 홍정훈은 낮게 코를 골면서 잠들어 있다. 가끔 숨이 헉 막힌다는 듯이 몸을 부대끼면서 거친 숨소리를 토하기도 한다. 밤이 되자 고상하고 세련된 변호사의 얼굴이 사라지고, 늙어가는 중년 남자의, 탄력을 잃어가는 허여멀건한 피부만 남았다는 듯이, 심지어 자세히 보면 코털까지 삐져나온 점잖지 못한 모습으로 홍정훈은 참으로 태평하게 잠에 빠져 있다. 김지연은 그의 얼굴에 코를 가까이 대고 냄새를 맡아 본다. 비릿한 입 냄새가 중년 남자의 살 냄새와 섞여서 풍겨 온다. 이건 그의 몸속에서 나는 숨길 수 없는 썩은 잡초들의 냄새다, 라고 그녀는 생각한다. 그런데 어째서, 예술이라곤 싸구려 풍경화 정도 밖에 모르는 이런 남자의 몸뚱이에서 어떻게 어머니의 전언이 흘러나올 수 있었던 것일까? 그의 몸속 어디에 어머니의 말이 숨겨져 있었던 것일까? 그리고 어째서 그의 입 냄새는, 그의 먹먹한 살 냄새는 이토록 소름 끼치게 평범하고 인간적인 것일까?

모든 게 어머니 이미애의 장난처럼 느껴졌다. 마치 어머니가 홍정훈의 몸속에 몰래 숨어 들어가서, 그녀를 향해 유년의 자장가를 부르고 있는 것만 같았다.

10.

벽에는 비 내리는 아홉 점의 창(窓)이 전시되어 있다. 빗소리가 갤러리를 슬프게 채우고 있다. 비의 흐릿한 장막 너머 각각의 묘연한 포즈를 취한 여인이 그림 속에서 서서히 증발하고 있다. 실오라기 하나 걸치지 않은 순결한 나신으로, 여인은 빗줄기에 자신의 피부를 흘려보내고 있는 중이다. 창백한 화랑의 전시장 가득 그녀의 피부가 염염히 내린다.

사람들은 모두 잔뜩 감동할 채비를 마친 채 갤러리를 오가며 술렁이고 있다. 그림을 유심히 보는 척하면서 사람들은 서로 인사를 나누느라 바쁘다. 양회장이 인사하고 김 검사장이 화답한다. 고상하게 시끌벅적하다. 부동산계의 거물인 양회장은 정말 오랫동안 이 전시회를 목 빠지게 기다렸다면서 우아한 포즈로 상대방에게 침을 튀겼다.

김지연은 홀연히 전시장에 모습을 드러냈다. 수런거리던 사람들이 일순 조용해졌다. 그녀의 오른쪽에는 홍정훈이 그녀를 에스코트 하고 있었고, 그녀의 왼쪽에는 큐레이터의 부축을 받으며 고혼기 화백이 휠체어에 앉아 있었다. 사람들의 시선이 일제히 그 세 사람에게로 쏠렸다. 잠시 몇 초의 정적이 흐른 후, 김지연은 홀로 스윽 미끄러지듯 사람들 속으로 파고들었다. 그녀는 고아한 기품이 느껴지는 흰색 드레스를 입고, 도도하지만 단아한 몸짓으로 사람들 사이를 걸어다니며 인사를 건넸다. 그 뒤를 홍정훈과 고혼기가 따르며 사람들과 인사를 나눴다.
"어 김관장. 오랜만이야."
양회장이 호들갑스러운 목소리로 인사를 건넸다. 그는 두툼한 손으로 와인잔의 목을 쥐어짜듯이 잡고, 다른 한 손을 얼굴 가까이 들어 김지연에게 손을 흔들어 보였다. 마치 기차역에서 조카를 만나 인사라도 나누는 듯한 몸짓이었다. 김지연은 살짝 반걸음 정도 몸을 뒤로 빼면서 양회장에게 시선을 지그시 맞추었다. 그녀는 양회장보다 키가 조금 컸다.
"양회장님. 찾아주셔서 감사합니다."
"김관장. 너무한 거 아니야. 내가 얼마나 목이 빠지게 기다렸다구."
정말 목이 빠지기라도 했다는 듯이 양회장은 투실투실하게 살이 찐 자신의 목덜미를 만져보았다. 그러더니 양수기에서 콸콸 물이 쏟아지는 듯한 소리를 내며 웃었다. 침 한 방울이 포물선을 그리며 날아갔다. 김지연은 은근히 뒷걸음질을 치며 화답하듯 미소를 지어주었다.
"오래 기다린 만큼 감동은 큰 법이죠. 회장님."

"그렇지. 그림들이 정말 다 훌륭해. 아직 공개되지 않은 비속의 나신들이라. 그리스 어느 신전에 온 듯한 느낌이 드네. 전부 여신들이야. 여신들. 허허허."

김지연은 살짝 뒤로 물러서며 온화한 표정으로 양회장을 조소하듯 내려다보았다. 그런데도 양회장은 계속 화통하게 웃으며 고혼기 화백 쪽으로 시선을 옮겼다. 김지연은 그 시선을 눈치채고 말했다.

"양회장님. 화백님은 처음 뵙죠."

그리고 시아버지를 다정히 모시는 며느리처럼, 김지연은 우아한 동작으로 몸을 숙여 휠체어에 앉아 있는 고혼기 화백과 시선을 맞추면서 말했다.

"화백님. 이분이 전에 말씀드렸던 양회장님이세요."

"전에? 언제 말인가?"

고혼기는 짐짓 퉁명한 표정으로 김지연을 쳐다보며 말했다. 일순 김지연의 표정이 차갑게 식었다.

"아! 그렇군. 그 양회장님."

고혼기가 생각났다는 듯 양회장을 올려다보며 말했다

"그래요. 양정호 회장님이요. 부동산계의 거물이세요. 선생님 작품을 여러 점 갖고 계시죠."

"말씀 많이 들었습니다. 양회장님. 고혼기이올시다."

"이렇게 선생님을 뵙게 되다니 몸 둘 바를 모르겠군요. 양정호입니다."

양회장은 한 걸음 앞으로 다가와 고혼기 화백 앞에 쪼그려 앉아 악수를 건넸다. 마치 몸이 아픈 아이를 병문안 와서

사인을 해주는 씨름선수 같은 모습이었다.
"그리고 여기는 세정 법무법인 대표 홍정훈 변호사님이세요."
김지연이 홍정훈을 다감한 눈빛으로 바라보며 말했다.
"그럼요. 알고 있죠. 차기 대통령이 되실 분 아닙니까!"
홍정훈의 손을 덥석 잡으며 양회장이 말했다. 홍정훈이 불쾌한 듯 손을 빼면서 어색한 웃음을 지어 보였다.
"이분은 그런 소리 하시는 거 싫어하세요. 워낙 겸손한 분이라서."
김지연이 살며시 입가를 가리고 웃으면서 말했다.
"홍정훈입니다. 말씀 많이 들었습니다."
조금 뒤늦게 홍정훈이 다소 무뚝뚝한 어조로 양회장의 인사에 답했다.
"제가 초면에 좀 실례를 했군요. 그래도 이번 경선에 나오신다는 말씀은 들었습니다. 응원하고 있어요. 저는."
양회장이 짐짓 목소리를 낮추더니 고개를 끄덕여 보이면서 능글맞게 말했다. 교활하고 거만한 분위기가 풍겼다.
"네. 말씀 감사합니다. 저는 좀 일이 있어서 잠시."
홍정훈은 고개를 숙여 인사를 하고는 자리를 피했다. 그의 눈빛에 은근한 불편함이 묻어났다.
김지연은 눈웃음을 지으며 양회장을 바라보았다.
"저분은 정치 얘기를 사적인 자리에서 거의 안 하세요. 이해하세요. 양회장님."
"물론. 물론. 겸손하고 강직한 분 아닌가."
양회장은 다 이해한다는 듯이 고개를 끄덕이며 웃었다. 홍정훈의 다소 무례해 보일 수 있는 태도에도 그는 전혀 불쾌해하지 않았다. 오히려 불쾌함을 느끼는 게 진짜 모욕받는 일이라는 듯 더욱 태연한 표정을 지어보이더니 갑자기 존댓말로 말하기 시작했다.
"난 말이에요. 저분은 분명 대통령이 되실 거라고 생각합니다. 왜냐하면 이 시대가 저분을 요구하고 있기 때문이죠. 거, 뭐랄까, 정의가 필요한 시대, 사람들은 저분에게 정의를 요구하고 있어요. 저분은 그런 책임을 다하기 위해 대통령이 되어야 합니다."
그러곤 양회장은 다 알고 있다는 듯한 은근한 미소를 지으며 김지연을 잠시 쳐다보다가 갑자기 고혼기 쪽으로 몸을 바싹 낮추며 다가섰다.
"화백님. 전 목마른 사슴입니다. 화백님 작품에 목이 다 말랐어요."
고혼기는 짐짓 당황한 듯 몸을 움츠렸다.
"네. 선생님…처럼… 예술을…"
갑자기 꾸중을 들은 아이처럼 말을 더듬더니 고혼기는 김지연을 올려다보며 도움을 청했다.
"회장님. 그렇게 코를 가까이 대고 말씀하시면 화백님이 좀 불편해 하세요. 이분은 사교성이 없는 분이거든요. 그림밖에 모르시는 분이죠."
김지연이 다정다감한 누나처럼 양회장을 어르는 듯한 목소리로 말했다.
"아이쿠. 이런. 내가 또 실수를 했군. 실수를 했어. 나는 항상 그렇다니깐. 너무 감정이 솔직해요. 솔직해."
양회장은 어이쿠 실수를 했군, 이라는 말을 온 얼굴로 표현하면서 무릎을 딱 치더니 일어났다.
"화백님. 양회장님은 감정에 숨김이 없는 분이세요. 이렇게 화백님 그림을 목마르게 기다리신 분도 없다니까요."
고혼기 화백이 가만히 고개를 끄덕였다.
"고맙소. 고맙소. 내 작품을 그렇게 사랑해주시다니."
"사랑하다마다요. 전 선생님 작품으로 예술도 알고 돈도 벌었습니다. 세상에 예술도 알게 해주고 돈도 벌게 해주는 게 그게 요술, 아니 예술이지 뭡니까. 화백님. 흐흐흐."
양회장이 무척 뿌듯한 표정으로 콧구멍을 벌름거리며 웃었다. 그러곤 양손을 좌악 펼치며 말을 이었다.
"선생님 작품으로 제가 말이죠. 무려 열배, 열배 수익을 올렸습니다. 제가 평생 건물들을 이 놈 사고 저 놈 사고 하면서 살아왔거든요. 나름 그쪽으로는 제가 전문가입니다. 그런데 말이죠. 그림은 부동산 따위와는 비교가 안 돼요. 부동산은 예술을 알게 해주지 않거든요. 수익도 기껏해야 몇 배 정도죠. 근데 그림이란 건 말이죠. 예술도 알게 해주고 삶도 윤택하게 해준다 이겁니다. 선생님 작품을 더 사고 싶었는데 이제야 기회가 생기는군요."
휠체어에 앙상한 몸이 다 파묻힌 듯 고혼기는 수그려 앉아 양회장의 쏟아지는 말 세례를 묵묵히 듣고 있었다.
"아! 그렇다고 선생님 작품을 돈으로만 여기는 건 아닙니다. 그건 오해입니다. 정말 오해예요. 제가 얼마나 선생님 작품을 잘 모시고 있는지 아시면 깜짝 놀라실 겁니다."
고혼기는 잠시 눈빛을 반짝이더니 허리를 일으켜 세우며 물었다.

"어디다 두고 계신가요? 거실에?"

"아이쿠 거실에 두며 어떡하나요?"

양회장이 그 무슨 큰일 날 소리냐는 듯한 표정을 지으며 말했다.

"저희 집에 아주 거대한 금고를 하나 만들어놨어요. 일종의 수장고죠. 거기다 싸악 철통 보안으로 모시고 있습니다."

양회장은 스스로가 대견한 듯 투실투실한 턱살을 매만지며 호탕하게 웃었다.

고혼기는 말문을 잃었다. 내 작품을 금고 따위에 보관하다니 그는 모욕감을 느꼈다. 그림은 자고로 사람이 볼 수 있는 곳에 놔두어야 한다. 사람이 보지 못하는 그림이란 더는 그림이 아닌 것이다. 그건 단순히 종이 쪼가리에 불과하다.

김지연은 고혼기의 불편한 심기가 임계점에 달했음을 느꼈다. 그녀는 손짓으로 큐레이터를 불렀다.

"화백님 오늘 너무 무리하셨어. 모시고 들어가게."

그러곤 양회장에게 정중히 양해를 구하곤 김지연도 자리를 피했다. 그녀는 김형식 검사장과 대화를 나누고 있는 홍정훈 쪽으로 걸어갔다.

"호랑이도 제 말 하면 온다더니 양반은 못 되는군. 아니 숙녀라고 해야 하나."

김형식 검사장이 짓궂은 표정을 지으며 김지연 쪽으로 고개를 돌리더니 말했다.

"뭔 말씀들을 나누셨길래. 그렇게 악동 같은 표정을 짓고 계세요."
김지연이 샐쭉한 미소를 지으며 말했다.
"관장님의 미모에 대해 얘기하고 있었죠. 홍변 이 사람 아주 제대로 사랑에 빠졌어요."
"얄궂기는. 그러지 마세요. 우리 변호사님 얼굴 빨개져요."
실제로 홍정훈의 뺨에 홍조가 은은히 물들어 있었다. 그는 수줍지만 행복한 남자의 몸짓으로 어깨를 으쓱해 보였다.
"악동 검사장님. 이제 그만 놀리시죠."
"허허. 홍변! 자네가 그러니깐 로맨티스트라는 거네."
"무슨 제가 로맨티스트입니까? 아시잖아요. 제 성격."
"잘 알지. 천하에 무뚝뚝한 남자. 자신이 사랑하는 여자에게만 한없이 다정한 남자."
"그만하세요. 검사장님. 이러다 홍 대표님 응급실 가요."
"어이구. 내가 좀 잘못했네. 천하의 김지연 관장이 농담을 다 하고 말이야."
김형식 검사장은 풍채 좋은 몸집을 다소 과장스럽게 들썩이며 웃었다.
"검사장님 연수원 시절부터 홍 대표님을 짓궂게 괴롭히셨다고요. 다 들었어요. 별명이 악동이셨다면서요."
김지연이 짐짓 심술궂게 말했다. 홍정훈은 당황한 듯 더욱 얼굴이 붉어졌다. 하지만 눈가에는 행복한 미소가 어리어 있었다.
"홍변 대권에 도전하면 뭐하나? 이렇게 쉽게 고자질을 다

하니 말이야."
"칭찬입니다. 칭찬. 검사장님만큼 유쾌한 검사가 어디에 있습니까? 다들 거드름만 피울 줄 알았지."
홍정훈이 사뭇 능청맞은 목소리로 말했다.
"그렇지. 나처럼 서민적인 검사가 따로 있나. 내가 나름대로 스타 검사잖아."
"그러니까요. 검사장님이 우리 대표님 좀 잘 가르쳐주세요."
김지연이 은근한 표정으로 검사장을 쳐다보았다.
"걱정말아요. 김관장. 이 친구 정치하려면 나한테 좀 배워야 돼. 대중적 감각이 좀 부족해야 말이지."
검사장은 너부데데한 얼굴 가득 능청스런 장난기를 띠며 말했다.
"근데 검사장님. 이번에 동부 지검장으로 가신다는 얘기가 있던데요."
김지연이 와인으로 입술을 축이며 물었다.
"김관장은 소식도 빨라. 그거 그냥 소문일 뿐이야."
"거의 확정이라던데. 저도 소문 들었어요. 미리 축하드립니다. 선배님."
홍정훈이 자신의 일이라도 되는 듯 환하게 웃으며 말했다.
"왜들 이러나? 부끄럽게."
김형식 검사장은 쑥스러운 듯 손사래를 쳤다. 그러곤 호탕하게 웃으며 말했다.
"자네나 경선 준비 잘하게. 이번 여론조사가 아주 좋게 나왔던데."

"저야 뭐. 노력해야죠."

이번엔 홍정훈이 쑥스러운 표정을 지으며 손사래를 쳤다. 그의 눈가에 깊은 주름이 잡히며 오랜 연륜의 기품이 묻어났. 김지연은 그런 두 사람의 모습을 짐짓 흐뭇한 미소를 지으며 지켜보았다. 하지만 자세히 보면 그녀의 눈은 웃고 있지 않았다. 그녀의 눈에는 은근한 관찰의 빛이 서려 있었고, 그 시선은 오랜 습관처럼 검사장의 표정을 살피고 있었다. 김형식 검사장은 그녀처럼 환하고 따스한 미소를 짓고 있었지만, 눈동자에는 전혀 미소가 어리어 있지 않았다. 얼굴에서 그의 눈동자만이 미소를 지을 줄 모른다는 듯이.

김형식 검사장과 홍정훈 변호사, 두 사람은 오랜 지인 관계였지만, 서로 성격도 지향하는 가치도 다른 사람들이었다. 홍정훈 변호사는 성실하고 근면한 법조인으로서 이번에 우여곡절 끝에 대중적인 지지를 받게 되었지만 사실은 대중들의 기호와는 거리가 먼 원칙주의자였다. 하지만 김형식 검사장은 시원시원하고 화통해 보이는 외모와는 달리 교활하고 음흉할 정도로 정치적 감각이 영민한 사람이었고, 꽤나 오랫동안 정치권에 노크를 하고 다니는 전형적인 출세주의자였다. 자신의 출세에 도움만 된다면 언제든지 친구의 등에도 칼을 꽂을 만한 인물이었던 것이다. 적당한 거리에 두고 관리해야지 가까이 두기에 좋은 인물은 아니라고 김지연은 생각했다.

11.

온종일 비가 집요하게 내리고 있다. 검은 구름 떼는 창공에 정박한 선박들처럼 보인다. 그 선박들에서 빗소리가 파도소리처럼 베란다로 쏟아져 들어오고 있다.

강청식은 베란다 창으로 흩뿌리는 비를 맞으며 담배를 폈다. 평소에는 집에서 절대 담배를 태우지 않지만, 오늘 같은 날 우산을 쓰고 밖에서 담배를 태우는 일은 우울하게 느껴졌다. 강청식은 담배를 끄고 베란다 문을 닦고 거실로 들어왔다. 문을 닫았음에도 빗소리는 거실에 무성히 자라나는 열대식물처럼 피어올랐다. 그는 빗소리에 파묻힌 채 소파에 비스듬히 기대 누웠다. 그리고 딸이 조용한 인형처럼 지내고 있는 방을 바라보았다. 빗소리에도 불구하고 방문 틈으로 음악 소리가 새어 나왔다. 잔잔한 안개처럼 바닥에 깔리는 피아노 곡이었다. 아마도 드뷔시의 달빛일 것이다. 아내가 좋아하는 곡이었다. 딸이 아직 조그만 아이였을 때, 아내는 항상 거실에 피아노 음악을 틀어놓았고, 그래서 음악에 문외한인 자신도 귀에 익숙해질 정도로 피아노곡들을 듣곤 했었다. 그중에 드뷔시는 특히 아내가 좋아해서 딸의 어린 시절은 드뷔시의 음악으로 가득했었다.

강청식은 그 시절을 떠올려 보았다. 십여 년 전의 기억은 흐릿했고 너무 몽연해서 전생처럼 느껴졌다. 그때도 제때 퇴근하지 못하고 집을 비우기 일쑤였지만, 모처럼 한가한 날이면 강청식은 언제나 딸과 함께 했다. 딸이 눈을 뜨는 순간부터 그 예쁜 눈을 감고 꿈결에 잠길 때까지. 아침에 잠이 덜 깬 눈으로 하품을 하며 딸이 그의 목에 매달릴 때면, 그리고 그의 목덜미에 고양이처럼 뺨을 부빌 때면, 그는 심장이 정지할 듯한 행복감에 빠져들곤 했었다. 그는 잊지 않았다. 딸아이 볼의 촉감과 그 온기를. 그것은 그가 살면서 느껴본 가장 따스한 온기였다. 그것은 그의 몸을, 그의 정신을, 그리고 그의 삶의 모든 것을 지탱해주는 온기였는데, 마치 그의 체온이 그의 몸속에 없고 그의 몸 밖에 있는 것만 같았다. 바로 딸아이의 저 부드러운 볼 속에……
그러나 그는 그 볼의 온기를 지켜주지 못했다. 딸이 가장 힘들어했던 순간들에 그는 딸과 함께 있어 주지 못했다. 어머니를 닮아 천성이 순하고 착한 아이가 학교 폭력에 시달리는 친구를 보호하다 자신이 폭력의 대상이 되었을 때, 그래서 차마 말로 다 할 수 없는 능욕과 고통을 겪어야 했을 때, 결국은 참지 못하고 엄마 앞에서 쓰러져 오열을 했을 때에도, 그는 딸아이의 곁에 있지 않았다. 그때 그는 연속적으로 몰아닥친 폭력과 살인사건 등에 치여 집에 자주 들어오지 못했고, 아내가 딸의 얘기를 했을 때에도 그는 학교에 가서 교장을 만나 으름장을 놓는 시늉을 했을 뿐, 정작 딸아이의 손을 잡고 그 애가 수치심을 이겨내고 아버지의 품에 안길 때까지 함께 있어 주지 못했다. 아버지가 경찰이었지만, 늘 시민의 안전을 위해 집 밖을 개처럼 싸돌아다니는 경관이었지만, 정작 딸은 아버지의 보호를 받지 못했다. 그러긴 커녕 숨길 수 없는 형사의 눈빛으로 딸을 관찰하며 멀뚱멀뚱 서성이기만 했을 뿐이다. 그마저도 오래 서성이지 못하고, 그녀의 아버지는 딸의 마음의 문을 열고 그렇게 그곳을 영원히 떠나갔다.

그날 이후로 딸은 벽 속의 유령 같은 존재가 되었다.
기척으로만 존재하는, 그 희미한 기척으로만 느낄 수 있는 쓸쓸한 온기가 되었다.
비는 좀처럼 그치지 않고 점점 거세져 갔다. 거실에 온통 비의 넝쿨이 가득했다. 강청식은 다시 베란다 문을 열고 나가 담배를 피웠다. 미술학원이 끝나고 아내가 퇴근하려면 아직 두어 시간은 있어야 했다. 창문을 열어두면 담배 연기는 금세 날아갈 것이다. 그는 얼굴에 비를 맞으며 담뱃불을 붙였다. 담배가 비에 젖어 들었다. 담배 연기에 희미하게 비 냄새가 섞여들었다. 골든 게이트 회장을 죽였던 그 날도 이렇게 비가 억수같이 쏟아졌었다. 오래된 포구의 부둣가 창고 건물은 빗속에서 왠지 쓸쓸해 보였다. 마약밀매조직의 은밀한 창고라기보다는 어느 중세의 포구 마을에 버려진 교회 건물 같아 보이기도 했다. 3층의 높은 합각지붕이 빗속에서 처연하게 울고 있는 것처럼 보였다. 그런데 총소리는 비에 파묻혀 잘 들리지 않았을 것이다. 조직원들은 모두 사무실 밖에 있었는데, 그들은 총소리를 들었겠지만 사건 직후 그들 중에서 목격자라 자처하는 사람은 나오지 않앉다. 강청식은 사무실 문을 잠갔고 창문 블라인드는 꼼꼼하게 내려져 있었다. 그가 적어도 당황해하는 정회장의 얼굴을 똑바로 주시하며 총을 쏘았을 때, 정회장의 칼로 어깨에 자해를 한 후 피를 뚝뚝 흘리며 그의 가슴에 두 발을 정확히 쏘았을 때, 그 사무실은 완벽한 밀실이었다. 블라인드 틈새로 사건을 훔쳐본 눈동자도 없었다. 지붕은 빗소리만 무성했을 뿐, 그 어떤 사람의 기척도 없었다. 그런데 누가 목격을 했다는 것일까?

오늘 오후 백진수 총경의 호출을 받고 경찰서로 갔을 때, 그는 근엄한 상사의 가면을 벗어던지고 국가대표 선발대회에서 떨어진 레슬링선수 같은 얼굴을 하고 있었다. 그의 납작한 귓바퀴가 심할 정도로 울그락불그락 해서 마치 코미디 영화에 나오는 괴상한 광대 같아 보였다.
그는 침을 튀기며 강청식에게 분통을 터뜨렸다. 미친놈! 개새끼! 경찰의 수치! 천하의 어리석은 놈! 아무리 그래도 그렇지 어떻게 그렇게 무대포로 말이야? 내가 사건을 무마하려고 얼마나 애썼는데, 사람을 개병신으로 만들고 말이야. 천하의 쌍놈의 새끼, 은혜를 원수로 갚아도 유분수지, 등등의 욕설이 폭포수처럼 그의 두꺼비 같은 입술에서 쏟아져 나왔다. 한참을 그렇게 쏟아붓고 나더니 화가 조금 가라앉았는지, 아니면 뚱뚱한 배의 무게를 못 이겼는지 그는 의자에 털썩 몸을 묻었다.

그러곤 포기했다는 듯한 눈빛으로 목격자가 나왔다고 말했다. 강청식이 정회장의 칼로 생쑈를 한 후 그를 총으로 쏴서 처형하는 걸 똑똑히 본 사람이 있다고 했다. 강청식은 담담히 그 얘기를 들었다. 이미 마음속에 체념이 깃들어 있었기 때문이었다. 어차피 목격자가 없다 해도 사정은 그에게 불리하게 돌아가고 있었다. 애초에 강청식이 골든 게이트 회장을 찾아가야 할 이유란 게 있을 리 없었던 것이다.

하지만 그렇다 해도 목격자가 있다는 사실은 의아하게 생각되었다. 정말 목격자가 있는지, 아니면 이 모든 것이 결국 그를 압박하기 위한 윗선의 거짓말은 아닌지 알 길이 없었다. 그러나 나를 압박해서 그들이 얻을 이득이란 무엇일까? 아니 나를 압박해서 어떤 목적을 이루려는 사람들이 있기는 한 것일까? 강청식은 결코 대단한 사람이 아니었다. 그는 방대한 경찰 조직에 한두 명은 있을 법한 무대포한 형사에 지나지 않았고, 그래서 더욱이 미운털이 박혀 승진도 못 하고 있는 말년 경사에 불과했다. 경찰 윗선의 비리 행위에 대해 그가 쥐고 있는 정보 따위가 있을 리 없었고, 애초에 그런 윗선에 접근할 만한 깜냥도 안 되는 인물이었다. 그런데 어째서 이런 엉뚱한 목격자가 나오는 것일까? 그냥 옷을 벗겨서 사법처리하면 그만이었다. 언론이 결국 알게 되어 경찰 조직이 잠시 똥물을 뒤집어쓰기야 하겠지만, 그래봤자 곧 잊혀질 만한 사안에 불과한 사건이었다. 강청식이 죽인 건 무고한 시민이 아니었다. 그는 대중의 비난을 받는 마약조직의 두목에 불과했다. 여론에 충격을 줄 만한 사건은 아니었던 것이다.

그런데 어째서 난데없이 목격자란 게 튀어나온 것일까? 강청식은 뭔가 수상한 냄새를 맡았다. 하지만 수상한 냄새가 날 뿐, 그 냄새가 어떤 종류의 냄새인지, 냄새가 나는 방향은 어디인지 도무지 종잡을 수가 없었다.

12.

"자. 이제 됐어요. 아주머니. 이제 들어가세요."
프렌치 스타일의 원형 식탁에 나베를 올려놓는 가정부를 보면서 김지연이 말했다. 가정부는 김지연과 살짝 눈빛을 맞추더니 고개를 숙이곤 앞치마를 매만지며 머뭇거렸다.
"괜찮아요. 치우는 건 내가 할게요."
김지연은 온화한 얼굴로 살며시 고개를 끄덕였다.
"그럼 관장님. 저는 이만 물러나겠습니다."
가정부는 깊이 고개를 숙이고는 몸을 돌려 총총히 식당을 나갔다.
"아주머니 솜씨가 좋아요. 밀푀유 나베라고 일본 음식인데, 재미있는 건 밀푀유는 프랑스어라는 거죠. 천 개의 잎사귀라는 뜻이에요."

김지연이 홍정훈을 보며 말했다. 그녀는 로코코 풍의 곡선이 아름다운 식탁에 팔꿈치를 대고 두 손을 모아 기도하듯 도톰한 입술에 대고 있었다. 눈빛은 꿈꾸는 듯 몽연했고 입술에는 연지빛의 색조가 은은히 배어 있었다. 홍정훈은 맞은편 식탁에 앉아 있었다. 그는 그녀가 짓는 모든 몸짓에 깃든 우아한 분위기를 사랑했다. 그녀는 매 순간 고전적인 판토마임을 하듯 느리고 꿈결 같은 동작으로 몸을 움직였는데, 그것은 흡사 그녀 몸에 깃든 아름다운 조각품이 공기 중에 환영처럼 나타나는 것만 같았다. 빈한한 집안에서 태어나 거칠고 무례한 환경 속에서 자라온 그에게 그녀가 은은히 풍기는 고풍스러운 분위기는 마치 아름다운 그림 속의 세계로 초대받는 듯한 느낌을 주었던 것이다.

두 사람은 조용히 식사를 나눴다. 김지연은 식사 중에 번잡한 얘기를 나누는 걸 싫어했다. 처음 연애를 하던 때 홍정훈은 식사를 하면서 쉼 없이 이야기를 하곤 했었다. 하지만 그녀가 그런 모습을 싫어하는 걸 깨닫고는 조용히 음식에 관한 대화만 나누면서 식사를 하도록 주의했다. 그랬음에도 불구하고 두 사람은 식사에 대한 예절이 서로 너무나 달랐다. 이를테면 그들은 서로 다른 속도로 식사를 했다. 김지연은 음식 재료의 모든 식감과 풍미를 즐기려는 듯 살며시 눈꺼풀을 내리곤 느리게 입을 오물거렸는데, 홍정훈은 누가 쫓아오기라도 하는 듯 서둘러 음식을 우물우물 씹곤 했던 것이다. 그러다 보니 홍정훈은 자주 밥풀이나 국물을 식탁에 떨어트리곤 했다. 그럴 때마다 김지연은 은근히 눈살을 찌푸리곤 했다. 하지만 그녀는 결코 홍정훈에게 그 사실을 지적하는 법이 없었다. 그런 걸 일일이 지적하는 것 자체가 구질구질한 일이라는 듯이. 대신에 그녀는 결코 그를 데리고 다른 사람들과 함께 식사를 하지 않았다. 홍정훈은 식사를 하는 동안 매번 그녀의 눈치를 살펴야 했다. 그녀의 미묘한 표정 변화에도 홍정훈은 반응했고 냅킨을 집어 식탁에 떨어진 음식들을 치우곤 했다. 하지만 그런데도 오랜 세월 동안 몸에 밴 버릇은 고쳐지지 않았다.

홍정훈은 그녀가 식사를 마칠 때까지 기다렸다. 그는 식사 예절을 배우는 학생처럼 얌전히 앉아 그녀가 젓가락을 어떻게 드는지, 어떻게 예쁜 입을 소리 없이 오물거려 음식을 즐기는지, 음식이 만족스러울 때 눈가에 차갑게 스미는 미소는 얼마나 매혹적인지를 바라보았다. 그럴 때 그의 모습은 강직하고 중후해 보이는 풍모와는 달리 첫사랑에 빠진 수줍은 중학생 마냥 한없이 순진해 보였다.

"오늘 신문을 봤는데…"
김지연이 얼추 식사를 마치고 와인잔을 들자 홍정훈은 조심스러운 어조로 입을 열었다.
"그런데요."
김지연은 눈을 살포시 감고 가만히 와인을 음미하며 대답했다.

잠깐 홍정훈은 망설였다. 그녀를 불편하게 하는 질문이 아닐까? 그는 잠시 생각해 보았다. 하지만 마음속에 담아두고 그녀를 의심하는 건 옳지 않다는 생각이 들었다.
"응. 오전에 회사에서 신문을 보다가 좀 궁금한 게 있어서."
"네."
김지연은 식탁에 와인잔을 살포시 내려놓으며 홍정훈을 마주 보았다.
"이번에 전시된 화백님 작품들이 1980년대 작품이라고 하더라구. 전에 내가 샀던 그림도 화백님이 개인적으로 보관하고 계셨던 작품이었잖아."
"네. 그런데요."
"그런데…"
홍정훈은 그녀의 섬세한 새끼손가락을 보았다. 무언가 생각에 빠질 때 그녀는 오른손의 새끼손가락을 나른하게 펴는 버릇이 있었다.
"그런데… 전에 어시스턴트가 그린, 아니 화백님이 작업하신 작품을 이번 전시회에서 봤어."
김지연은 천천히 턱을 들어 올렸다. 그리고 홍정훈을 물끄러미 쳐다보았다. 그녀의 도도하고 예리한 턱선이 드러났다. 공기를 종이처럼 베어낼 것만 같았다.
"맞아요. 같은 작품이죠."
김지연이 홍정훈을 똑바로 바라보며 말했다. 전혀 문제 될 것이 없다는 듯 그녀의 어조는 차분하고 담담했다.
"음…"

홍정훈은 그녀의 눈을 마주 보았다. 그녀는 시선을 피하지 않았다.

"하지만 그게 1980년대 작품은 아니잖아. 화백님이 소장하고 있던 작품도 아니고."

"그렇죠."

"그렇죠 라니?"

"그렇다고요."

그녀는 가만히 오른손을 들어 공기를 매만졌다. 섬세한 새끼손가락이 공기에 스며들었다.

"이렇게 말하면 당신이 오해할 수도 있는데, 그건 음…"

"위작이라고 말하려는 거죠?"

김지연이 헤아릴 수 없는 깊이를 띈 어조로 담담히 말했다.

"아니. 그렇다기보다는"

홍정훈은 말을 더듬었다. 관자놀이에 땀이 배어났다.

"아뇨. 그렇게 생각하실 수도 있어요. 하지만 그건 이래요."

그녀는 잠시 호흡을 멈추고 자신의 하얀 손등을 보았다. 초점이 흐릿해진 눈빛으로. 손등마저 공기 중에 스며들고 있다는 듯이.

"비속의 나신 시리즈는 1980년대 우기파라는 사조를 탄생시켰어요. 많은 작가들이 비나 물을 소재로 하여 인체화를 그렸죠. 하지만 모두 화백님을 따라 한 아류작들에 지나지 않아요. 사람들은 우기파라고 하면 화백님의 비속의 나신 시리즈 밖에 떠올리지 않죠."

"그래서?"

"그래서 우린 그 사조를 되살린 거예요. 작품을 복제한 게 아니고요. 실제로 1980년대 작품과 똑같은 작품은 하나도 없어요. 화백님과 우리 갤러리는 1980년대 화백님이 창조했던 사조를 복원하고 있는 거죠. 개개의 작품들이 아니라."

그녀는 잠시 말을 멈추고 와인을 입에 대었다. 그러곤 다시 말했다.

"대표님도 미술품 복원에 대해서 알고 계시죠? 화백님은 바로 그 작업을 하고 있는 거예요. 1980년대에는 개개의 작품이 하나의 사조를 이끌어냈다면, 지금은 사조를 복원함으로써 1980년대라는 과거에서 작품들을 끌어올리고 있는 거예요."

"하지만 그렇다 해도"

강청식은 자신도 모르게 목소리를 높였다.

"그런 사실을 밝혔어야지. 이번 전시회의 작품들은 1980년대 경향성을 복원한 작품들이라고. 화백님이 소장하고 있던 그 시절의 작품이 아니라."

"그런 사실이 뭐가 중요하죠. 작품은 단순한 물감 덩어리가 아니에요. 거기에 깃든 정신의 산물이죠. 화백님은 현대의 오브제를 활용하여 그 시절의 정신을 끌어낸 거예요. 1980년대부터 존재해왔던 사물을 우리는 1980년대의 것이라고 불러요. 정신도 마찬가지예요. 1980년대의 정신은 1980년대의 것이죠. 그 정신이 깃든 사물도 그렇고요."

그녀는 공기에 스미었던 손등을 꺼내서 자신의 뺨에 대었다. 요염한 조각처럼 고개를 살포시 기울인 채. 그녀는 홍정훈을 바라보았다.

"우린 예술을 단순한 사물이라고 생각하지 않아요. 정신이 깃든 사물이고, 거기서 중요한 건 정신과 혼용된 사물의 일체성이죠. 비속의 나신을 창작한 정신은 고혼기 화백님의 몸속에 지금까지 살아있어요. 그걸 화백님은 다시 사물에 불어넣은 거죠. 갤러리에 전시되어 있는 작품은 분명한 1980년대의 작품이에요."

홍정훈은 할 말을 잃었다. 그는 망연히 김지연을 쳐다봤다. 그녀는 자리에서 일어나 침실로 가더니 담배를 가져왔다. 사랑을 나눈 후에만 피던 담배였다.

김지연은 담배에 불을 붙였다. 매캐한 연기가 희미한 숨결처럼 식탁 위를 떠돌았다.

"하지만 그건 어쨌든 지금 만든 작품이잖아. 그건 보통 사람들의 시선에선 명백한 위작이야."

"자기가 자기 작품을 위작하는 사람도 있나요? 자기가 자기 작품을 위작하는 게 가능한 일인가요? 빈센트 반 고흐는 1890년 봄에 죽었어요. 그래서 지금 그 시절의 고흐 작품을 누가 만든다면 그건 위작이죠. 하지만 만약 고흐가 살아 돌아온다면요? 그래서 그 시절의 정신을 불어넣은 작품을 만든다면요. 그리고 그걸 1800년대 작품이라고 부른다면요. 그렇게 부르는 행위 자체가 또 하나의 예술적 창조인 거에요. 그건 위작이 아니죠. 변기는 그냥 변기에요. 하지만 변기가 예술 작품이 되는 마법은 오직 예술에서만 가능하죠. 보통 사람들은 결코 변기를 예술로 만들 수 없어요."
그녀의 목소리는 차분했지만, 눈빛은 보는 사람을 서늘하게 할 정도로 냉담했다.
"그래 당신 말이 맞을 수도 있겠지. 나도 그렇게 생각하려 해볼게. 하지만 법리적으로는 그건 위작이야. 일종의 사기 행위라고."
홍정훈은 체념한 듯한 눈빛으로 말했다. 하지만 그의 목소리에선 숨길 수 없는 깊은 애정이 묻어났다.
"난 그냥 당신이 걱정되어서 그래. 보통 사람들이 어떻게 예술을 알겠어. 당신 말대로… 그래서 더욱 이 사실이 세상에 알려지면 문제가 될 거야."
김지연은 아무 대답이 없었다. 아니 대답이 없을 뿐만 아니라 그녀의 얼굴에서 표정이 연기처럼 사라져버렸다. 그녀는 인형처럼 앉아서 마치 홍정훈 역시 같은 인형이라는 듯이 생기 없는 눈빛으로 그를 쳐다보았다.

그리고 자리에서 일어나 침실로 들어갔다.

13.

"오늘은 미술계의 빅 뉴스죠. 고혼기 화백의 작품에 대한 위작논란을 전해드리겠습니다. 스튜디오에 작품을 감정한

K감정연구원의 최병석 이사장님 나와계신데요. 반갑습니다. 이사장님."
"네. 반갑습니다. K감정연구원의 최병석 이사장입니다."
"오늘 모신 이유가 방금 말씀드렸다시피, 지금 세간에 화제가 되고 있는 사건이죠. 바로 고혼기 화백이 얼마 전 개최한 전시회에 출품된 작품들이 위작이라는 논란이 일고 있는데요. 구매자가 직접 K감정연구원에 감정을 의뢰했다고 하죠. 이렇게 구매자가 작품을 의뢰하는 일이 종종 있나요?"
"네. 종종 있는 일입니다. 아무래도 미술 작품이라는 게 보통 고가가 아니잖습니까? 그러다 보니 구매자는 좀 더 확실한 감정을 받고 싶어 하는 심리가 있죠."
"네. 김향란 화백의 [소년]이 몇 년 전에 위작논란에 휩싸인 적도 있었죠. 그때도 작품을 직접 감정하셨다고요?"
"네. 그렇습니다. 그때는 제가 뉴욕 감정원에 있었을 때였는데 [소년]은 위작으로 판명되었죠."
"이번에는 어떤가요?"
"안타까운 일입니다만 이번에도 마찬가지입니다. 최근 침체해 있던 미술 시장에 활기를 불어넣어 준 전시회였는데 참으로 이런 일들이 계속…."
"그럼 어떤 점을 보고 위작으로 판명하신 거죠? 시청자들을 위해서 좀 쉽게 설명을 부탁드리겠습니다."
"위작은요, 한마디로 말해서 절대 진작, 즉 진짜 작품이 될 수 없습니다. 태생이 그렇죠. 왜냐하면 태어난 연도가 다르거든요. 아무리 작가의 호흡과 리듬, 붓 터치 하나하나, 재질까지 고스란히 베낀다 해도 절대로 베낄 수 없는 게 있습니다. 그건 바로 시간이죠. 시간은 베낄 수가 없어요."
"시간을 베낄 수 없다. 명쾌한 말씀인데요. 그건 세월의 흐름을 뜻하는 거겠죠?"
"네. 그렇습니다. 그런데 조금 더 설명을 하자면요, 심지어 세월의 흐름까지 흉내를 낼 수는 있습니다. 즉 지금 프랑스 오랑주리 미술관에 전시되어 있는 모네의 수련을 앞에 두고 그 낡은 상태까지를 고스란히 베낀다고 해보죠. 육안으로는 알아볼 수 없을 정도로요. 하지만 결코 시간을 베낄 수는 없습니다."
"조금 어렵게 느껴지는데요."
"아뇨. 어려울 게 없는 이야기입니다. 단순한 과학이거든요. 즉 미술의 재료가 존재했던 시간을 흉내낼 수는 없다는 뜻이죠."
"아 그렇군요. 한마디로 재료의 연대를 보면 알 수 있다는 거군요."
"네. 그뿐만이 아니라 그림이 품고 있는 오랜 세월의 기후도 흉내낼 수가 없죠. 아까 그림의 낡은 상태를 흉내낼 수는 있다고 말씀드렸는데요. 하지만 그건 육안으로 볼 때 그렇다는 거고, 정밀하게 검사를 하면 그 그림이 존재했던 기후의 상태, 즉 습도, 온도 등이 그림에 섬세하게 끼친 영향까지를 베낄 수는 없습니다."
"그렇군요. 아직 그림을 판매한 갤러리 나래 측에서는 아무런 말이 없는데요. 앞으로 어떻게 되어갈 것 같습니까?"

김지연은 리모컨을 들어 TV를 껐다. 돌연 침실이 짙은 어둠 속에 잠겼다. 창문에 비끼는 미미한 달빛이 두터운 어둠에 유령의 손가락 같은 미미한 음영을 드러낼 뿐 침실은 온통 캄캄했다. 그리고 적막했다.

김지연은 침대에 누워 며칠 전에 홍정훈이 했던 말들을 생각했다. 세상이 보기에는 명백한 위작이라고. 그럴 수도 있겠다. 예술에 전혀 관심이 없는 세상이 조금 예술에 관심이 있는 척할 때는 늘 그러했듯이. 예술을 상품 정도로 취급하는 자들이 정작 예술을 상품으로 내놓았을 때 가장 도덕적인 성토를 하는 법이다. 몰취미와 어리석음이 세상에 만연했다.

김지연은 몸을 조금 움직여 협탁에 있는 조명등을 켰다. 은은한 목홍빛 조명이 몽환처럼 침실을 밝혔다. 불그스름한 어둠 속에서 고풍스런 가구들은 혼백을 지니고 있는 것처럼 보였다. 오랜 세월 자신과 함께해 온 가구들이었다. 자신의 벗은 몸을 알고, 히스테릭한 미소를 알고, 또 자신의 눈물을 아는 가구들이었다. 김지연은 이 낡은 가구들을 올바른 자리에 배치하는 일에 섬세한 배려를 아끼지 않았다. 넓은 침실 공간은 분할되어 르네상스 신전 양식의 몰딩으로 마감된 통로로 연결되어 있었다. 통로 이쪽에 우미안락(優美安樂)한 침대가 놓여 있었고 통로 저편에 고아한 넝쿨 장식의 화장대가 보였다. 그 옆에 욕실이 이어져 있고, 목욕을 마치고 욕실에서 나올 때면 심홍빛 조명 속에서 붉은 수증기가 흘러나와 침실 내부를 떠돌았다. 그리고 침실 곳곳에 바로크와 로코코 풍의 가구들이 중세의 기사처럼 서서 침실의 적막한 공간을 지키고 있었다. 이 침실은 오랫동안 내가 완성한 일종의 작품이었다. 그리고 이곳에 들어온 남자는 홍정훈이 유일했다.

그리고 나를 이토록 모욕감에 빠트린 것도 홍정훈이 유일했다. 나의 사랑을 받을 만한 품위를 갖추지 못한 남자였다. 이토록 깊은 모욕감은 그렇다, 그 배신감에서 오는 것이다. 그럴만한 가치가 없는 남자를 침실에 들어오게 허락한 자신에 대한 배신감에서.

그날 저녁 홍정훈은 그녀가 그토록 심혈을 기울여 완성한 전시회를 모독했다. 그것도 천박하게 식탁에 밥풀을 흘려가면서. 로코코풍의 아름다운 식탁은 그녀와 오랜 세월을 함께 해온 벗이었다. 그런 식탁의 얼굴에다 홍정훈은 밥풀을, 간장 국물을, 심지어 김치 쪼까리까지 떨구었다. 입을 열어 사기 행위 운운할 때 얼핏 그의 앞니에 박혀 있는 고춧가루가 보였다. 애써 시선을 돌리려고 해도, 그가 작품의 연도가 다르다느니 운운할 때마다 고춧가루는 마구 괴성을 지르며 그녀의 귀를 아프게 했다. 심지어 입 냄새까지 퍼져와 그녀의 귀를 고문하는 것만 같았다. 어떻게 그럴 수가. 그토록 여러 번 눈치를 줬는데도 그는 그 천박함을 벗어던지지 못했다. 태생이 기품 따위는 모르는 사람이었던 것이다. 그녀는 마치 자신이 완성한 아름다운 걸작에다 홍정훈이 침이라도 뱉은 것처럼 깊은 모멸감을 느꼈다.

김지연은 침대에서 몸을 일으켰다. 그녀는 나지막한 위안이 필요했다. 천천히 침실을 둘러보았다. 목홍빛 조명이 침실의 호흡처럼 가만히 그녀를 감싸 안았다. 그녀는 그 색조가 자신의 몸에 스며들도록 잠시 눈을 감았다.

침실의 정적을 뚫고 벨소리가 울렸다. 목홍빛 조명의 숨결이 흔들렸다. 그녀는 전화를 받았다.
"네. 검사장님. 어제 말씀드린 거. 네. 네. 그렇죠. 정치자금법으로? 네. 네. 그럼 그렇게 부탁드려요. 저희 갤러리는 언급되지 않게 해주시고요."
김지연은 전화를 끊었다. 그리고 나직이 한숨을 쉬었다. 아름다운 중세의 쓸쓸한 가구들이 그녀의 흔들리는 눈빛을 훔쳐보고 있었다.

14.

"이게 좀 시끄러운 사건이라서."
백진수 총경은 밀크커피의 향을 코로 킁킁거리며 말했다.
"그니깐 좀 예민한 사건이야. 정치적으로. 그런데 이순경은 커피에 시럽을 좀 많이 넣어. 매번 지적하는데도."
"네 정치적으로. 그래서요?"
강청식은 무뚝뚝하게 반문했다. 뭔가 구린 냄새가 났다. 싸구려 밀크커피의 향보다도 더욱 구린.
"음. 대선 후보 홍정훈 알지?"
"네. 변호사 아닌가요? 이번 야당에 경선 후보로 나온."
"그래. 그 홍정훈."
백진수 총경은 탁자에 쿵 바위처럼 떨어질 듯한 육중한 뱃살을 꾸물럭거려 몸을 앞으로 땡겨 앉으며 강청식을 똑바로 쳐다보았다.
"그 홍정훈이 갤러리 나래 대표 김지연의 약혼자이기도 해. 갤러리 나래 알지? 지난번에 김향란 위작 사건을 수사했을 때 탐문차 갤러리 나래에 가본 적이 있었잖아."
"네. 그런데 그쪽 관장을 만나지는 못했었죠."
"그래. 어쨌든. 자네가 이번 사건을 맡아줬으면 좋겠네."
"무슨 사건이요?"
강청식이 핑퐁을 치듯 바로 반문했다.
"아. 이런 사건에 대해서 얘기를 안 했구만."
백진수 총경은 천천히 소파에 등을 기댔다. 오늘 따라 유독 그의 귀가 뭉툭하게 도드라져 보였다.
"고혼기 화백의 위작 사건이야. 뉴스에도 나왔었는데. 지금 시끄럽잖아."
"뉴스를 통 보지 않아서."
강청식은 미간을 찌푸렸다. 짙고 두꺼운 눈썹이 벌레처럼 꿈틀거렸다.

"그래. 뉴스야 뭐. 보든 안 보든 중요한 게 아니고."

백진수 총경은 의뭉스런 눈빛으로 강청식의 얼굴을 살피며 말했다.

"이게 무척 예민한 사건이란 것만 알아둬. 위에서는 자네가 적임자라고 생각하고 있어. 김향란 사건을 해결한 경험이 있으니깐."

강청식은 대답하지 않았다. 그는 백진수의 큼지막한 얼굴을 샅샅이 살피듯 쳐다보았다. 그러곤 소파에 살짝 몸을 기대고 골똘한 표정에 잠겨 엄지손가락을 씹었다.

"무난히 해결하기를 바래. 위에서는."

"위가 어디 위를 얘기하는 거죠? 여기를 말하는 건가요?"

강청식이 자신의 배를 손으로 쓰다듬으며 조소하듯 말했다.

일순 백진수 총경의 표정이 굳었다. 그는 냉랭한 얼굴로 강청식을 쏘아보았다.

"솔직히 얘기하지. 이번 사건은 잘못하면 통물이 될 수 있는 사건이야. 김형식 검사장 알지? 김향란 사건 때 주임 검사였잖아. 그 양반이 직접 청장님하고 얘기해서 이번 사건을 자네한테 부탁한다고 했네."

"왜요?"

강청식이 다소 얼빠진 남자 흉내를 내며 반문했다.

"왜라니?"

백진수의 목소리가 높아졌다. 그는 불쾌한 듯 코를 킁킁거렸다.

"자네가 적임자라고 하지 않았나? 조용히 해결해야 하는 사건인데. 대선후보가 얽혀 있으니깐. 홍정훈이 그 갤러리에서 고혼기 그림을 샀다가 옥션에 팔아서 많은 이익을 남기기도 했거든. 어쨌든 그래서 일이 잘못되면 옷을 벗을 수도 있는 사건이야. 홍정훈이 만약에 대통령이 된다고 해봐. 자기 약혼자의 갤러리를 들쑤신 경찰을 가만히 두겠어?"
"그래서 저보고 조용히 사건을 해결하라는 건, 잘못되면 너만 조용히 옷을 벗으면 된다. 그 얘기군요."
"뭐 꼭 그런 건 아니지만. 자네는 지금 선택의 여지가 없잖아. 어차피 옷을 벗고 살인사건으로 기소되는 것보다는 낫지. 이번 사건만 잘 해결되면 골든게이트 회장 건은 조용히 넘어갈 거야."
강청식은 깊은 생각에 빠진 듯 고개를 숙인 채 손톱을 씹어댔다. 백진수 총경이 그 모습을 유심히 관찰하듯 보며 말했다.
"나경호 형사가 자네랑 함께 할 거야."
강청식이 입에서 손가락을 떼고 천천히 고개를 들었다.
"김성철은요? 왜 파트너를 바꾸죠?"
"김성철은 애가 둘이야. 잘못돼서 옷 벗으면 자네가 그 애들 책임져줄 건가?"
"나경호는 아직 결혼을 하지 않았다는거군요. 저는 결혼을 해서 아이가 하나인데요."
"너는 임마! 아휴 말을 말자. 내가."
백진수가 소파에 몸을 깊숙이 묻은 채 팔짱을 끼고는 고개 짓으로 문을 가리켰다.

"나가 임마. 바로 탐문부터 시작해. 나경호 데리고 가는 거 잊지 말고."

15.

강청식은 나경호 형사와 함께 서초동 고급주택가에 있는 양회장의 집을 찾아갔다. 서초동의 빌딩 숲에 이토록 고즈넉한 마을이 있다는 것을 강청식은 처음 알았다. 양회장의 집은 3층의 붉은색 벽돌 건물이었고, 높은 담장 너머로 아름드리 소나무들이 자라 있는 게 보였다. 두꺼운 적갈색의 철제 대문은 마치 걸어서 오는 손님들에게 으름장을 놓는 것처럼 위압적으로 보였다.

강청식은 망설임 없이 바로 초인종을 눌렀다. 초인종 울리는 소리가 조용한 마을에 무례한 종소리처럼 울려 퍼졌다. 쓸데없이 큰 소리였다. 나경호가 옆에서 초인종을 누르려다 강청식이 먼저 누르자 뻘쭘한 듯 손으로 머리를 긁고 있었다. 키가 멀대 같이 크고 어깨가 약간 구부정한 신참 형사였다. 아직 머리에 피도 안 마른 놈이었다.

"자네도 참 머리에 아직 피도 안 말랐는데, 옷부터 벗을 일을 떠맡다니 신세가 가련하구나."

강청식이 위로하듯 나경호의 앳된 얼굴을 올려다보며 말했다. 나경호는 똥인지 된장인지 구분 못 하는 얼굴을 하고 있었다.

양회장은 말을 할 때마다 침을 튀기는 60대 중반의 남자였다. 그는 황갈색 소파 등받이에 양팔을 벌려 기대고는 거만한 자세로 앉아 쉴새 없이 떠들어댔다. 굳이 사정 청취를 위해 질문을 하지 않아도 될 정도로 그는 자신이 어떻게 갤러리 나래에서 고혼기의 작품을 구매했으며 그것을 어째서 감정기관에 의뢰했는지를 미주알고주알 세세하게 말해주었다.
"아무래도 좀 이상한 거야? 그렇게 오랫동안 말이야. 그 많은 작품을 뭐하러 갖고 있었겠어? 돈이 얼마나 되는데 그게. 그래서 의뢰했지. 이상하니깐."
심지어 양회장은 그날 갤러리에 있었던 사람들의 이름까지 주워섬겼다. 정회장이며 이회장이며, 무슨 투자증권의 최이사며 등등. 그러다 침으로 번들거리는 그의 입술에서 김형식 검사장의 이름이 튀어나왔다.

강청식은 눈빛을 반짝였다. 그는 입을 꼭 다물고 생각에 빠졌다. 강인한 턱의 근육이 미세하게 떨렸다. 오늘 김형식 검사장의 이름을 두 번이나 들었다. 한번은 백진수 총경의 입에서, 또 한번은 백진수와 묘하게 닮은 듯한 양회장의 입을 통해서. 역시 뭔가 구린 냄새가 나는 사건이었다.

강청식이 김형식 검사장을 만난 건 약 8년 전 김향란 위작 사건을 수사할 때였다. 그 시절 김형식 검사장은 중앙지검 부장 검사로 재직하고 있었고, 강청식은 광수대에서 검찰로 차출되어 김형식 검사의 지휘 하에 위작 사건을 수사하고 있었다. 그때 강청식이 김형식 검사로부터 받은 인상은 참으로 교활하고 능글맞은 곰 같다는 것이었다. 김형식 검사는 말과 표정이 느긋하고 짐짓 화통해 보이지만 늘 눈빛에 깊은 저의가 도사리고 있었고, 언제나 아랫사람들에 대한 존중의 표시로 경어를 사용하지만 결코 선을 넘는 행동을 용납하지 않는 강고한 권위주의자였다. 한마디로 말해 노블레스 오블리주 정신을 화통하게 실천하는 노회한 고급 관료의 이미지였다고나 할까. 재미있는 건 그가 당시에 사건의 해결에는 별 관심도 없어 보였다는 것이다. 김형식 검사는 미술계를 수사한다기보다는 미술계의 저명한 인사들과 인맥을 쌓으려는 듯 해보였고, 그렇다 보니 사건을 요리조리 모양새 좋게 포장하여 그럴싸한 타협책을 내놓을 궁리만 하고 있었다. 또 당시 화단과 언론의 분위기도 나쁘지 않았다. 사건은 점점 나이가 들어 인지력이 떨어진 노화가의 해프닝 정도로 취급되고 있었던 것이다. 까닭에 김형식 검사는 대충 사건을 무혐의로 처리하는 쪽으로 가닥을 잡아가고 있었다. 하지만 미련한 강청식이 계속 사건의 발목을 붙잡고 늘어지는 바람에 그림은 결국 위작으로 판명이 났고, 전혀 의도치 않게 김형식 검사는 여론의 압력에도 꿋꿋하게 미술계의 깊은 환부를 드러낸 용기 있는 검사로 세간에 이름을 날리게 되었다.

돌이켜보면 김향란 화백의 위작 논란은 참으로 기묘하고 어처구니 없는 사건이었다. 화가 본인은 극구 자신의 작품이 아니라고 하는데도, 미술 평단의 소위 전문가들이 나서서 화가 본인의 작품이 맞아요, 하고 싸우는 형국이었던 것이다. 미술에 문외한이었던 강청식은 이게 어째서 검찰이 다뤄야 하는 사건인지 이해할 수가 없었다. 화가 본인이 아니라고 하지 않는가. 그러면 진품이 아닌 게 아닐까? 그런데 수사를 진행하다 보니 사건은 그리 간단치 않았다. 화가 본인의 의사와는 상관없이 작품의 진위를 감정하는 기관의 권위 역시 중요했던 것이다.

사건의 양상은 이러했다. 김향란 화백의 [소년]이 처음 위작 논란에 휩싸인 건 수사 당시로부터 약 20년 전인 1990년대 초의 일이었다. 인사동의 오랜 터줏대감인 한강 화랑에서 김향란 화백의 그림 한 점이 거래되었는데, 그 그림을 본 김향란 화백이 자신의 작품이 아니라고 언론에 고발하면서 논란은 시작되었다. 졸지에 위작을 판매한 화랑으로 오명을 쓰게 된 갤러리 측은 즉각 반발했다. 그들은 바로 한국 감정원에 의뢰해 감정을 받아보았고 그 결과 놀랍게도 작품 [소년]은 김향란 화백의 진품이 맞다는 결론이 나오면서 논란은 더욱 커져갔다. 감정원이 진품으로 평가한 데에는 물론 그럴싸한 이유들이 있었다. 먼저 [소년]이 원작인 [모자를 쓴 아이]와 제작 연도가 비슷하다는 점이었다. 보통 위작들은 그림에 쓰인 화구 및 재료들이 그 작품의 모델이 된 원작의 제작 연도와 다를 수 밖에 없다. 대개 시간이 흘러 원본이 명성을 얻은 후 위작을 하기 때문에, 위작에 쓰인 미술 재료가 시대적으로 한참 뒤처질 수 밖에 없는 것이다. 그런데 이상하게도 [소년]은 그렇지 않았다. 원본이라 생각되는 [모자를 쓴 아이] 작품과 같은 시대의 재료를 썼던 것이다. 그리고 바탕작업시 김향란 화백이 주로 쓰는 안료인 아교와 합분 등이 혼합되어 쓰였다는 것이 밝혀졌고 안료의 연도는 두 작품 다 1970년대로 추정된다는 결론이 나왔다. 이러한 과학적 검증 결과는 [소년]이 위작이 아니라는 결정적 증거로 작용했다. 또한 화백의 주장과는 달리 [소년]에는 김향란 화백 특유의 화풍이 짙게 배어 있다는 것이 전문가들의 전반적인 견해였다. 하지만 김향란 화백은 물러서지 않았다. [소년]에는 색채의 신비감을 살리기 위해 오래 공을 들여 색채를 쌓아간 수고의 흔적이 느껴지지 않고, 그렇기 때문에 [소년]의 색채에는 김향란만의 깊고 짙은 우수의 콘트라스트가 존재하지 않는다고 말했다. 또한 김향란 화백은 여전히 [소년]을 그린 기억이 전혀 없다면서 자신은 다작을 하는 작가도 아니기 때문에 오랜 시간 어렵게 그린 작품들을 모두 기억하고 있는데, 어째서 그 작품만 내 기억 속에 없는 것이냐고 세상을 향해 호소하듯 반문했다. 하지만 사람들은 이미 노인이 된 김향란 화백의 기억보다는 과학적인 검증을 더 신뢰했다. 그렇게 세상이 자신을 믿어주지 않는 울화 때문이었을까? 김향란 화백은 그로부터 2년이 지난 어느 겨울 강릉의 한 산장에서 고혈압으로 쓰러졌고 바로 병원으로 이송되었으나 안타깝게도 세상을 등지고 말았다. 그리고 사건은 세상에서 점점 잊혀져 갔다.

하지만 그로부터 이십여 년의 세월이 흘러 사건은 다시 수면 위로 부상하며 잊혀졌던 논란을 재점화시켰다. 한강 화랑에서 운영하는 옥션에 [소년] 작품이 나왔는데 무려 30억원을 호가하는 금액으로 낙찰이 되면서 세상을 떠들썩하게 했던 것이다. 그간 조용히 지내던 김향란 화백의 유족들은 뉴욕의 한 저명한 감정원에 [소년]의 위작 여부에 대한 감정을 의뢰했다. 그 감정 결과는 세상을 다시 한번 놀라게 했다. 작품이 위작이라고 판명되었던 것이다. 바로 김향란 화백의 유족은 한강 화랑을 검찰에 작품 위조 및 사기 판매 등의 혐의로 고발했다.

뉴욕의 평가원이 [소년]이 위작이라고 판명한 결정적인 이유는, 그림에서 과거에는 밝혀낼 수 없었던 미미한 유리 조각들을 찾아냈기 때문이었다. 김향란 화백의 그림의 특징 중 하나는 오래 덧칠한 색채에서 느껴지는 미묘한 빛의 질감인데 그것을 위작범이 흉내낼 수가 없어서 안료에 미미하게 유리가루를 섞어 넣었다는 것이다. 하지만 갤러리 측과 한국 국과수의 의견은 뉴욕 평가원의 감정 결과와 달랐다. 그림에 극소량의 유리가루가 섞여 있기는 하나 그것이 [소년]이 위작이란 것에 대한 결정적 증거는 될 수 없고, 김향란 화백이 직접 그림에 보다 미묘한 빛 반사 효과를 내기 위해 유리가루를 섞어 넣었을 가능성 또한 완전히 배제할 수 없다는 것이었다.

이처럼 사건은 미술계의 각 전문가들이 서로 다른 의견을 내놓으면서 점점 복잡한 양상을 띠어갔다. 게다가 [소년]은 작품의 소장 이력서가 없었기 때문에 더욱 진위를 밝혀내기가 어려웠다. 검찰의 수사 역시 난항을 겪기는 마찬가지였다. 작품이 그려진 건 1973년이고, 세상에 처음 모습을 드러낸 건 1998년이었다. 그 사이에 작품은 그야말로 어둠 속에 파묻혀 있었던 것이다. 보통 소장 이력이란 작품의 신분증명서와 같은 것이다. 소장 이력서를 따라가다 보면 최종적으로 작가의 작업실에 이르게 되는데, 이를 통해 작품이 진품이란 사실을 증명할 수 있게 된다. 하지만 [소년]은 이렇게 신분을 증명할 수 있는 문서를 전혀 갖고 있지 않았다. 사람들은 처음에 이 사실을 의심했다. 하지만 한강 화랑과 저명한 미술 평론가들은 작품이 그려진 것이 김향란 화백의 대학 시절이었기 때문에 충분히 있을 수 있는 일이라고 말했다. [소년]만이 아니라 [소년]의 원본이라 생각되는 [모자를 쓴 아이]도 작가의 대학시절 작품이었던 것이다. 그 시절 가난했던 김향란 화백은 자신의 습작품들을 대학 주변 식당이나 주점 등에 싼값에 팔고 그것으로 생활비를 마련하곤 했었다. 그렇게 유통된 작품이 수십점이었던 것이다. [소년] 역시 그런 방식으로 유통되었고, 실제 [소년]을 한강 화랑에 판

사람 역시 대학교 때 자주 다니던 식당의 사장이었다. 처음 화랑 측에선 소장 이력이 없는 작품을 당연히 미심쩍게 생각했었다고 한다. 하지만 여러 전문가와 감정기관에 의뢰해 검증 과정을 거친 결과 진품이 확실하다는 평가를 받았기에 화랑은 망설이지 않고 작품을 구매하기로 결정할 수 있었다. 그만큼 김향란 화백의 초기 작품은 높은 가치를 인정받았던 것이다. 당시 화랑 측이 작품의 검증을 의뢰했던 전문가들 중에는 김향란 화백의 대학시절 스승이자 저명한 미술 평론가인 신철호 교수도 있었다. 그는 다른 어떤 전문가들보다 [소년]이 진품이란 사실에 확신을 가지고 있는 사람이었다. 그도 그럴 것이 그는 자신이 직접 김향란 화백이 미대 작업실에서 작품을 그리는 것을 본 적이 있다고 말했던 것이다. 작품이 1970년대에 제작된 것이라는 감정원의 검증 결과 역시 이러한 교수의 증언을 뒷받침 해주는 것이었다. 하지만 신 교수의 주장에 김향란 화백은 발끈했고 바로 명백한 거짓말이라며 반박하고 나섰다. 스승과 제자가 작품의 진위 여부를 놓고 공방을 벌이는 웃지 못할 사태가 벌어졌던 것이다. 그로 인해 한동안 두 사람은 언론에 시달리며 곤욕을 치러야 했다. 그리고 사건의 여파 때문인지 제자는 지병으로 세상을 떠났고 스승은 자살로 생을 마감했다.

그런데 다시 이십여 년의 세월이 흘러 위작 논란이 시작된 것이었다. 하지만 아무리 논란이 커도 유통과정을 제외하고는 뚜렷한 혐의점을 찾을 수 없는 사건이었다. 미술계의 전반적인 평가 또한 진품이라는 쪽으로 무게가 실려 있었고, 까닭에 김형식 검사는 손을 댈 수 없는 이런 복잡미묘한 사건을 괜히 들쑤셔서 여론의 지탄을 받기 전에 대충 혐의없음으로 사건을 종결시키고자 했다. 하지만 강청식은 식당 사장과 스승인 신철호 교수와의 관계가 뭔가 미심쩍다고 생각했고, 김형식 검사의 반대에도 무릅쓰고 기어이 지방에 내려가 숨어 살고 있던 식당 사장을 찾아냈다. 그리고 사장의 주변을 맴돌던 끝에 그가 그림을 팔아 사업을 시작했지만 노름에 빠져 가산을 전부 탕진했다는 사실을 알게 되었다. 그림을 팔았던 당시에도 사정은 마찬가지여서 당시 그는 노름빚을 지고 여기저기 쫓겨다니는 신세였다고 한다. 그렇게 사장의 주변을 탐문하면서 시작된 수사는 식당 사장과 죽은 신철호 교수와의 뒤틀린 관계까지 나아가게 되었고, 결국 그림을 그린 사람이 김향란 화백이 아니라 신철호 교수였다는 사실을 밝혀낼 수 있었다. 한국감정원과 국과수에서 소년이 1970년대 작품이라고 검증될 수 있었던 것은 실제로 그 작품이 1970년대에, 즉 김향란 화백이 한창 [모자를 쓴 아이]를 그리던 당시에 신철호 교수 역시 제자의 영감을 도용해 [소년]을 그리고 있었기 때문이었다. 신철호 교수는 미술 평론으로 이름을 떨쳤지만 화가로서는 전혀 성공하지 못한 사람이었다. 그는 평론가로서 명성을 얻고 나서도 가명으로 국선에 작품을 보내곤 했지만, 그때마다 번번이 낙방했고 견딜 수 없는 수치심에 사로잡혀 괴로워하곤 했었다. 타인의 작품의 아름다움을 논

하지만 스스로는 그 아름다움을 창조할 수 없는 사람. 그것이 그를 평생 따라다닌 치욕적인 콤플렉스였다. 그가 제자의 작품을 도작할 생각이 있었던 것은 아마도 아니었을 것이다. 하지만 그는 제자의 영감을 도용하여 비슷한 그림을 그려보는 것으로 자신을 자학하고 자신의 빈약한 상상력을 저주하곤 했다. 그렇게 그려진 작품이 바로 [소년]이었던 것이다. 신철호 교수가 스스로를 자학하기 위해 제자의 예술적 영감을 흉내내어 그렸던 작품. 그 작품이 엉뚱하게도 식당 사장의 손에 들어가 이십여 년의 세월이 흘러 제자의 이름을 달고 세상에 나오게 되었던 것이 바로 사건의 전말이었다.

16.

갤러리 나래는 먼지 하나 없을 정도로 비현실적인 공간이었다. 그것이 강청식이 처음 갤러리에 들어서면서 느낀 감상이었다. 갤러리는 3층의 백색 건물이었고, 1층과 2층이 전시실로 사용되고 있었다. 담담한 젖빛의 페인트로 칠해진 건물의 내부는 완벽한 침묵의 공간이어서 숨이 다 막힐 정도였다. 1층은 천장부터 벽을 거쳐 바닥까지 검은색 줄이 쳐진 적막한 격자형의 무늬들로 도배되어 있었고, 입구에서 반대편 벽에 흑백의 파도가 꿈틀거리는 대형 사진이 걸려 있었다. 상층부로 오르는 계단은 발판이 꼼꼼한 구멍이 나 있는 철제로 되어 있었고, 단정한 갈빛의 청동 손잡이가 딱 필요한 형태만을 유지한 채 엄숙한 균질감을 이루며 2층으로 뻗어 있었다. 강청식은 그 손잡이를 쓰다듬며 2층으로 올라갔다. 2층은 전시실과 고객 대기실로 분리되어 있었다. 강청식과 나경호 형사는 큐레이터의 안내를 받아 대기실의 문을 열고 들어갔다.

대기실 또한 예술적 적막의 공간이었다. 강청식은 오래전에 이 대기실에 들어왔었던 적이 있었다. 그때도 같은 느낌을 받았는데, 이 공간은 '당신은 여기에서 중요한 손님은 아니다, 하지만 우리가 정중히 대접은 하겠다'라는 느낌을 물씬 풍기는 그런 불친절한 배려로 가득한 공간이었다. 어느 중후한 박물관의 벤치처럼 보이는 긴 의자는 공업적 미학이 돋보이는 딱딱한 철제 의자였다. 그 의자에 앉아 있으면 반대편 벽에 길쭉한 눈금처럼 나 있는 창문을 통해 바깥 풍경이 수평으로 잘려서 보였다. 모처럼 맑고 화창한 창공이 총천연색 필름처럼 펼쳐져 있었고, 중간중간 리듬을 부여하듯 가로수의 푸른색 잎사귀들이 펼쳐져 있었다. 바깥 풍경을 이처럼 칼로 자르고 재단하듯 펼쳐놓은 풍경은, 묘한 답답함이 섞인 미적인 정서를 불러일으켰다. 왠지 이곳에서는 숙연하게 눈을 비벼가며 저 풍경을 얌전히 바라보고 있어야만 할 것 같았다. 묵묵히 침묵하고 있는 저 대기실의 유리문을 열고 김지연 관장이 들어올 때까지.

"오래 기다리셨죠."

김지연은 홀연히 모습을 드러냈다. 언제 문을 열고 들어온 것일까? 사람의 미미한 기척에도 예민한 강청식이 전혀 느끼지 못했을 정도로 그녀의 등장은 갑작스러웠다.

"오래 기다리셨어요. 형사님들!"

무척 차갑고 도도해 보이는 홍안에 살포시 애교 어린 미소를 띠우며 그녀는 말했다.

"서울 경찰청 광역수사대에서 나왔습니다. 강청식입니다. 이쪽은…"

강청식이 넋을 잃은 채 입을 벌리고 서 있는 나경호 형사의 뒤통수를 치며 말했다.

"이쪽은… 뭐 그냥 형사입니다. 이름은 나경호."

"네 반가워요. 형사님들. 자리에 앉으시죠."

김지연은 그들을 빙 돌아서 맞은편 청람빛 의자에 앉았다. 나비 모양의 청동 프레임으로 장식된 등받이가 기이하게 아름다운 의자였다.

"저희가 온 이유는 아시죠?"

강청식은 단도직입으로 물었다.

"말씀을 안 해주시면 제가 어떻게 아나요?"

김지연 역시 단도직입으로 대화를 받아쳤다. 그녀는 흰색 반소매 블라우스에 검정색 치마를 입고 있었다. 서로 보색을 이루는 무채색으로만 이루어진 세련된 의상은 그녀를 단아하고 정숙한 분위기로 감싸면서도 왠지 모를 차가움을 느끼게 했다. 그건 감히 그녀의 옷깃 하나에도 손을 댈 수 없게 만드는 비인간적인 의상처럼 보였다.
"고혼기 화백의 그림 때문이죠. 위작으로 의심되는 작품이 여기서 팔렸으니까요."
"위작이라뇨. 형사님도 농담을 좋아하시는 분인가 보네요."
김지연은 흐트러짐 없이 말했다.
"죄송합니다. 그렇게 들리셨다면."
강청식은 짐짓 머리를 조아렸다. 그러곤 고개를 들면서 능치듯 말했다.
"관장님은 뉴스는 보시죠?"
"네. 물론 보죠."
김지연이 또박또박 말했다.
"뉴스에서 지금 난리가 아닙니다. 저는 사실 뉴스를 안 보거든요. 그래도 귀에 들어올 정도로 시끄러운 사건이 되었더군요."
"음. 양회장님 말씀이시군요?"
"네. 대흥 인베스트먼트의 양정호 회장. 그 양반이 여기서 고혼기 화백의 그림을 사갔는데, 뭐랬더라 무슨 장마가 어쩌구, 나신이 어쩌구 하는 작품이라더군요."
"네. 비속의 나신 작품 넘버 22."
김지연이 읊조리듯 천천히 대답했다.
"근데 그게 30억이나 한다더군요. 아… 물론 예술이니깐 그렇겠죠. 그런데 양정호 회장은 그 돈으로 아파트를 샀어야 한다고 후회하고 있더군요."
"네. 그분은 원래 그런 사업을 하시니까요."

김지연이 미소를 지었다. 도발적이고 농염한 미소였다. 나경호 형사가 나직이 한숨을 쉬었다. 강청식은 나경호의 얼빠진 얼굴을 쳐다보았다. 이놈은 조만간 옷을 벗겠구나.
"양회장의 말은…"
강청식이 단호한 목소리로 말했다.
"가짜가 30억이면 비싼 거라는 얘기죠."
김지연은 전혀 표정의 변화가 없었다. 그녀는 마치 얼굴에서 표정을 지운 사람처럼 보였다. 그래서 더욱 아름다워 보이는지도 모른다. 하지만 강청식은 나경호 형사가 한숨을 쉬던 찰나에, 고개를 살짝 외로 꼰 그녀의 눈빛이 조금 흔들리는 걸 보았다. 강청식은 고삐를 놓치지 않고 그 사이를 파고들었다.
"양정호 회장은 의심이 들었다고 하더군요. 돈이란 게 사악한 놈입니다. 비싸면 비쌀수록 그 가치를 맹신하기도 하지만, 도리어 그 가치가 진짜인지 의심하게 만들기도 하죠."
김지연은 여전히 표정을 지운 채 농염한 미소만 짓고 있었다. 강청식은 계속 얘기했다.
"양정호 회장은 고민한 끝에 K감정연구원에 감정을 의뢰했다고 합니다. 뉴스를 들어서 알고 계시죠? 그랬더니 그림에 쓰인 재료가 1980년대의 것이라고 아니라는 결과가 나왔다죠? 이에 대해서 어떻게 생각하시나요?"
김지연은 허리를 조금 곧추세우며 다리를 한쪽으로 꼬았다. 넉넉한 품으로 하늘거리는 치마바지의 옷감이 당겨지면서 그녀의 도톰한 허벅지의 선이 드러났다. 보이지 않는데도 그 허벅지의 아름다운 피부가 느껴질 것만 같았다.

또다시 나경호 형사가 한숨을 쉬었다. 이런 천하에 바보같은 놈을 데리고 온 것이 실수였다. 그는 청바지를 입은 아랫도리가 불편한 듯 몸을 꼼지락거리고 있었다.

"감정기관들은 저마다 얘기가 다를 때가 있어요. 특히 한국의 감정기관들은 아직 실력이 부족하죠. 형사님… 제가 아는 도쿄의 감정기관에 의뢰를 했으니까요. 조금만 기다려 보시죠."

김지연이 강청식을 똑바로 쳐다보며 말했다. 그러곤 얼굴에 표정을 서서히 되찾으며 나경호 형사 쪽을 보면서 미소를 지었다. 온화한 누이 같은 미소였다.

"그런데 옆에 형사님은 어딘가 불편하신가 보죠."

"아뇨. 저는… 그러니깐 괜찮습니다."

나경호 형사가 더듬더듬 말하고는 테이블에 놓인 물잔을 들어 목을 축였다.

"양회장님은 말이죠. 순수하고 훌륭한 인품을 지니신 분이에요."

김지연이 짐짓 눈웃음을 지으며 말을 이었다.

"게다가 미술에 대한 안목도 탁월하시죠. 고혼기 화백님 작품을 특히 좋아하세요. 전 가끔 말한답니다. 그분에게. 회장님은 부동산을 하실 분이 아니라 미술을 하실 분이라고요. 제가 다 배울 때가 있다니까요."

김지연의 목소리는 차분하고 아늑했다. 마치 고전 영화의 나레이션을 듣는 듯한 느낌이었다. 그녀는 슬며시 빙글거리며 강청식을 바라보았다.

"그런데 형사님, 그렇잖아요. 모든 애정을 깊이 지니다 보면 사물에 애착을 갖게 돼요. 애착은 사랑이 깃든 집착이죠. 거기서 의심이 시작한답니다. 뭔가 처음과는 다른데 하면서 흠을 찾게 되고요. 그분이 너무 고혼기 화백님의 작품을 사랑해서 이런 일이 벌어지게 된 것 같아요. 형사님들은 그림에 애착을 가져본 적이 없으시죠. 그래서 양회장님을 이해 못 하실 수도 있어요."

그녀는 잠시 호흡을 고른 후 넌지시 노여움을 띤 기색으로 말을 이었다.

"그런데 그렇게 순수한 분을 정말…… 그 감정기관이 어떻게 그분을 속일 생각을 했는지. 솔직히 말씀드리기 부끄럽지만. 미술계도 세상의 여느 곳과 다르지 않아요. 거짓과 협작이 판을 치는 곳이죠. 이 문제로 그분을 들쑤셔서 자신들과 연이 있는 갤러리로 모실 생각을 했던 것 같아요. 부끄럽지만 그래요. 그런 사람들에게 양회장님은 고객에 지나지 않으니까요."

김지연의 표정은 완벽했다. 세상에 이보다 양정호 회장을 존경하는 사람은 없을 것만 같았다. 이토록 뻔뻔한 거짓말을 이토록 설득력 있게 전달하는 목소리의 우아함이란…. 양정호 회장이 이 자리에 있었다면 넙죽 절을 하며 후회의 염을 표했을 것이다. 정말이지 그래서 옆에 앉아 있는 나경호 형사도 감동한 얼굴로 고개를 끄덕이고 있었다. 그는 강청식 형사의 부족한 공감력을 보충하기 위해 이 자리에 온 것이 틀림없었다.

강청식은 이 모든 흥미로운 쇼가 끝나자 비실비실 웃음을 흘리기 시작했다. 옆에 앉아 있는 나경호 형사가 놀라서 자신을 쳐다보는 것을 느낄 수 있었다. 천하에 바보 같은 놈을 데리고 온 업보였다.
"재미있는 가설이군요."
"가설? 무슨 뜻으로 하신 말씀이죠?"
김지연의 얼굴에 동요가 일기 시작했다. 나경호 형사가 아닌 다른 모든 형사들이라면 알아챌 수 있을 정도로 명백한 흔들림이었다.
"말 그대로죠. 재미있는 가설!"
"이해가 안 되는군요."
"아뇨. 간단한 얘깁니다. 관장님이 진심으로 양회장님을 아끼고 있다는 가설. 양회장님이 진심으로 고혼기 화백의 그림을 사랑한다는 가설."
"별난 유머 감각을 지니셨군요. 무례하다는 생각은 안 드시나요?"
김지연은 다시 얼굴에서 표정을 지우려 했다. 강청식은 그 도망가려는 표정을 강하게 붙잡으며 말했다.
"방금 관장님이 말씀하셨잖아요. 미술계도 여느 세상과 다르지 않다고. 거짓과 협작이 판치는."
김지연은 말없이 강청식을 물끄러미 쳐다보았다. 강청식의 손에서 그녀의 표정이 미끄러지듯 빠져나갔다.

"네. 그렇죠. 이해합니다. 형사님들의 일이란 그런 거죠. 의심을 멈추지 않는 것. 하지만 저는 익숙하지 않아서요. 형사님 같은 분들이."

그렇게 말하며 그녀는 가만히 왼쪽 허벅지에 아름다운 두 손을 모아 내려놓았다. 단정한 요부의 몸짓이었다.

"자. 그럼 이만 일어나실까요. 제가 약속이 있어서."

나경호 형사가 무거운 엉덩이를 들고 의자에서 일어나려 했다. 강청식이 말없이 나경호를 돌아보았다. 그러자 그는 주춤거리며 다시 의자에 앉았다.

"근데 요즘 약혼자 되시는 분이 TV에 자주 나오시더라구요."

강청식이 갑자기 공손한 표정을 지으며 엉뚱한 이야기를 늘어놓기 시작했다.

"홍정훈 변호사님 정말 남자답게 생기셨죠. 중후한 신사의 면모를 지니셨다고나 할까요. 남자인 제가 봐도 홀딱 반할 정도로요."

나경호 형사가 입을 벌린 채 강청식을 쳐다보았다. 그러면서 무언가 눈치를 주려는 듯한 다급한 눈짓을 했다. 분위기를 파악하라는 신호 같았다. 천하에 바보 같은 놈을 데리고 온 내 잘못이다.

"그야말로 대통령감이시죠. 평소에 깊이 존경해 왔던 분입니다. 그런 분의 약혼자이시니, 법률적인 문제는 아무 걱정이 없으시겠어요."

강청식은 다시 김지연의 얼굴에서 표정을 끄집어내었다. 명백히 불쾌감을 드러내는 표정이 얼굴에서 굳은 화석처럼 떨어져 나올 것만 같았다. 대화를 하는 내내 강청식은 그녀가 지독한 나르시스트라는 것을 직감적으로 알아챘다. 김지연은 자기 자신을 사랑한다. 그 어느 누구도 감히 자신을 소유하지 못하게 할 것이다. 그녀에게 있어서 자신을 사랑할 수 있는 자격을 지닌 사람은 오직 그녀뿐이다. 강청식은 그녀를 무너뜨리기 위해서 이 점을 공략하기로 했다.
"법률적인 문제라니요?"
김지연의 어조에 처음으로 앙칼짐이 묻어났다.
"아뇨. 워낙에 강직한 변호사이시고, 곧 대통령이 되실 분 아닙니까. 그분의 약혼자이시니 참으로 축복받으셨습니다. 지금처럼 아름답게 살아가시는 데 아무런 지장이 없으실 거예요."
김지연은 강청식을 차갑게 노려보았다. 지금까지 그녀의 앞에서 이토록 무덤덤한 표정을 지은 남자는 없었다.
"그건 제가 진짜 위작에 관여라도 했다는 얘기인가요?"
강청식의 입술에 차가운 미소가 깃들었다. 그는 그녀가 위작 생산에 관여했다는 것을 확신했다.
"저야 모르죠. 그냥 저는 위에서 가보라고 해서 왔을 뿐인데요. 경찰은 예술을 하는 사람들이 아닙니다. 경찰은 조직에 종속된 사람들이죠. 훌륭하신 변호사님이나, 그분의 아름다우신 약혼자님하고는 다르게요."
"계속 빈정대시는구요. 그렇게 말씀하셔도 고혼기 화백님의 작품은 진품이에요. 얼마 지나지 않아 감정 결과가 나올 겁니다."
"그 감정기관은 신뢰할 수 있는 곳인가요?"

"물론 형사님은 그래도 의심을 하시겠죠. 하지만 양회장님이 의뢰한 기관보다는 국제적인 명성을 갖고 있는 기관입니다."
"아까 양회장님이 예술에 대한 감식안이 탁월하시다 하셨죠?"
"네. 그랬어요. 하지만 그분이 예술을 하는 분은 아니죠."
"하지만 아까는 양회장님이 예술을 하셔야 할 분이라고 하시지 않았나요?"
"말꼬리를 잡으시는 걸 좋아……."
김지연은 갑자기 음악이 정지하듯 말을 멈췄다. 그러곤 강청식의 눈빛을 흡수할 듯이 곰곰이 쳐다보았다. 그녀의 입가에 천천히 조소가 깃들기 시작했다.
"고혼기 화백님은 찾아뵙나요? 제 생각엔 아직 찾아뵙지 않으신 것 같은데."
강청식은 그녀의 입가에서 단서를 찾는 것처럼 살짝 입꼬리가 올라간 입술을 수상쩍게 쳐다보았다. 두려움의 온기가 느껴지지 않는 입술이었다.
"고혼기 화백님을 찾아 뵈면 여쭤보세요. 그 작품이 위작인지 대답해주시겠죠. 화가가 자기 작품을 몰라볼 리는 없으니까요. 그보다 확실한 증거가 따로 있을까요."
그러곤 그녀는 다리를 반대편으로 꼬아서 허벅지의 아름다운 양감을 드러낸 후 나경호 형사가 천천히 감상할 시간을 주었다.
"더 하실 말씀 있으신가요?"
"아뇨. 오늘은 이쯤 묻도록 하죠."
강청식은 그녀의 표정이 얼굴 깊숙한 곳으로 사라졌음을

깨달았다. 오늘 더 시간을 끌어봤자 별다른 소득이 없을 터였다.
"자. 그럼 저는 여기서 이만…."
김지연은 나경호 형사의 시선에서 허벅지를 떼어낸 후 자리에서 일어났다.
"오늘 말씀 감사했습니다. 나경호 형사 이만 가도록 하지."
강청식은 대기실 문을 열고 나갈 때 그녀의 시선이 따라오고 있음을 느꼈다.
뒤통수가 온통 서늘해질 정도로 차가운 입김이 느껴지는 시선이었다. 강청식은 가만히 등 뒤로 문을 닫았다. 그녀의 시선이 뱀처럼 잘리면서 홀연히 사라졌다.

17.

강청식은 갤러리 문 앞에서 담배를 꺼내물었다. 나경호 형사는 햇살이 눈 부신지 눈살을 찌푸리고 있었다. 담배 연기를 나경호 형사 쪽으로 뿜으면서 강청식이 말했다.
"난 이 길로 고혼기 화백의 집으로 가볼 테니깐, 자네는 국세청 쪽에 가보도록 하게."
"네. 국세청이요?"
"그래. 국세청. 왜 가라고 하는지는 알겠지."
나경호 형사가 눈을 깜박이더니 뭔가 생각에 잠긴 듯한 표정을 지었다.

"자금 흐름 때문이군요. 갤러리 나래의 자금 흐름을 조사해 보라는 얘기시죠. 그러면 그림을 팔아서 생긴 돈이 어디로 흘러가는지 추적할 수 있을 테고. 위작 조직이 만약 돈을 받았다면 현금이 대량 인출되었거나 운이 좋으면 그쪽 계좌로 흘러간 흔적을 찾을 수 있을 테니까요."

강청식은 담배를 입에 물고 은근한 미소를 지었다.

"자네가 바보인지는 알았는데 완전한 바보는 아니군. 한 삼십프로는 정상이야."

"이래 봬도 중앙경찰학교 수석졸업자입니다."

"글쎄. 어쩌나. 경찰학교를 수석 졸업했는데 곧 그만두게 생겼네."

"글쎄요. 그러면 뭐 다른 일을 알아보죠."

나경호가 빙그레 웃으면서 말했다. 참으로 순진한 놈이다.

고혼기 화백의 집은 경기도 파주에 있는 저택이었다. 온통 검푸른 숲에 둘러싸인 목조 가옥이었다. 둥근 통나무의 매스감이 느껴지는 육중한 파사드는 울창한 숲속에서도 당당히 자신의 존재감을 드러내고 있었다. 그 집은 위대한 화가의 집이라기보다는, 그 화가를 지키고 있는 파수꾼의 집처럼 보였다. 아니 집 자체가 과묵한 파수꾼처럼 보였다. 가련할 정도로 앙상하게 몸집이 쪼그라든 화가를 이 숲으로부터, 이 세상이라는 정글로부터 지키고 있는 것처럼 보였던 것이다.

초인종을 누르자 문을 열어준 것은 초로의 가정부였다. 강청식은 몸을 엉거주춤 숙이고 인사를 했다. 그만큼 가정부는 작고 앙상한 몸집을 지니고 있었다. 손으로 톡 치면 파삭거리며 바스라질 것만 같아 보였다. 이런 몸으로 어떻게 고혼기 화백을 돌볼 수 있는지 의아할 정도였다. 그녀는 공손히 인사를 하고는 조용히 현관 복도를 지나 거실로 강청식을 안내했다.

강청식은 거실에 발을 들여놓자마자 벌린 입을 다물 수 없었다. 거실은 그야말로 호쾌할 정도로 탁 트인 공간이었다. 매끄러운 나무 널이 고스란히 드러난 벽 위에 거대한 박공천장이 얹혀 있었는데, 천장의 높이가 너무 높아서 현기증이 날 정도였다. 이렇게 크고 넓은 거실에 단지 두 명의 노인만이 살고 있다고 생각하니 강청식은 팔에 소름이 돋았다. 거실의 우측 벽에는 마호가니 재질의 적갈색 식탁이 길게 놓여 있었으며 양옆으로 다섯 개의 의자가 나란히 배치되어 있었다. 그리고 거기서 한 단 낮은 바닥에 불그스름한 양탄자가 깔려 있었는데 아름다운 낙타 두 마리가 아지랑이처럼 수놓아져 있었다. 그 위에 식탁과 똑같은 적갈색의 마호가니 소파 테이블이 있었고, 크고 푹신해 보이는 가죽 소파 두 개가 테이블을 사이에 두고 ㄱ자를 이루며 엇갈려 놓여 있었다. 고혼기는 그중 강청식과 마주 보이는 쪽의 소파에 몸을 깊숙이 파묻은 채 앉아 있었다. 소파와 똑같은 암적색의 실내복을 입고 있어서 그 노인은 마치 소파라는 무덤에 매몰되고 있는 늙은 인형처럼 보였다.

강청식은 조금 얼떨떨한 기분으로 화백에게 고개를 숙여

인사를 했다. 하지만 고혼기는 전혀 강청식을 보고 있지 않았다. 그는 강청식의 등 뒤에 망연히 시선을 두고 있었는데, 그곳에 자신이 사랑한 유령이라도 어른거리고 있다는 듯한 눈빛이었다. 강청식은 그 시선을 쫓아 뒤를 돌아보았다. 그리고 무서울 정도로 아름다운 풍경을 보았다. 햇살이 기우는 것으로 보아 아마도 서향인 것 같은데, 나무널의 벽 대신 완전히 개방된 통유리창이 울창한 숲을 향해 나 있었다.

가로로 누운 장방형의 창은 울울창창한 삼림의 풍경을 담은 액자였다. 그 수종을 헤아릴 수 없을 정도로 다양한 형상의 나무들이 다소 경사가 있는 언덕을 빼곡히 채우며 야생의 숲을 펼쳐놓고 있었다. 노을빛이 그 깊은 초록의 수림을 은은한 연홍빛으로 물들이는데, 그건 흡사 나른히 졸고 있는 나무들에서 흘러나온 꿈의 색조인 것처럼 보였다. 오종종한 새들이 그 꿈속에서 날아온 것처럼 포르르 나뭇가지들 위에 앉아 울고 있었다.

미상불 화가의 집이구나 감탄하며 강청식은 그 숲의 풍경을 넋 놓고 바라보았다. 그러다 문득 정신을 차리고 고개를 돌려 다시 고혼기에게 인사를 건넸다. 그런데도 고혼기는 아무런 미동도 하지 않았다. 강청식이 와 있는 것을 모르고 있는 듯했다.

"선생님. 제가 여기에 왜 왔는지 아십니까?"

강청식이 고혼기 쪽으로 한 발짝 더 다가서며 말했다. 그는 일부러 고혼기의 시야를 몸으로 가렸다. 그런데도 고혼기는 고개조차 움직이지 않았다. 강청식도 더는 말을 걸지 않고 골똘한 시선으로 고혼기의 아득해 보이는 얼굴을 관찰했다. 몇 분의 침묵이 흘렀다.
"자네는 왜 거기에 서 있나?"
고혼기가 문득 졸음에서 깨어났다는 듯한 목소리로 말했다. 그는 강청식을 오래 알고 지낸 사람이라도 되는 듯이 쳐다보았다.
"어서 앉게. 여기 소파에 앉으면 되네."
강청식은 그의 오른쪽으로 가서 소파에 조심히 앉았다.
"저 창밖은 언제봐도 좋지 않나? 저 물푸레나무는 말이야 사람의 다리처럼 보여. 무수히 많은 다리들이 저기 숲속을 거닐고 있는 것처럼. 그리고 또 저 늘어진 나뭇가지들을 보게. 이제 곧 어둠이 내릴 테고 비가 올 것이네. 그러면 저 나뭇가지들은 바람에 몸살을 앓으면서 여자의 긴 머리카락이 되는 꿈을 꾸지."
고혼기는 혼자서 넋두리를 하듯 계속 중얼거렸다. 강청식은 일단 아무 질문도 하지 않고 그의 이야기를, 그 이야기가 품고 있는 어떤 질감을 포착하기 위해 애를 썼다. 그 사이 가정부가 조용히 다가와 강청식의 테이블에 향긋한 모카 향이 나는 커피잔을 놓고 갔다. 커피 냄새가 은은하게 마호가니 테이블 위에 먼지처럼 내려앉는 것 같았다. 그리고 그 위에 노년의 살비듬 같이 부석한 고혼기의 음성이 내려앉았다. 그는 또 금세 강청식의 존재를 잊은 듯했다. 그의 말은 사람을 향한 말이 아니었다.

"커피는 왜 안마시고?"

고혼기가 뜬금없이 강청식을 보면서 말했다.

"일본의 최고 커피 장인이 로스팅한 원두로 내린 거네. 아. 자네는 커피를 안 좋아했던가?"

"아닙니다. 커피 좋아합니다."

"음. 그래. 어서 들게. 우선 향부터 음미하고. 아…. 향이 좀 옅어진 것 같은데."

"선생님."

강청식은 바둑의 포석을 두듯 낮게 떨어지는 목소리로 말했다.

"위작 문제입니다. 제가 여기 온 이유는."

"응. 그래 계속하게. 커피는 마시면서."

강청식은 커피잔을 들어 한 모금을 마시곤 잔을 조심히 내려놓았다.

"양정호 회장이란 사람을 아시나요? 양회장은 한 달 전 전시회에서 화백님께 인사를 드렸다고 하더군요."

"음……. 비가 올 것 같군. 집사 부인이 그랬네. 아까 일기예보를 봤더니 비가 온다고 했다고."

"네. 그래서 양회장이 선생님 작품을 그날 갤러리에서 샀는데요."

강청식은 와이셔츠 앞주머니에서 수첩을 꺼냈다.

"예. 그러니깐 작품 번호가…."

"비속의 나신 작품 번호 22."

고혼기가 넌지시 꾸짖는듯한 목소리로 말했다.

"네. 작품 넘버…."
강청식이 짐짓 모르는 척 계속 수첩을 뒤적였다.
"넘버…. 23. 아니 22."
그러곤 천천히 목을 빼듯 고개를 들어 고혼기의 표정을 살폈다.
"천박한 놈이지. 그놈은."
고혼기는 노여움을 드러내며 말했다. 소파 옆에 있는 지팡이를 집어서 강청식을 후려칠 기세였다.
"천하에 무식한 놈이야."
"네. 저도 만나봤는데 천하에 무식한 놈 맞습니다."
강청식은 얼굴에 홍조를 띠우며 말했다.
고혼기가 눈에 의심을 가득 담아 강청식을 쳐다보았다. 그러곤 킬킬거리며 웃기 시작했다. 마치 그 모습은 내가 네 놈의 속을 모를 줄 알아, 라고 말하는 듯한 느낌이었다.
"자네도 그놈한테 된통 당했구먼. 침도 막 튀기는 녀석이야."
"네. 침을 모아서 튀김 가게를 해도 되겠던데요."
강청식은 능글맞은 표정으로 따라 웃으며 말했다.
"그래. 그렇지."
고혼기는 만족한 표정으로 고개를 주억거렸다.
"그래서. 저 나무들은 비가 오면 그렇게 몸살들을 앓는 거네. 꿈을 꾸는 거라고. 자네는 꿈을 꾸나?"
"몸살을 앓을 때만 꿉니다."
강청식은 계속 맞장구를 치면서 고혼기의 얼굴을 피부까지 뜯어서 살펴볼 듯이 유심히 쳐다보았다. 고혼기는 강청식이 대놓고 자신을 쳐다보고 있는 것도 모르는 것 같았다. 그는 또다시 멍한 시선으로 창밖을 바라보기 시작했다. 강청식은 그의 시선을 쫓아 창문을 보았다. 어느새 창밖은 감은 빛으로 어두워져 있었다. 검은 숲이 노을을 삼켜버린 것만 같았다.

"그런데 자네는 여기 어쩐 일인가?"

다시 고혼기가 꿈에서 깨어난 것처럼 말했다.

"네. 그래서 그 천하의 무식한 양회장이 선생님 그림을 감정받았다고 하더군요."

강청식은 아까 끊어진 대화의 맥을 아무런 설명도 없이 짚어나갔다.

"k감정연구원에 의뢰한 감정 결과는 위작이었습니다. 그림의 재질이 문제였습니다. 1980년대에 쓰인 재료가 아니라는 거죠."

강청식은 잠시 말을 멈추고 다시 고혼기의 표정을 살폈다. 고혼기는 무척 흥미로운 얘기라는 듯이 눈빛을 반짝이며 듣고 있었다.

"화백님. 말을 돌리지 않고 바로 묻겠습니다. 비속의 나신 작품 넘버 22는 화백님 작품입니까?"

"모든 비속의 나신들은 내 안에서 흘러나온 것들이네."

"그런데 어째서 재료가 1980년대 것이 아니죠. 화백님이 소장하고 있었던 그 당시 작품들인데 말이죠."

고혼기의 눈빛은 점점 더 생기를 띠워갔다. 그는 약간 시선을 아래로 내려뜨리고 테이블을 보고 있는 것 같았다.

"자네 물감이 얼만지 아나? 켄트지는? 비속의 나신을 그리는 데 쓰인 미술 재료 값은 다 합해 봐야 몇십만 원 안 되네. 그런데 그 작품들이 도쿄에서, 뉴욕에서 얼마에 팔렸는지 아나? 수십억 원이네. 수십억 원."
강청식은 침묵했다. 고혼기는 넋 나간 노인이 아니었다. 그는 오랜 세월 냉정한 세속의 시장에서 살아남은 꾀바르고 응큼한 예술가였다.
"그게 왜 수십억 원인지 아나?"
고혼기는 고개를 들고 목을 거북이처럼 빼서 강청식을 쳐다보며 말을 이었다.
"그건 정신의 가격이네. 물감에 스며든 내 정신의 가치. 내 예술혼의 가치가 그것이라네. 물론 예술에 가격을 매길 수는 없네. 자본주의는 모든 것을 화폐의 가치로 환산하는데, 그건 참으로 슬픈 일이지. 내 그림도 그놈들이 그렇게 가치를 매긴 거고."
"네. 선생님. 그런데 왜 1980년대에 만든 작품이 아닌데…. 그 작품들은 1980년대의 가면을 쓰고 나와서 2022년의 화폐가치로 가격이 매겨진 걸까요?"
고혼기는 다시 망연히 시선을 테이블로 내려뜨렸다. 그는 한참을 그렇게 있다가 참혹할 정도로 쪼그라들고 검버섯이 핀 손을 앞으로 뻗으며 말했다.
"자네. 손 좀 줘보게."
"네?"
강청식은 그 부탁의 진의를 몰라서 되물었다.

"손 좀 달라고."

"제 손을요?"

강청식은 쭈볏이며 손을 앞으로 내밀었다. 고혼기는 쪼그라든 자신의 두 손으로 고혼기의 두툼한 손을 감싸 쥐었다. 바싹 마른 나뭇결 같은 촉감이 느껴졌다. 마치 죽은 자의 손 같았다. 고혼기는 강청식의 손을 잡고 천주에게 기도를 올리는 신자처럼 눈을 감고는 한참 동안 입술을 우물우물 거렸다. 그러곤 갑자기 흥미가 없어진 듯 그의 손을 툭 하고 놓았다.

"그런데 자네는 누군가? 기자인가?"

"형사입니다."

"아! 형사. 그렇군."

그때 갑자기 천둥소리가 울렸다. 그리고 높은 박공 지붕 위에서 누군가 흐느끼는 것처럼 빗소리가 들려오기 시작했다.

"그럼 이제 가보게. 형사 양반."

강청식은 소파에서 몸을 일으켰다. 고혼기는 그림에 대한 어떤 진실도 말하지 않을 것이다. 그의 세계에서의 진실과 이 세계에서의 진실은 완전히 다를 것이기에.

"그럼 이만 실례하겠습니다."

강청식은 응접실을 떠났다. 현관으로 이어진 복도로 나서기 전에 그는 고개를 돌려 창밖을 바라보았다.

어느새 창에 가등(街燈)의 불빛이 번져 있었다. 숲의 초입에 다문다문 가등이 세워져 있었다. 가등의 노란빛은 음음

했고, 그 여린 빛살 속에서 검은 나무들이 비에 젖고 있는 모습이 보였다. 비바람이 몰아칠 때마다 검빛의 나뭇가지들이 마구 요동을 쳤다.

과연 길고 불길한 머리카락들이 울고 있는 모습처럼 보였다. 왠지 슬프고 무서운 풍경이었다.

18.

고혼기의 저택에서 나오자 기다렸다는 듯이 핸드폰 벨이 울렸다.
강청식은 비를 맞으며 차로 뛰어 들어가 문을 닫고 앉았다.
나경호 형사에게서 온 전화였다.
"형사님. 거기도 비 오나요? 여기는 장난 아닙니다."
"여기도 엄청 쏟아지고 있어."
"고혼기 화백은 만나셨나요?"
"방금 만나고 나오는 길이야. 그런데 자금 흐름은 조사했나?"
"네. 그것 때문에 전화드렸습니다."
"잠깐만."
강청식은 담배를 꺼내 입에 물었다. 그리고 창문을 살짝 열었다.
요란한 바람 소리가 갑자기 축축한 차 안으로 몰아닥쳤다.
"이제 말해봐."

강청식은 담배 연기를 내뿜으며 말했다.

"네. 갤러리 나래 측의 자금 거래는 특별히 수상한 것은 없었습니다."

"역시 자네를 믿고 보내는 게 아니었어."

"한국말은 끝까지 들으셔야죠. 갤러리 나래 측과 거래하는 곳은 대체로 공인된 미술 기관들이었어요. 특별히 수상해 보이는 곳으로 흘러간 돈도 없었고요. 물론 몇백만 원 단위의 현금 인출이 있긴 했는데, 크게 문제 될 것은 없어 보였습니다. 그런데 2가지 점이 좀 마음에 걸리더라구요."

"그래 마음에 걸린 건…."

갑자기 담배 연기로 목이 꽉 막혔다. 강청식은 쿨럭대며 말을 이었다.

"얼른 말해봐"

"네. 아까 말씀드렸듯이 갤러리 나래 측이 관계된 거래는 거의가 미술 기관들인데, 거액의 금액이 이체된 곳 중에 미술하고는 아무 상관없는 곳이 있었어요. 어딘지 짐작 가세요?"

강청식은 창문을 반쯤 더 내려 담배꽁초를 밖으로 내던졌다. 그 사이 비바람이 그의 뺨을 때리고 갔다.

"홍정훈의 세정 로펌이겠지."

"빙고!"

"전속 변호사 자문료로 건너간 돈인데요."

"그래서 그쪽도 살펴봤나?"

"당연하죠. 보통 전속자문료로 얼마를 받는지 다 알아봤죠."

나경호가 장난스럽게 거들먹거리며 말했다.

"꽤 빠릿빠릿하네."

"그래서 알아본 결과, 갤러리 나래 측이 자문료로 건넨 돈은 세정 로펌이 그런 경우 보통 받아 왔던 금액의 3배 정도 한다는 거예요. 무려 삼십억이 건너갔습니다."

"음…. 내 생각보다는 적군. 그리고 다른 한 가지는?"

"삼십억이라니까요? 경사님 제 연봉이 얼만지 아세요?"

"삼십 원인가?"

"에이 그것보다는 많죠."

"잡소리 그만 치우고 두 번째는 뭐야?"

사위가 온통 쏟아지는 빗물에 잠겨 보이지 않았다. 와이퍼가 비의 리듬을 재듯 전면 유리창을 똑딱거리며 오갔다. 차가 비의 수풀 속으로 가라앉고 있는 것만 같았다.

"거래가 있었어요. 그림 거래가."

강청식은 귀를 쫑긋 세웠다.

"그림 거래? 갤러리 나래하고 세정 로펌 사이에?"

"네. 정확히는 갤러리 나래하고 홍정훈 변호사 사이에요."

강청식은 운전석 의자에 기댔던 몸을 앞으로 당겨 앉았다. 그러곤 양손을 핸들에 올려놓고 창밖에 펼쳐진 사나운 비의 수풀을 뚫어지게 쳐다보았다.

"처음에, 그러니깐 홍정훈이 갤러리 나래 측에서 그림을 한 점 샀습니다. 그리고 반년 후에 그 그림을 옥션에 내놨어요. 어디 옥션인지 아세요?"

"나래 옥션이겠지."

"그림 그림을 그린 작가는?"

"BTS?"

"빙고! 무려 BTS의 그림을 샀어요."

"자네는 그게 재미있나 보군."

수화기에서 나경호의 천진한 웃음소리가 들렸다. 사납게 몰아치는 비바람 속에서 웃고 있는 정신 나간 사람 같은 목소리였다.

"경위님의 설렁한 농담을 따라 해봤어요. 자, 그럼 다시 진지하게."

"조영남 화백의 그림인가?"

"에이 진짜."

다시 수화기에서 정신 나간 남자의 깔깔거리는 웃음소리가 들렸다.

"처음에 몇억에 샀나? 고혼기의 작품을."

나경호가 웃음을 멈추고 사뭇 진지한 목소리로 대답했다.

"15억이요."

"자문료의 딱 반이군. 그리고 경매 낙찰가는?"

"60억입니다."

"음…. 역시 생각보다는 적군."

"경사님 참…. 내 월급이 얼만지 아시냐구요?"

강청식은 대답하지 않았다. 그는 골똘히 생각에 잠겼다.

비의 수풀 저 너머, 검푸른 창공으로 한 줄기의 번개가 지나갔다. 그리고 곧이어 천둥소리가 들렸다. 소리만으로 세상을 단번에 박살 낼 것만 같은 거대한 하늘의 울림이었다.

"내 생각보다는, 그니깐 내가 생각한 그 무엇에 필요한 자금

치고는 그렇게 많지 않다는 거야."
"무엇에 필요한 자금이라고 생각하시는데요."
"자네가 생각하고 있는 그거."
그는 손가락으로 핸들을 톡톡 건드리며 말했다.
"음…. 정치 자금?"
"……"
"정치 자금이라고 생각하시는 거죠?"
"아니."
"그럼?"
강청식은 핸들에서 손을 떼고 주머니에서 차 열쇠를 꺼냈다.
"동물원 건립 자금."
"롯데월드가 아니구요?"
강청식은 차의 시동을 걸었다. 그러곤 핸들에 한 손을 올려놓고 후방을 돌아보며 차를 이동시켰다.
"나경호 형사."
"네?"
"내일 회사로 오지 말고. 바로 나래 옥션 쪽에 가서 경매에 참여한 사람들에 대해서 알아봐."
"그렇게 말하실 거라고 생각했습니다."
"잘난 척하지 말고…."
강청식은 핸들을 부드럽게 돌리며 후방을 가리고 있는 비의 장막을 걷어냈다. 그러곤 좌회전한 후 저택과 이어진 도로 쪽으로 빠져나갔다.
"특히 홍정훈 쪽과 끝까지 경쟁한 사람들에 대해서."

차는 비의 수풀 속을 천천히 나아갔다. 와이퍼가 빗물과 싸워대며 요동을 쳤다. 파주 산골짜기에 파묻힌 도로는 한적했다. 오직 시야를 가리는 비바람뿐이었다.

19.

"오늘 뉴스 초대석에 모신 손님은 좀 특별한 분이죠. 요즘 이분 때문에 화가 난다는 분들이 많이 계신데요. 성현동 살인사건의 피고인 변호를 맡고 있는 세정 로펌의 홍정훈 대표 변호사님을 자리에 모셨습니다. 변호사님 반갑습니다."
"네 반갑습니다. 세정 로펌의 변호사 홍정훈입니다. 저 때문에 잠 못 드시는 분들이 많이 계신가보죠?"
"네. 그렇습니다. 아무래도 흉악범죄를 변호하시고 있다 보니 그런 듯한데요."
"잠시만요. 흉악범죄를 변호하고 있는 게 아닙니다. 흉악범죄의 용의를 쓰고 있는 피고인을 변호하고 있는 것이죠."
"아. 예. 그렇죠. 그런데 티브이 방송 출연은 처음이시라고요."
"그렇습니다."
"꽤 미남이십니다. 키도 훤칠하시고요."
"쑥스럽군요."
"그럼 사건 이야기를 바로 좀 들어볼까요? 피해자는 인천 시청의 여성 공무원, 그리고 가해자는 피해자분의 상사였다 라고 알려져 있는데요."

"바로 잡을 게 있어서…. 가해자가 아니라 피고인입니다. 아직 유죄를 받은 것이 아니기 때문에 조금 정확히 말씀해 주실 필요가 있습니다."

"네. 그럼. 피고인이 어쨌든 피해자분의 직장 상사였다는 얘기인데요. 변호사님은 명백한 증거가 나온 상황임에도 불구하고 두 사람이 내연관계였다는 이유만으로 여전히 가해자, 아니 피고인이 무죄라고 생각하신다는 거죠."

"두 사람이 내연관계였기 때문에 무죄라고 생각하는 것이 아니고요. 증거가 없기 때문에 무죄추정의 원칙에 따라 무죄라고 생각하고 변호에 임하는 것입니다."

"음. 증거는…. 피해자의 몸에서 피고인의 체액이 검출되었다고 하던데요. 그것이 증거가 아닌가요? 국민들이 변호사님을 질책하는 부분도 바로 거기에 있거든요."

"죄송합니다만, 자꾸 바로 잡을 게 생기네요. 물론 국민의 도덕 감정에 맞춘다는 둥의 핑계를 대고 분위기에 어울리는 말만 하다 갈 수도 있지만요, 전 한 사람의 인생이 달린 중대한 사건을 변호하고 있는 중이기 때문에, 아무리 많은 시청자분들이 보고 계신 뉴스라고는 하지만 이건 말씀드려야 할 거 같아요. 피해자의 몸에서 피고인의 체액이 검출되었다는 것은, 피고인이 피해자를 살해했다는 것에 대한 직접적 증거가 될 수 없습니다. 아시다시피 두 사람은 내연관계였고 그전에도 줄곧 밤을 함께 보내곤 하던 사이였기 때문이지요. 그날도 두 사람은 피해자의 집에서 와인을 마셨고 밤을 보낸 후에 남자가 집을 나온 것입니다. 평소와 똑같았죠. 피해자의 몸에서 체액이 검출되었다는 것은 두 사람이 관계를 맺었다는 뜻이지, 피고인이 피해자를 살해했다는 뜻이 아닙니다. 살해 도구가 발견되지도 않았고요."
"네. 그렇군요. 법적으로는 그렇다는 말씀이시죠. 하지만 아까도 말씀하셨지만 국민들의 마음은 그렇지가 않거든요. 국민들은 이번 사건에 분노를 금치 못하고 있습니다."
"하지만 유무죄는 마음으로, 혹은 도덕적 분노로 판결 내릴 수 있는 게 아니니까요."
"하지만 여러 정황상 유죄라는 심증이 강하지 않나요?"
"역시 유죄는 정황이나 심증으로 내리는 게 아닙니다."
"아주 완고하시군요. 그런 면이 엘리트주의의 오만이라는 비판도 있는데요."
"글쎄요. 저는 제가 엘리트주의자라고 생각해 본 적은 없습니다. 전 다만 아무리 흉악범이라 할지라도 변호를 받을 권리는 있고, 또 아무리 흉악범으로 의심되는 사람이라 해도 무죄 추정의 원칙에 입각하여 변호와 재판을 받을 권리는 있다고 생각합니다. 그것이 엘리트주의라면 저는 엘리트주의를 하는 게 좋을 것 같군요."
"네……. 음……. 좋습니다. 그럼 다른 얘기를 좀 해볼까요. 변호사님께 좀 사적인 질문을 드려보겠습니다. 학창시절은 어떠셨나요?"
"음…. 제가 학창시절에 아싸였을까 봐서요?"
"아. 그건 아니고요. 변호사님의 그런 강고한 원칙주의자로서의 면모가 아무래도 학창시절부터 형성된 것이 아닌가 하는 세간의 평가들이 있더라구요. 아버님 역시 법조인이셨구요."

"네. 그렇습니다."

"그럼 말씀 좀 부탁드리겠습니다."

"학창시절이라! 전 학창시절에 재미없는 사람이었습니다. 지금도 그렇지만요. 공부만 하는 학생이었죠. 그렇다고 아싸는 아니었어요. 제 스스로 얘기하긴 뭐 하지만 그냥 바른 생활 학생이었다고 할까요. 저의 아버지 역시 법조인이셨습니다. 삼십여 년을 법원에서 유죄와 무죄를 판단하는 일을 하셨죠. 아버지께서 제게 늘 하시던 말씀이 있습니다. 사람이 동물과 다른 점은 본능이 아니라 원칙을 따라 살 수 있는 이성과 의지가 있기 때문이라고요. 이성에 기반한 원칙이 무너지면 사회는 혼란에 빠진다고 하셨죠. 이런 가르침 속에서 자랐으니 제가 얼마나 딱딱하고 재미없는 학창시절을 보냈겠습니까? 상상이 가시죠?"

"그래도 유머 감각도 있으신 것 같은데요."

"제가요? 그럴 리가요."

"아버님의 영향을 받으셨다 하셨는데, 지금 국민들의 비난에도 불구하고 꿋꿋하게 성현동 사건의 피고인을 변호하는 것 또한 아버님의 가르침 덕분일까요?"

"법대에 합격했을 때 아버지께서 하셨던 말씀이 생각납니다. 아버지께선 법조인이 될 생각이라면, 결코 법치주의에 대한 신념과 원칙을 버려서는 안 된다 말씀하셨죠. 네. 무죄추정의 원칙. 그것이 아버지께서 늘 말씀하시던 법치주의의 가장 중요한 원칙이었습니다. 범죄를 저지르는 죄인보다, 확실한 증거도 없이 유죄를 내리는 판사가 더 세상을 불행하게 만들 수 있다고 늘 강조하곤 하셨죠. 보통 사람들의 자유는 법치가 제대로 작동할 때 보장받을 수 있습니다. 그렇지 않으면 언제든지 부당한 이유로 자유를 박탈당하고 영어(囹圄)의 몸이 될 수도 있으니까요."

"네. 그렇군요. 또 그렇게 듣고 보니 이해가 되는군요. 법에 종사하는 분들은 세간의 여론에 휘둘려서 그때그때 여론에 맞는 답을 찾아서는 안 되겠죠. 그러면 법치의 근간이 흔들릴 테니까요. 자, 그러면 딱딱한 얘기 말고 좀 부드러운 질문을 던져볼까 합니다. 변호사님께서는 독신주의자라고 알려져 있는데요. 결혼 생각은 없으신 겁니까?"

"전 무슨무슨주의자는 아니라서요. 당연히 독신주의자도 아닙니다. 다만 결혼에 대해 아직 생각해 본 적이 없다고 할까요. 독신주의는 아닌데 아마 독신으로 살게 되지 않을까 싶은 그런 불길한 생각은 듭니다. 가족을 가지게 되면 상황이 여의치 않을 경우 원칙을 저버리고 타협을 할 수도 있으니까요. 사랑이란 그런 게 아닐까 싶습니다. 사랑하는 사람을 위해서라면 자신이 살아온 삶의 많은 방식을 바꾸거나 포기할 수도 있는 용기라고요. 하지만 전 그러고 싶지 않거든요. 제가 너무 딱딱한 사람이라서 저하고 결혼하고 싶은 여성분도 안 계실 테고요."

"오히려 이런 생각이 드네요. 변호사님은 진정 낭만주의자라는…. 사랑을 위해선 무엇이든 할 수 있는 분처럼 느껴집니다. 그래서 도리어 사랑을 못 하고 계신 건 아닐까요."
"그런가요. 저보고 낭만주의자라는 분은 처음 뵙네요."
"아마 저 말고 많은 시청자분들도 그렇게 생각하실 것 같은데요. 자, 그럼 여기서 인사드리도록 하죠. 오늘 나와주셔서 대단히 감사했습니다. 마지막으로 시청자 여러분께, 아직은 좀 변호사님에 대해 의구심을 갖고 계신 분들께 한 말씀 부탁드리겠습니다."
"방송에는 처음 나와보는 거라 제가 얘기를 잘했는지 모르겠군요. 음, 지금은 저를 악마 변호사로 여기시는 분들이 많이 계시겠지만, 조금만 더 마음의 여유를 가지고 지켜봐 주셨으면 합니다. 물론 제가 틀렸을 수도 있죠. 하지만 모두가 유죄라 판단하는 피고인을 변호하는 일이 전혀 이 사회에 무가치하지 않다는 걸 증명해 보이도록 하겠습니다. 아무쪼록 지켜봐 주십시오. 감사합니다."
강청식은 마우스를 움직여 유튜브의 창을 닫았다. 마른 먼지와도 같은 버석이는 정적이 사위를 가득 채웠다. 그 틈으로 가냘피 울고 있는 빗소리가 들린다. 내내 창밖에서 빗줄기가 숨죽인 채 강청식을 쳐다보고 있었다는 듯이. 종이컵에 담긴 식은 커피를 흔들어 본다. 죽은 밀크커피의 냄새가 지독하다. 강청식은 지독한 액체를 단숨에 목에 털어 넣고 담배를 꺼내 입에 물었다. 그러곤 불을 붙이진 않고 이빨로 자근자근 씹는다.
방송은 성현동 사건이 한창 재판 중일 때의 홍정훈 변호사의 인터뷰였다. 그의 첫 번째 방송 출연이었고, 그 후로 재판이 끝날 때까지 홍정훈은 더이상 취재나 인터뷰에 응하지 않았다. 그건 재판이 끝나고 나서도 마찬가지였다. 어려운 싸움이었을 것이다. 그토록 어려운 싸움 끝에 결국 자신의 신념이 옳았다는 걸 증명하고 나서도, 그는 일절 방송에 나와 자신의 승리를 즐기거나 과시하지 않았다. 인터뷰에서 느껴지는 고지식한 원칙주의자다운 행보였다고나 할까. 홍정훈은 세속적으로 유명인사가 되는 걸 즐기거나 일신의 성공과 영달에 급급한 속물은 아닌 듯싶었다. 성현동 사건이 그를 전국적인 셀럽으로 만들어주었음에도, 그는 전혀 자신을 홍보하는 일에 관심이 없어 보였던 것이다. 그런데 작년 가을에 들어서부터 이상하게도 홍정훈의 방송 출연이 갑자기 잦아지기 시작했다. 아마 정치에 데뷔할 생각을 해서인진 모르겠으나, 그 시점이 공교롭게도 홍정훈이 김지연을 통해 고혼기의 그림을 구매한 시점과 얼추 맞아떨어졌던 것이다. 그저 단순한 우연에 지나지 않았던 것일까?

빗소리가 조금씩 거칠어진다. 빗줄기가 창문을 열고 들어오려는 것처럼 소란을 피우고 있다. 강청식은 의자에서 일어나 굳은 목과 어깨의 근육을 풀면서 창문을 살짝 열어주었다. 비가 창틈으로 미친 사람의 머리카락처럼 마구 들이쳤다. 그는 얼굴에 비를 맞으면서 손으로 입을 가리고 담배에 불을 붙였다. 매캐한 연기가 비의 머리카락 속으로 빨려들어간다.

강청식은 늦은 밤 모두가 퇴근하고 텅 빈 광역수사대 사무실로 기어들어 왔다. 사발면을 안주 삼아 소주 한 병을 마셨고, 새벽이 되도록 인터넷 창에 얼굴을 묻고 김지연 대표와 홍정훈 변호사에 대해 알아보았다.

특히 그들이 만난 시점에 대해, 그들이 연인으로 발전한 과정에 대해 강청식은 흥미가 있었다. 하지만 두 사람의 관계를 자세히 다룬 신문이나 잡지 기사는 그다지 많지 않았다. 홍정훈이나 김지연에 관한 개별적인 기사는 많았다. 하지만 그 또한 딱히 새로울 것은 없는 내용들뿐이었다. 김지연은 갤러리 전시에 관련된 기사가 많았고, 홍정훈은 아무래도 그가 유명해진 성현동 사건을 변호했을 때의 영웅적 일화가 기사의 대부분을 차지했다. 그렇다고 아예 두 사람의 연애를 다룬 기사가 전혀 없던 건 아니었다. 새벽까지 검색을 거듭하면서 강청식은 몇 건의 기사를 찾아낼 수 있었다. 그 기사들을 통해 얼핏 유추해본 두 사람이 만나게 된 과정은 이러했다.

홍정훈 변호사가 수임했던 사건의 공판 결과가 서서히 윤곽을 드러내던 무렵, 두 사람은 지인의 소개로 만나게 되었다. 그 무렵은 홍정훈 변호사와 피의자에 대한 언론의 태도가 극적으로 바뀌던 시점이었다. 즉 홍정훈이 악마를 변호하는 타락한 변호사라는 오명을 벗고 국민적인 영웅으로 부상하던 무렵이었다.

두 사람을 소개해준 것은 K대학 미술학부 서양학과 곽호식 교수의 부인이었다. 곽호식 교수는 김지연의 어머니인 이미애의 대학 동창이었고, 김지연과도 막역한 사이였다. 그리고 그는 미술전문지인 월간 아트의 편집장이었는데, 월간 아트는 갤러리 나래 측으로부터 암묵적인 후원을 받는 잡지였다. 반면에 곽호식 교수의 부인은 홍정훈 변호사의 로펌에 변호를 의뢰했던 경험으로 그와 아는 사이이긴 했으나 그렇게 막역한 관계는 아니었다.

새벽이 밝아오고 있었다. 도시는 싯푸른 빗물에 잠겨 있었다. 강청식은 도시의 심연에 바둑알을 던지듯 담배꽁초를 손가락을 쳐서 창밖으로 버렸다. 담배꽁초가 비 내리는 허공에 포물선을 그리며 날아갔다. 강청식은 새 담배에 불을 붙였다. 창으로 들이치는 비에 담배가 금세 축축해졌다. 매캐한 연기가 비의 중얼거림처럼 텅 빈 사무실에 퍼져나간다.

만약 두 사람을 맺어준 것이 곽호식 교수 부인의 의지가 아니었다면? 김지연과 홍정훈, 두 사람 중에 어떤 한 사람의 의지였다면?

그것은 아마도 김지연일 것이다.
김지연이 먼저 홍정훈에게 다가선 것이라고 봐야 할 것이다.

그렇다면 김지연은 어째서 홍정훈을 선택한 것일까?
그가 잘생기고 사회적으로 명망이 있는 변호사였기 때문에? 그런 단순한 이유로 김지연이 그를 선택했을 것 같지는 않았다. 그녀 정도의 뛰어난 미모와 커리어, 그리고 재력이라면 홍정훈 변호사보다 훨씬 더 매력적이고 능력 있는 남자들을 만날 수 있을 것이다. 어쩌면 그런 남자들이 지금도 그녀 곁을 페로몬 냄새를 풍기며 서성이고 있을지도 모른다.

그러면 첫눈에 반한다는 사랑의 감정 때문일까?

강청식은 그렇게 질문을 던지고는 스스로도 어이가 없다는 듯이 피식 웃었다. 그는 마지막으로 담배를 깊이 빨아들이곤 꽁초를 창밖으로 던져버렸다.
강청식은 사람이 사람에게 첫눈에 반해서 진실한 사랑에 빠져들 수 있다는 그런 허무맹랑한 말 따위를 믿지 않았다. 결국 사람이 다른 사람을 사랑하게 되는 데는 여러 합리적인 이유가 있는 것이다. 사람이 사람을 죽이게 되는 데 여러 이유가 있는 것처럼. 싸이코패스도 아무 이유 없이 사람을 죽이지는 않는다. 싸이코패스는 싸이코패스 나름대로 이유가 있는 것이다. 고통스런 성장 과정이 뇌를 이상하게 만들었다든가, 하다못해 살인이 즐겁고 신이 나서 견딜 수 없다든가. 제아무리 순수한 것이든, 제아무리 악독한 것이든 인간이 하는 모든 일에는 나름대로 이유란 게 있는 법이다. 세상에 숭고한 선이나 순수한 악 따위는 없다.

김지연은 치명적일 정도로 아름다운 여자였다. 그리고 자신의 아름다움을 그 무엇보다 사랑하는 여자였다. 그런 그녀가 단순한 연애 감정 따위에 빠져서 홍정훈을 만나려고 하지는 않았을 것이다. 그녀는 다른 사람을 사랑하기에는 지나치게 아름다웠던 것이다.

김지연이 홍정훈을 소개받던 무렵 그는 정의롭고 강직한 변호사로 대중의 사랑을 받고 있었고, 몇몇 성급한 언론에서는 마땅히 매력적인 인물이 보이지 않는 내년 대선의 다크호스로 홍정훈을 주목하기 시작했었다.
참으로 공교로운 시점에 두 사람은 연인이 된 것이다.

김지연은 자신의 아름다움을 사랑하는 여자였고 자신의 삶을 예술로 생각하는 여자였다. 한마디로 정신 나간 여자라고 강청식은 생각했다.

그런 정신 나간 여자라면 자신의 삶을 더 드높은 차원으로 창작하고 싶지 않았을까? 이를테면 약혼자를 인형처럼 조종하여 대한민국을 이끄는 지도자로 만드는 여성의 삶 같은 것. 그런 멋진 드라마의 주인공으로 스포트라이트를 받으며 데뷔하는 자신의 모습을 상상하면서, 김지연은 홍정훈을 초대했을지도 모른다.

아름다운 요녀의 삶 속으로.

20.

강에서 피어오르는 물안개 속으로 강청식의 자동차는 스며들었다. 밤새 내리던 비가 그치고 오전부터 안개가 짙게 끼면서, 도시는 온통 강이 내뿜는 숨결의 마법에 사로잡혔다. 도로에 길게 늘어선 차량들은 운전자도 없이 저 홀로 흘러가고 있는 것만 같았다.

강청식은 졸린 눈을 비비며 고개를 빼고 천천히 차를 몰았다. 앞 차량은 시야에 들어왔다 이내 곧 안개 속으로 사라지곤 했다. 평소 차량으로 붐비던 이 넓은 도로에 마치 자기 혼자만 남아 저 짙은 안개 속에서 점점 길을 잃어가고 있는 것만 같았다.

홍정훈 변호사의 세정 로펌은 여의도에 있는 십 층짜리 잡거 빌딩에 자리 잡고 있었다. 건물은 시멘트 골조의 흔한 사무실 건물이었다. 강청식은 지하주차장에 차를 세우고 엘리베이터를 타고 5층으로 올라갔다. 엘리베이터에서 내리는 데 나경호 형사에게서 전화가 걸려왔다. 그는 시계를 보았다. 약속 시각은 오후 1시 30분이었다. 아직 이십여 분의 여유시간이 있었다. 강청식은 다시 엘리베이터를 타고 1층으로 내려갔다.

강청식은 로비에서 나경호 형사에게 전화를 걸었다. 나경호 형사는 전화를 받지 않았다. 엘리베이터에서 내리지마자 전화를 걸었는데 받지 않는 걸 보니 통화 중인 것 같았다. 강청식은 다시 로펌 사무실로 올라가야 할지 이대로 전화를 기다려야 할지를 생각해 보았다. 그는 시계를 다시 보고는 로비에서 빠져나와 밖으로 나갔다.

안개는 점점 걷히고 있었다. 초록의 잎을 달고 가로수들이 여름 추위에 떨고 있는 것처럼 보였다. 머리카락을 간지럽히는 바람에서 쌀쌀한 기운이 느껴졌다. 강청식은 담배를 꺼내 물었다. 로펌 건물 1층 벽에 금연 거리라는 표시가 되어 있었다. 그는 건물과 건물 사이 골목으로 들어갔다. 거기에도 '담배 연기로 입주 근무자들이 고통을 받고 있습니다' 라는 문구가 써진 판넬이 붙어 있었다. 그러거나 말거나 강청식은 담배에 불을 붙였다. 그리고 버젓이 거리로 나와 담배 연기를 내뿜었다.

안개 속에서 피는 담배는 맛이 있었다. 몽롱하고 축축한 연기가 폐부 깊숙이 스며들었다. 살짝 현기증이 일어 강청식은 건물 벽에 등을 기대고 섰다. 그때 핸드폰 진동벨이 울려 왔다.
"경사님 어디세요?"
"섬에 와 있네."
"네?"
"서울에 섬자가 들어간 데 한 군데 밖에 더 있나?"

"아. 노들섬이요?"
나경호 형사가 키득거리며 물었다. 강청식은 시계를 보았다.
"지금 시간이 없으니깐 요점만 묻겠네. 경매에 참여했던 사람들은 알아봤나?"
"홍정훈 변호사를 만나러 갔군요."
"그래서 경매에 비딩한 사람들은?"
강청식은 추궁하듯 물었다.
"네. 꽤 많은 사람들이 경매에 참여했는데요. 옥션 측에서는 알려주려 하지 않았습니다."
"그래서 그냥 네 하고 왔다는 말인가?"
"아뇨. 제가 명색이 경찰학교 수석졸업자인데요."
"그래서?"
"그냥 네! 하고 나오긴 했습니다."
'뭐 이런 놈이 다 있지' 강청식은 혀를 찼다.
"그런데 제가 어제 밤새 공부를 좀 했거든요. 나래 옥션과 그 관계자들에 대해서. 그러다가 재미있는 걸 찾았어요."
"뭔데?"
나경호 형사의 목소리는 약간 흥분에 차 있었다.
"나래 옥션이 유튜브를 운영하고 있더라구요. 그날 옥션 현장을 찍은 비디오가 있었습니다."
"그래서?"
"그래서요 편집된 영상이긴 한데 최종 경매의 순간이 찍혀 있더라구요. 하이라이트이니까요."
강청식은 마른 침을 삼켰다. 그는 다시 시계를 보았다.

"총 세 명이 마지막까지 경쟁을 했습니다. 그중 두 명이 현장에서 비딩을 했고 다른 한 명은 전화입찰이었는데요. 이 세 명이 서로 핑퐁을 하듯 가격을 주고받으면서 올리는 게 느껴지더라구요. 최종 낙찰자는 현장에 있는 사람이었습니다. 근데 그 사람이 누구인지 아세요?"
"시간이 없네. 바로 말하게."
"저도 사실 모릅니다."
강청식은 어깨를 크게 들썩이며 한숨을 쉬었다.
"음…. 역시 자네는 얼마 못 가서 옷을 벗을 거야. 분명."
"근데 말이죠. 현장에서 끝까지 같이 경쟁을 하면서 가격을 올려놓은 사람은 알고 있습니다."
나경호 형사는 한 템포를 쉬고 물었다.
"그게 누구인지 아세요?"
"또 모른다고 할 건가?"
"아뇨. 바로 곽호식 교수였습니다. 아, 곽호식 교수를 모르시겠군요. K대학 서양학과 교수입니다. 김지연 관장의 어머니인 이미애 관장의 대학 동창이죠."
"음…. 전화로 입찰한 사람은?"
"전화로 입찰한 사람은 모르죠."
강청식은 나경호 형사의 어깨를 두드리듯 말했다.
"오케이. 수고했네. 이따 회사에서 보지."
강청식은 나경호가 미처 뭐라고 말을 하기도 전에 전화를 끊었다. 더 중요한 할 말이 있다면 다시 전화를 할 것이다. 그는 시계를 보았다. 5분의 여유가 있었다. 강청식은 서둘러 현관으로 달려갔다.

사무실은 곧 대권후보가 될 사람치고는 비교적 소박한 편이었다. 여느 사무실과 다름없이 파티션으로 공간이 구획되어 있었고, 사무실 한쪽 끝에 탕비실과 회의실이, 그 맞은편 끝에 벽으로 구획된 복도가 있고 복도를 따라가면 대표실이 자리 잡고 있었다.

강청식은 대표실로 들어서자마자 뭔가 강한 이질감을 느꼈다. 사무실의 인테리어가 달랐던 것이다. 바깥 직원들의 사무 공간은 평범했고 사무 가구들 또한 대동소이한 것이었다. 그런데 대표실에 놓인 가구들은 확연히 달랐다. 대표가 앉아 있는 자리 뒤편의 벽에는 통으로 된 거대한 장식장이 서 있었는데, 현대적인 세련과 지적인 기품이 느껴지는 고급스러운 제품이었다. 그리고 목재의 묵직한 품위가 도도하게 전해지는 대표의 책상은 권위 있는 자의 책상으로서 의젓하고 아름다워 보였다. 그 앞에 배치된 소파와 테이블을 비롯한 다른 가구들 역시 모두 수려한 것들 일색이었다. 시간의 더께가 쌓인 듯하면서도 전혀 낡아 보이지 않는 가구들이었다. 아마도 구입한 지 오래되지 않은 가구들일 것이다. 여기에는 누군가 예술적 안목이 깊은 사람의 손길이 닿아 있었다. 분명 그것은 김지연 관장의 손길일 것이라고 강청식은 생각했다.

"기다리게 해서 죄송합니다. 경찰에서 오셨다고 들었는데."

홍정훈이 자리에서 일어나 책상을 돌아 앞으로 걸어 나오며 말했다. 그는 서두르지 않았고, 그렇다고 거만하고 무례해 보이지도 않았다.

"여기 앉으시죠. 김대리, 커피 두 잔 부탁해요."

강청식을 안내한 여직원을 보며 홍정훈이 말했다. 그러다 아차 하는 듯한 표정을 지으며 강청식을 돌아보았다.

"형사님. 형사님이라고 불러도 될까요?"

"네. 그러시죠."

강청식이 가볍게 고개를 끄덕였다.

"형사님. 커피 괜찮으신가요?"

"네. 좋아합니다."

"그럼 김대리, 커피 두 잔 부탁할게요."

홍정훈은 김대리에게 상냥한 목소리로 말했다. 김대리가 총총히 사무실을 나갔다.

"어떻게 오셨죠? 형사님."

"무례하지만 솔직히 말씀드리겠습니다. 알고 계실텐데요?"

강청식은 말을 툭 내뱉듯 이야기했다.

홍정훈은 슬몃 고개를 숙이고 곤혹한 미소를 지어 보였다. 성공한 변호사치고는 표정을 잘 관리하지 못하는 사람처럼 보였다. 아니면 사랑하는 여자의 일이기 때문일까?

"네. 알고 있습니다. 요즘 시끄러운 위작 문제로 오셨죠?"

홍정훈은 미소를 지으며 말했다. 하지만 그 미소에선 곤혹함이 사라지고 중년 남자의 의젓한 여유가 느껴졌다.

그는 티 없이 맑은 눈빛을 지니고 있었다. 한없이 선해 보이는 남자의 눈이었다. 하지만 바둑알처럼 검은 동공에서 흘러나오는 반짝이는 빛은 깊은 지혜와 영민함을 느끼게 했다. 코는 조각처럼 균형 잡힌 양감으로 솟아 있었고, 광대뼈는 남성 다운 거친 선으로 마감되어 있었다. 자칫 연약해 보일 수 있는 부드러운 눈에 강한한 힘을 부여해 주는 것은 얼굴을 단단하게 받치고 있는 듯한 그의 두툼한 목과 묵중한 힘이 느껴지는 턱이었다. 홍정훈은 잘생긴 미남은 아니었지만 충분히 매력적인 풍모를 지닌 남자로 보였다. 그의 약혼자인 김지연이 현실에 없을 듯한 미모를 지닌 여자라면, 홍정훈은 현실에 존재할 듯한 야무지고 단단한 기품을 지닌 남자라고 강청식은 생각했다.

"네. 그렇습니다."

강청식은 고개를 가만히 끄덕여 보였다.

"저도 조금 걱정하고 있었습니다. 그림에 대해선 잘 모르지만 약혼자가 이런 문제로 곤혹을 치르게 되니깐 걱정이 되지 않을 수 없더군요. 약혼자는 완벽주의자입니다. 옆에서 지켜보는데, 정말 아주 사소한 데까지 심혈을 기울여가며 전시회를 준비했죠. 그런데 그중 한 작품이 위작 논란에 휩싸이게 되니깐 약혼자가 정말 힘들어했습니다."

홍정훈의 목소리는 차분하고 낮았다. 바리톤의 깊고 차분한 울림이 느껴지는 음성이었다. 듣는 사람으로 하여금 절로 신뢰감이 들게 만드는 깊은 호수와도 같은…. 하지만 강청식은 그 호수에 파문을 일으키고 싶은 듯 장난스러운 눈빛으로 비아냥거리듯 말했다.

"그림에 대해서 잘 모르시는 분이 투자는 잘 하셨더군요."

"무슨 얘기시죠?"

"2점의 그림을 말하는 겁니다. 한 작품은 신진작가인 김청호 작가의 그림이고, 다른 한 작품은 지금 한창 위작 논란에 휩싸인 고혼기 화백의 비속의 나신 시리즈 중 한 작품이죠."
홍정훈이 순진하고도 깊은 무게감이 느껴지는 눈빛으로 웃으면서 말했다.
"아하! 그 작품들 얘기하시는군요. 전 투자라고 하시길래, 무슨 소리인가 했습니다. 저는 흔한 증권 한 장 갖고 있지 않거든요."
"네. 한점은 2억에 사서 5억에 팔렸고, 고혼기 화백의 작품은 무려 15억에 사서 60억에 팔렸더군요. 경매 말입니다. 경매!"
강청식은 눈을 가늘게 뜨고 홍정훈의 표정을 살피면서 말을 이었다.
"대단한 재테크 감각이 아닐 수 없죠. 그런 감각은 어디에서 배우신 겁니까? 제게도 좀 가르쳐주십시오. 요즘 통 부동산 쪽은 시원치 않아서…."
강청식은 말끝을 흐렸다. 좀 지나쳤나 싶었다. 위험수위가 넘은 발언이었나. 강청식은 갑자기 소심해져서는 살며시 홍정훈의 표정을 살폈다. 이러다 진짜 대통령이라도 되면 어쩌나.

홍정훈은 아무 말이 없었다. 그는 또 고개를 슬몃 숙이곤 깊은 생각에 빠진 듯했다. 뺨의 근육마저 느껴질 정도로 입을 꽉 다물고 있었다. 지금껏 차분하고 순연한 성정을 보이던 모습과는 달리 그의 꽉 다문 턱에서는 어떤 유혹이나 위협에도 흔들릴 것 같지 않은 강인한 의지의 힘이 느껴졌다. 비아냥거림에 분노한 것일까? 아니다 뭔가 망설이는 중이다. 뭔가 분명히 그를 망설이게 하는 게 있다. 강청식은 직감했다.

여직원이 조용히 사무실 문을 노크하고는 들어왔다. 그녀는 쟁반에 드립커피 두 잔을 얹어서 가지고 왔다. 고소한 커피 향이 사무실에 뭉근하게 퍼지며 떠돌았다.
"근데 대표님은 눈이 참 좋으신 것 같아요. 가구를 보는 안목 말입니다."
강청식은 커피잔을 들어 향을 맡고는, 짐짓 주위를 둘러보는 시늉을 하며 말을 이었다.
"사무실 인테리어가 참 훌륭합니다. 엔티크하면서도 현대적인 기품 같은 게 느껴진다고 할까요."
홍정훈이 어느새 턱을 꽉 조이고 있던 힘을 풀고 입가에 잔잔히 떠도는 차분한 미소를 지으면서 강청식을 쳐다보았다. 놀라울 정도의 표정 변화였다.
"아. 이건 말이죠. 제 약혼자의 안목입니다. 좋죠. 제 사무실은 원래 그냥 먼지 풀풀 날리던 서류창고 같은 곳이었거든요."
그는 흐뭇한 표정을 지으며 말했다. 연기일까? 아니다. 그는 약혼자인 김지연을 생각하고 있는 것이다. 홍정훈은 순수한 눈빛을 지닌 남자였지만 어리석고 철없는 아이는 아니었다. 그런데 그의 표정에서는 왠지 꿈꾸는 듯한 몽롱함이 느껴졌다. 진짜 한눈에 반하는, 처음 본 순간부터 깊이 빠져들게 하는 사랑의 심연이란 게 있는 것일까? 그 어떤 모진 세파에도 흔들림 없이 맞서 싸워온 강인한 기개를 지닌 남자였던 그를, 저토록 한순간에 몽매하게 만드는, 저토록 천진한 표정으로 꿈꾸게 하는 사랑의 마법이란 것이 정말로 존재하는 것일까?

강청식은 흔들렸다. 홍정훈은 어떤 의미에서 정말 만만치 않은 남자였다. 강청식은 그에게 묘한 호감과 연민을 느꼈다. 왠지 그에게 신뢰감이 들었고 또한 그만큼 안쓰럽게 생각되었다. 홍정훈은 위작의 진실에 대해 아마도 알고 있을 것이다. 그러나 결코 입을 열지는 않으리라.
"제가 아마도 잘못 찾아온 것 같습니다. 길을 잘못 들었다는 생각이 드는군요."
"네?"
홍정훈이 다시 진지한 눈빛을 띠며 반문했다.
"아뇨. 강남에 집을 샀어야 했는데 개봉에 집을 샀다는 얘기입니다."
"형사님은 재미있으신 분 같습니다. 솔직히 말해도 될까요?"
홍정훈은 몸을 앞으로 바싹 당겨 앉았다. 강청식과의 거리가 급격하게 좁혀졌다. 위협적으로 느껴질 수 있는 움직임이었지만, 묘하게 그의 눈빛에서는 어떤 위협도 느껴지지 않았다. 그는 목이 답답한지 느슨하게 매진 넥타이를 더 느순하게 풀었다. 그러곤 흠흠 목을 가다듬으며 말을 이었다.
"요즘은요. 좀 답답합니다. 언론에 대선 후보가 어쩌니 하는 얘기가 나온 후부터는요, 사람들이 저를 대하는 태도가 바뀌었거든요. 뭐랄까? 모두가 줄을 서고 싶어하는 느낌이랄까요. 어떻게든 비위를 맞추고 눈치를 보기에 바쁜데 형사님은 그렇지 않군요. 그런 면에서는 신뢰가 갑니다. 하지만 잘못 짚으셨어요. 제 약혼자는 위작하고는 아무런 상관이 없습니다. 아니, 그 작품이 진짜 위작인지도 아직 확실하지 않고요. 그분, 그러니깐 양회장님은 저도 전시회에서 인사를 나눴던 분인데, 좀 신뢰가 가지 않는 분이라고 할까요. 절대 손해 볼 일을, 금전적으로 말입니다, 절대 손해를 볼 사람으로는 보이지 않았습니다. 그런 양반이 어떤 확신이나 검증도 없이 몇십억이나 주고 작품을 샀을 리가 없잖습니까?"
강청식은 묵묵히, 입을 다물고 그의 눈을 똑바로 마주 보며 이야기를 들었다. 그러곤 슬쩍 홍정훈이 다가온 거리를 더 좁히려는 듯 몸을 앞으로 바싹 당겨서 그의 얼굴 가까이 얼굴을 들이밀었다. 도발적인 태도였다. 홍정훈은 조금 당황한 듯 허리를 펴서 자리를 뒤로 물렸.
"평소 그림에는 관심이 있으셨던가요?"
"제가요? 그럴 리가요. 전 그림에 전혀 문외한이었습니다."
"그런데 어쩌다가 그림에 투자를 하시게 되었죠."
"음.. 자꾸 투자라고 하시니 투자라고 하죠. 전 예술에는 쩸병인 사람입니다. 심미안인가요? 그런 안목은 전혀 없죠. 하지만 약혼자를 만나고 그녀의 곁에서 그림을 오래 보다

보니 뭔가 조금 알 거도 같더군요. 그래서 그림을 구매하게 되었습니다."

"김지연 대표의 추천으로?"

홍정훈은 빤히 강청식의 눈을 쳐다보았다. 그러곤 또 슬몃 얼굴을 숙였다가 이번엔 전혀 자연스럽지 않은, 짐짓 지어낸 듯한 여유 있는 미소를 지으며 말했다.

"아뇨. 제가 직접 부탁했습니다. 약혼자에게 말이죠. 김청호 화백의 그림이 마음에 들었거든요. 그리고 고혼기 화백님은 실제 얼굴을 뵙기도 했고, 또 워낙에 거장이시니깐. 그분의 그림은 안 살 수가 없었죠."

"그런데 왜 경매에 내놓으셨죠?"

홍정훈의 표정에 또 잡힐 듯 말듯한 망설임이 지나갔다. 그는 뭔가 결심한 듯 미세하게 턱 근육에 힘을 주며 말했다.

"돈이 필요했으니까요."

"돈이 말입니까?"

"네. 돈이 필요한 게 잘못된 일인가요?"

"뭐, 그런 건 아니지만."

"솔직히 경선 자금이 필요했습니다. 저는 정치에 그렇게 돈이 많이 들어가는지 몰랐거든요. 당내 기반이 전혀 없으니깐 자금을 끌어올 데도 녹록지 않았고요. 경선이 본격적으로 시작되면 홍보비부터 많은 돈이 필요하니까요."

"네. 그렇군요."

강청식은 고개를 끄덕였다. 그는 어쩐지 홍정훈을 비웃어주고 싶었다.

"그런데 진짜 경선에 나가시는군요?"
"네. 그렇게 됐습니다."
"외람되지만 저는 처음에 안 나오실 거라고 생각했습니다. 왠지 정치판하고는 거리가 있으신 분처럼 느껴졌거든요."
"네. 그렇게 생각하실 수도 있습니다. 하지만…."
홍정훈은 말을 멈추곤 커피잔을 들어 목을 축였다. 그러곤 강청식을 똑바로 쳐다보았다. 왠지 아득해 보이는 눈빛이었다.
"하지만 저는… 뭐랄까, 제가 정치와 어울리지 않는다고는 생각지 않았습니다."
더이상의 대화는 의미가 없다는 듯이 홍정훈은 몸을 깊숙이 소파에 파묻었다. 강청식과 거리가 멀어지면서, 그는 갑자기 권위적인 경선 후보의 풍모를 풍기기 시작했다. 어색한 침묵이 두 사람 사이에 가득 차올랐다.
홍정훈은 귀찮다는 듯이 팔을 나른하게 들어 올려, 백발이 절묘하게 섞인 바람처럼 가벼운 머릿결을 손으로 쓰다듬었다. 그러곤 고개만 살짝 들어 올려 강청식을 쳐다보며 말했다.
"더이상은 말씀 드릴 게 없는 것 같군요. 그럼 이만…"

21.

다음날 오후 강청식은 회사로 들어가 백진수 총경에게 직접 수사상황을 보고했다. 총경은 별다른 반응없이, 마치 다 알고 있다는 듯한 태도를 숨기지 않으면서 보고를 들었다. 마치 그는 뭔가 다음 스텝을 준비하는 사람처럼 보였다. 강청식의 보고를 듣는 동안 몇 번이나 눈알을 굴리며 다른 생각을 하는 낌새가 느껴졌던 것이다. 그는 교활하고 음흉한 만큼이나 아랫사람들에게 그 검은 뱃가죽을 잘 숨기지 못하는 남자였다.
"자네는 언제나 촉이 좋았지."
백진수 총경은 강청식을 칭찬하듯 추켜세워주며 말했다.
"그래서 위작이 분명하다는 거지."
"네. 그렇습니다. 근데 보다 더 복잡한 문제가 얽혀 있는 듯합니다."
백진수 총경의 눈빛이 반짝였다. 그는 늘어진 뱃살을 주워 담듯 배를 문지르며 말했다.
"복잡한 어떤 문제?"
"아직은 말씀드릴 단계는 아닙니다. 좀 더 조사를 해볼 필요가 있고요."
"그래?"
총경은 뭔가 수상하다는 눈빛으로 강청식을 빤히 보다가 말을 돌리듯 입을 열었다.
"어쨌든 뭐 자네가 알아서 하겠지."
"내일 양정호 회장을 다시 만나려고 합니다."
"음…."
"일단 작품을 국과수에 맡겨 위작 여부를 보다 과학적으로 검증할 필요가 있거든요. 국과수에서 결과가 나오면 갤러리에 대한 압수수색 영장도 나올 겁니다."
"그런데 갤러리 측이 위작 조직과 연관되어 있다는 증거는 명확히 없지 않은가?"
"조직이 아니라 개인을 활용했을 가능성이 더 크다고 생각합니다."
"어째서?"
"갤러리 측의 자금 흐름을 조사해보니깐 몇백만 원씩 수차례 현금을 인출한 기록이 있었습니다."
"흠…."
총경이 눈을 감고 고개를 끄덕여 보였다.
"아마 위작 기술자에게 건넨 돈일 가능성이 있습니다."
"근데 너무 금액이 적지 않나? 위작 시장을 수사해 봐서 알겠지만 기술자에게 건네기에는 부족한 돈이네."
"그렇죠. 하지만 그 위작기술자가 어떤 약점이 잡혀 있는 사람이라면 가능할지도 모릅니다. 혹은 급전이 필요한 사람이라든가. 어쨌든 조사해볼 필요는 있습니다."
"음…. 알겠네."
"그럼 양회장이 소장하고 있는 작품을 국과수에 맡겨 보겠습니다."
"양회장이 허락할까?"
"한번 부탁은 해봐야죠."
"아직은…."
백진수 총경이 강청식의 눈을 은근히 시험하듯 바라보며 말했다.

"아직은 좀 기다려보지. 그보다는 갤러리의 자금이 홍정훈 변호사 쪽으로 흘러갔다고 하던데 그쪽을 좀 더 알아봐야 되지 않을까?"

강청식은 입을 다물었다. 그러곤 백진수 총경의 끈적이는 눈동자를 마주 보았다. 강청식은 총경의 눈꺼풀까지 벗겨내어 그 속을 보려는 듯이 묵묵히 그를 관찰했다.

"왜. 그렇게 놀라나?"

"그건 어떻게 아셨습니까? 저는 말한 적이 없는데요."

총경이 짐짓 미간에 주름을 잡으며 짜증스러운 소리로 말했다.

"자네는 나를 바보로 보나? 나경호 형사를 통해 알았네. 왜? 내가 나형사에게 물어보면 안 되는 이유라도 있나?"

"아닙니다. 근데 어째서 굳이?"

"자네는 내게 그 사실을 빼놓고 보고했네. 자네의 그런 의뭉스러운 점 때문이야. 자네가 감이 좋고 베테랑인 거 누구나 알고 있네. 하지만 그만큼 자네가 독단적이라는 것 또한 잘 알려진 사실이지. 자네는 너무 무대포야. 조직을 먼저 생각하기보다는 일단 머리를 들이밀고 파고드는 성격이지. 그래서 문제도 많이 일으키지 않았나. 수사에 방해가 될 것 같으면 조직의 안위 따위는 생각도 안 하고 멋대로 쑤시고 다닌 적이 한두 번이 아니잖아. 이번 골든크로스 건도 마찬가지고…. 강청식! 잘 들어. 자네가 한때 나와 같은 형사 밥을 먹었던 후배라서 기회를 준 거네. 조직은 보고체계가 그 어떤 것보다 중요하다는 걸 잊지 말라구. 자네의 태도는 경찰의 태도가 아니야. 일개 망나니 탐정의 행동이지."

"그래서 제게 나경호를 껌딱지처럼 붙여놓은 겁니까? 언제든 불러서 제가 뭐하고 다니는지 들을 수 있도록."
"그래. 맞아. 그렇지 않으면 자네가 이 중요한 시기에 다시 조직에 똥물을 끼얹을 수 있으니깐."

강청식은 눈을 감았다. 눈알이 쓰리고 아팠다. 김지환이 비명횡사한 이후로 제대로 눈을 붙여본 적이 없었다. 이대로 자리를 박차고 나가 옷을 벗어버릴 수도 있었다. 그러면 곧 형사 피의자로 수사를 받게 될 것이다. 다 각오하고 있던 일이 아니었나? 그런 각오가 되어 있었기에 굳이 그럴 필요가 없었음에도 골든 게이트의 부두창고까지 갔던 것이다. 하지만 정말 그러했던 것일까? 사실 강청식은 그런 각오 따위는 한 적조차 없었다. 그는 그날 그저 쏟아지는 빗줄기에 홀린 듯 그 외진 부두를 찾아갔을 뿐이다. 무슨 또렷한 목적이 있었던 것도, 그 목적에 따르는 여러 위험을 각오한 것도 아니었다. 모두가 몸이 이끄는 대로 한 행동이었을 뿐이다. 뭔가 생각이란 걸 하기도 전에, 온통 비를 맞아 초라하게 움츠러든 몸뚱이가 이끄는 대로, 김지환과 함께 했던 아득한 이십여 년의 세월을 기억하고 있는 몸뚱이가 인도하는 대로 그는 기계처럼 따랐을 뿐이다. 모든 게 사람을 한없이 우울하게 만든 그놈의 빗줄기 때문이다.

"알겠습니다. 주의하도록 하겠습니다."
강청식은 다소 과장된 동작으로 총경에게 고개를 숙였다.

그러곤 바로 자리에서 일어났다.

"강청식. 상관이 아니라 선배로서 하는 얘기야. 다 자네를 생각해서 하는 얘기라고. 좀 천천히 가자! 주변도 좀 살펴 가면서. 언제까지 내가 네 뒤치다꺼리를 해야 하냐?"

백진수 총경이 강청식의 등 뒤에다 쏘아붙이듯 말했다. 돌아보진 않았지만 분명 그는 쯧쯧쯧 혀를 차는 듯한 표정을 짓고 있을 것이다.

생각해 볼수록 참으로 다정한 독사 같은 상관이었다.

22.

총경실에서 나오자마자 강청식은 바로 양회장 측에 연락해 약속을 잡았다. 그러곤 바로 회사 건물을 빠져나가 주차장으로 향하는 길에 현관 로비에서 나경호 형사와 마주쳤다. 그는 여전히 순진한 표정으로 하이파이브를 하는 듯한 눈웃음을 지으며 다가왔다. 강청식은 같이 하이파이브를 하는 듯한 표정을 지어주었다. 아니 실제로 그는 빠른 걸음으로 나경호 형사에게 다가가서 하이파이브를 했다.

나경호 형사는 짐짓 놀란 듯 뒷걸음질을 치며 말했다.

"왜 그러세요? 대장에게 많이 깨졌나 보죠?"

"잘 알고 있을 텐데."

"제가 뭘 잘못했나요?"

나경호 형사는 눈치를 보듯 강청식의 표정을 살폈다.

"아니 자네는 잘못한 게 없네. 경찰이란 게 뭐 그런 거지."

"뭔 말씀을 하시는지 당최…."

"당최 자네가 옷을 일찍 벗게 될 놈으로 보였는데 꼭 그렇지만은 않다는 것을 깨달았다는 거네. 자네는 유능한 형사야."

"음…. 칭찬같이 들리지는 않는군요."

"그래. 칭찬은 아니지. 격려네. 격려! 후배에 대한."

강청식이 진짜 격려라도 하는 듯이 그의 어깨를 툭툭 쳐주었다.

"저를 무슨 프락치 취급을 하시는군요. 그렇죠? 대장이 어제 전화를 했거든요."

어깨를 두드리는 강청식의 손을 피하며 나경호가 말했다.

강청식이 손을 거두고 물끄러미 그의 얼굴을 쳐다보았다.

"왜 내게 말하지 않았나?"

"말하지 말라고 해서요. 광수대 대장이 직접 지휘하는 사건이잖아요."

"음. 그렇지."

강청식이 고개를 끄덕였다.

"그리고 뭐 대단한 비밀이 있는 것도 아니고. 저희가 숨겨야 할 뭔가를 비밀스럽게 수사하는 것도 아니잖아요."

나경호가 서운하다는 표정을 잔뜩 지어보이며 말했다.

강청식은 담배를 꺼내 입에 물었다. 그러곤 꾸물거리는 흐린 하늘을 올려다보았다. 또 비가 오려는 모양이다. 강청식은 손가락으로 담배를 부러뜨려 땅바닥에 버리고 자신의 차로 휘적휘적 걸어갔다.

나경호 형사가 따라오며 물었다.

"갤러리로 가는 건가요?"

"아니. 자네는 오늘 하루 쉬게."

"네? 어째서요?"

강청식이 귀찮다는 얼굴로 그를 쳐다보았다.

"나도 오늘 쉴 거거든. 대장이 천천히 하라네. 서두르지 말고."

"음……. 진짜 집에 가시는 거예요."

나경호가 팔짱을 끼고 그를 비스듬한 시선으로 쳐다보며 말했다.

"응. 며칠 잠을 제대로 못 잤어. 오늘 하루는 푹 자볼 생각이야."

강청식은 차에 타기 위해 허리를 숙이다 나경호를 올려다보며 덧붙였다.

"노파심에서 말하는 건데, 무슨 영화처럼 나를 미행하고 그런 짓거리는 하지 말게. 그러면 진짜 프락치가 되는 거니깐."

"참나. 내가 무엇 때문에 선배님을 미행합니까? 뭐 무슨 비밀 수사라도 하세요?"

"그럼 됐어. 내일 보지."

강청식은 차 문을 닫았다.

나경호는 어쩔 수 없다는 듯이 어깨를 으쓱해 보이곤 바로 등을 돌려 회사로 돌아갔다.

강청식은 몇 번 백미러로 뒤를 살펴보았다. 나경호 형사가 따라오는 기미는 없었다. 그는 엑셀을 밟고 빠르게 차를 몰앉다. 백진수 총경이 천천히 가라는 것은, 이 사건이 얼마 가지 않아 내 손에서 떠날 것이라는 얘기다. 그러니 서둘러야 한다.

양회장은 무려 한 시간이나 강청식을 기다리게 했다. 비서는 그가 아직 집에 없다고 했지만 강청식은 양회장이 집에 있다는 것을 느낄 수 있었다. 일부러 기다리게 하는 것이다. 이 넓고 호화로운, 온통 위압적일 정도로 비싸 보이는 가구 장식으로 도배된 응접실에서, 이 집의 주인이 얼마나 대단한 사람인지를 한껏 느껴보라는 듯이.
첫날은 이 정도로 사람을 기다리게 하지는 않았다. 그때 양회장은 십여 분만에 모습을 나타냈었다. 자신에게 필요한 것이 있는 만남이었기에, 그 스스로도 초조해서 오래 기다리게 할 수는 없었을 것이다. 하지만 오늘은 한 시간이 지나도록 별다른 언질도 없이 마냥 강청식을 기다리게 하고 있다. 그 얘기는 왠지 이제 양회장이 경찰에게는 별다른 볼일이 없다는 것을 암시하는 것 같아 강청식은 불안했다.

양회장은 정확히 한 시간 반 만에 모습을 드러냈다. 그는 아마도 이 넓은 저택의 어디선가 숨어서 시계를 보고 있다가 이쯤 되면 나가도 되겠지, 하는 생각으로 모습을 나타냈을 것이다. 실제로 양회장은 넙데데한 얼굴 가득 숨바꼭질하는 아이 같은 짓궂고 상기된 표정을 짓고 있었다.
"어이쿠 죄송하게 되었네요. 형사님. 근데 무슨 형사님이라고 했더라?"

양회장은 능글맞은 표정을 지으며 굼뜬 동작으로 소파에 앉았다.

"제가 기억력이 조금 나빠서요."

"장동건 형사입니다."

강청식이 태연한 목소리로 말했다.

양회장이 교활한 눈빛으로 강청식을 빤히 쳐다보다가 그만 졌다는 듯이 너털웃음을 지어보였다.

"아이쿠. 형사님도. 그런 농담을 좋아하시는구나. 좋아요. 좋아."

"강청식입니다."

"알고 있습니다. 기억하고 있어요. 강청식 경사. 사업을 하려면 사람들의 얼굴과 이름, 직함을 잘 기억해야 하거든. 그게 기본이요. 사람을 기억하는 거."

양회장은 사뭇 진지하고도 냉랭한 표정을 지으며 말했다.

"네."

강청식이 짐짓 공손한 얼굴로 말했다.

"그래. 중요한 얘기는 전에 다 말하지 않았던가요?"

양회장은 느리게 소파에 팔을 걸쳤다. 거만한 목소리였다.

강청식은 잠시 고개를 들어 높은 천장과 화려한 샹들리에를 올려다보았다. 비싸 보이지만 동시에 천박해 보이는 장식이었다.

고혼기 화백의 담담하고도 쓸쓸하게 높아 보였던 박공 천장이 생각났다.

"거두절미하고 말씀드리겠습니다."
강청식은 숨을 한번 고른 후 바로 내지르듯 말했다.
"선생님의 작품은 위작입니다."
양회장의 표정이 돌변했다. 익살스럽게 위엄을 떨던 표정이 순식간에 일그러지는 게 느껴졌다.
"으흐흠. 으흐흠"
양회장은 조선시대 양반처럼 여러 번 숨을 킁킁거리더니 빠르게 말했다.
"그럼 내가 속았다는 말인가? 으흐흠. 으흐흠. 자네는, 아니 형사님은 어떻게 그리 확신하시오?"
"자세한 건 아직 다 말씀드릴 수 없습니다. 수사단계이니까요. 하지만 여러 정황으로 보건대 위작이 확실합니다. 문제는 증거가 없다는 거죠. 증거가 없으면 압수수색 등을 통해서 본격적인 수사를 할 수가 없습니다."
양회장은 눈을 게슴츠렘하게 뜨고는 중지의 손톱으로 거칠한 턱을 가만가만 쓰다듬었다.
"증거라…. 내 그림이 증거 아닌가?"
"그렇습니다. 회장님이 구매하신 그림이 증거입니다. 그러나 아직은 아니죠."
"그게 무슨 말인지 도대체 나는 알 수가 없구만."
양회장이 비꼬듯 말했다. 그는 무척 기분이 상해 보였다.
"증거로 인정해줄 수 있는 기관에 맡겨서 감정을 받아봐야 한다는 겁니다. 예를 들면 국과수 같은 곳에."
강청식은 빠르게 말했다.

"아하! 고런 얘기구만. 그것참. 내 그림을 갖고 가서 크게 한판 벌여보겠다. 이 이야기지요."
"회장님. 외람되지만 벌써 크게 한판 벌이지 않으셨습니까. 언론을 처음에 들쑤신 건 회장님이신데요."
"어이쿠. 내가 잘못했구려. 내가 처음부터 그러면 안 되는 거였는데."
양회장은 고개를 조아리는 시늉을 하며 거드럭거렸다.
"아닙니다."
강청식은 단호한 목소리로, 마치 거드럭거리는 양회장의 목을 똑바로 받쳐주듯이 강하게 말했다.
"회장님은 무척 잘하신 겁니다. 회장님 같은 분이 계셔야 우리나라 미술계도 이제는 거짓과 사기가 판치는 어두운 세계에서 빠져나올 수가 있는 거죠. 회장님은 올바른 일을 하신 겁니다."
강청식의 갑작스러운 공치사에 양회장은 사뭇 재미있다는 듯이 키득키득 웃었다.
"어이쿠. 내가 이거 아주 훌륭한 일을 했구만."
"그렇습니다. 아주 훌륭한 일을 하셨죠."
강청식도 양회장을 따라 장난스러운 표정을 지으며 말했다.
"그런데 훌륭한 일이 사람을 먹여 살려주지는 않아요. 돈이 먹여 살려주지. 내가 이번 훌륭한 일로 이득을 얻을 게 있을까?"
양회장이 다시 거들먹거렸다.

"일단 손해는 안 보시죠. 그리고 분명 이득이 있을 겁니다. 이번 일을 크게 들쑤시면 분명 김지연이 회장님을 찾아올 겁니다. 안 그러면 갤러리의 명예가 훼손되니까요. 물론 김지연이 구속될 가능성은 지극히 적습니다. 위작 사건이란 게 원래 그렇게 좀 모호하거든요. 하지만 김지연은 갤러리의 명예가 조금이라도 훼손되는 걸 절대 용납하지 않을 겁니다."

"그런데 이미 인정을 받지 않았나? K감정연구원에서. 그것만으로 충분히 명예가 훼손되었을 텐데."

"회장님! 김지연은 미술계에서 잔뼈가 굵은 사람입니다. 한국 미술계에서 김지연 관장은 독보적인 존재죠. 분명 K감정연구원보다 더 권위 있는 기관에서 다시 감정을 받게 할 겁니다. 이미 일본 쪽에다 전시되었던 다른 그림들을 전부 감정받게 했고요. 곧 선생님의 그림도 그쪽 루트를 통해 검증받자고 할 겁니다. 그러면 어떻게 될까요?"

강청식은 다소 놀리는 듯한 눈빛으로 양회장을 쳐다보며 말을 이었다.

"회장님은 양치기 소년이 되는 겁니다. 그것도 단 한 번 늑대야! 하고 외친 죄밖엔 없는."

양회장의 눈빛에서 깊은 분노가 느껴졌다. 그의 거들먹거리는 태도가 순식간에 사라졌다. 강청식은 고삐를 더 바짝 죄며 몰아붙였다.

"이 사건이 형사사건이 되려면 회장님의 강한 의지가 있어야 합니다. 아니면 위작을 한 용의자들의 자백이나 다른 물적 증거들이 필요하죠. 하지만 지금은 회장님이 갖고 계신 그림 밖에는 아무런 단서가 될만한 것이 없습니다. 그래서 그 그림이 위작으로 판명이 되어도 회장님이 나서서 이 그림을 여차저차한 경로로 구입했다는 명시적인 진술과 고발이 있지 않으면 검찰은 기소할 수가 없습니다. 지금은 참고인 조사 단계일 뿐이니까요. 까닭에 국과수의 검증 결과가 나와도 그것은 증거가 될 수 없습니다. 그 그림을 소유한 자가 공식적으로 피해자라고 나서지 않으면요, 즉 피해자가 없으면 가해자도 없다, 경찰은 할 수 있는 게 없죠. 즉 회장님은 언제든지 그만두실 수 있다는 얘기입니다. 한마디로 회장님이 김지연 대표를 상대로 확실한 패를 쥐게 되는 거죠."

가만히 이야기를 듣고 있던 양회장의 눈가에 슬슬 만족스러운 미소가 깃들기 시작했다. 그는 나른하게 소파에 등을 기대며 말했다.

"난 사실 김지연을 기다리고 있었네. 이쯤 되면 나를 찾아올 거라고 생각했지. 그런데 엉뚱하게 형사 양반이 다시 찾아왔구만. 아주 마음에 드는 아이디어를 들고. 형사 양반은 그래서 얻는 게 뭔가?"

"저야. 양회장님이 만족하시면 그걸로 됐습니다."

강청식도 소파에 몸을 기대며 다소 거들먹거리는 태도로 말했다. 그는 양회장이 미끼를 물었다고 확신했다.

양회장은 강청식을 살피는 듯한 눈길로 빤히 쳐다보다가 박장대소를 하며 말했다.

"재미있는 친구구만. 자네 속은 알 수 없지만, 내 며칠 생각해 보도록 하지. 연락하겠네."

23.

"네. 그러시죠. 양회장은 제가 알아서 단속할 거예요. 네. 저의 스탠스는 제가 알아서 할 겁니다. 걱정 안 하셔도 되고요. 신고없이 증여한 정도로 끝내도록…. 네. 네. 그럼 그렇게 알고 있을게요."
김지연은 전화를 끊고 창밖을 보았다. 비가 하염없이 내리고 있었다. 어제 기록적인 폭우가 지나간 후로 빗줄기는 점점 아주 느린 속도로 약해지고 있었다. 마치 비가 내리면서 대기 중으로 천천히 흡수되고 있다는 듯이. 비는 세상을 지우면서 자신도 지워지고 있는 것만 같았다.

김지연은 옷을 차려입고 집을 나섰다. 직접 운전대를 잡고 양회장의 집이 있는 서초동으로 향했다. 어제 세상을 부술 듯 몰아닥치던 비바람은 약해져서 운전하기가 그리 어렵지는 않았다. 추적추적 내리는 빗줄기 너머로 고층빌딩들의 우중충한 발치가 보였다. 도심 한복판에 있는 화려한 빌딩들의 너무나 초라한 발치가 조금은 쓸쓸해 보였다. 사람들이 우산을 쓰고 그 발치에서 서성이고 있었다. 마치 죽은 나무 곁을 서성이는 짐승들처럼.

"기다리는 거 싫어한다는 거 잘 알고 계시죠? 라고 지금 가서 회장님에게 전해드리세요."

김지연은 양회장의 비서에게 냉랭한 목소리로 말했다.

양회장의 비서는 멀대같이 큰 키에 구부정한 어깨를 지닌, 양회장처럼 능글맞은 표정을 짓는 게 특기인 변변찮은 인간이었다. 그는 난감한 표정을 지으며 계속 고개만 조아리고는 움직일 생각을 하지 않았다.

"그만 가봐야겠군요."

김지연은 그의 변변찮은 몰골을 쳐다보지도 않고 말했다. 그리고 자리에서 일어섰다.

"아닙니다. 회장님이 여기 진짜 안 계셔서."

"괜찮아요. 더이상 말씀하지 마세요."

김지연은 눈살을 찌푸리며 응접실의 가구들을 일별하고는 현관 쪽으로 몸을 움직였다.

"아닙니다. 제가 지금 회장님께…."

멀대 비서가 채 말을 끝마치기도 전에, 응접실 저편 복도에서 양회장의 껄껄거리는 웃음소리가 들렸다.

"아이쿠. 대표님과 약속을 해놓고 내가 그만 선약이 있다는 걸 깜박했지 뭔가!"

양회장은 전생이 조선시대 양반이었다는 듯이 거드름을 피우며 어기적어기적 걸어들어왔다.

"그러면 선약을 보시죠. 전 괜찮습니다."

김지연의 냉랭한 태도에 양회장이 성급히 말했다.

"뭐가 그리 급하시다고. 벌써 취소했어요. 취소! 김지연 관장이 직접 오시는데 내 그럴 수 있나!"
그러곤 비서에게 고개를 돌리고는 사정없이 침을 튀겼다.
"김비서. 어떻게 일을 이렇게 하나. 관장님이 오신다 했음 바로 연락을 했어야지."
"네. 죄송합니다."
"그렇게 호들갑 떨거 없어요. 양회장님."
김지연이 온화한 눈빛으로 손을 가만히 들어 비서에게 쏟아지는 양회장의 침 세례를 제지했다.
"그런가? 김관장이 괜찮다면야."
양회장이 엉큼한 눈빛으로 웃으며 말했다. 그러곤 다시 비서에게 침을 튀기며 커피를 가져 오라고 소란을 피웠다.
"커피는 됐어요. 회장님."
김지연이 고개를 저었다.
"그래. 커피는 됐어. 차 갖고와. 차! 모든 지 관장님 마음에 흡족할 만한 것으로."
소파에 마주 앉아 두 사람은 잠시 한담을 나누었다. 김지연은 고혼기 화백 작품과는 전혀 관계없는 갤러리에 관한 일이나 곧 다가올 홍정훈 변호사의 경선에 대한 소식 등을 느릿느릿한 어조로 이야기했다. 몇 번 양정호 회장이 말참견을 하기 위해 끼어들려고 했지만 그때마다 김지연이 도리어 말을 멈추곤 지그시 양정호 회장의 눈을 쳐다보았다. 양정호 회장은 김지연의 눈빛에 침을 꿀떡 삼키며 말도 삼켰다.
"근데 고혼기 화백님의 위작은 어디 있죠?"

어떤 기미도 없이 김지연이 돌연 화제를 바꾸며 말했다. 그녀의 목소리는 한기가 느껴질 정도로 차가웠다.
"위작이라니……. 뭔 말인가?"
양회장은 변명하듯 말을 질질 끌었다.
"양회장님이 저희 갤러리에서 사가신 위작 말이죠."
"내가? 내가 김지연 관장한테서?"
양회장은 전혀 모르는 얘기라는 듯 어깨를 으쓱해 보였다.
"곧 국과수에 감정을 의뢰하실 그 작품 말하는 거예요."
양회장의 눈이 휘둥그레졌다. 그러곤 딸꾹질을 하며 말했다.
"아이쿠. 이거 뭔가 대단한 오해가 있었구만. 대단한 오해가!"
"솔직히 말하죠. 전 양회장님에게 대단히 실망했어요."
김지연은 입가에 조소를 담아 말했다. 그녀의 눈빛은 양회장의 눈동자를 얼려버릴 듯 차가웠다.
양회장은 두텁고 번들거리는 입술을 꼬옥 다물고 김지연을 멀뚱멀뚱 쳐다보았다. 그러다 일순 불쾌한 표정을 짓더니 갑자기 사레가 걸린 듯 어깨를 들썩이며 너털웃음을 지었다. 그의 투실투실한 턱살이 흔들렸다. 양회장은 이내 평소의 능글능글한 목소리를 되찾으며 말했다
"들어보게. 일은 이렇게 된 거네. 내가 K감정연구원에 지인이 있거든. 근데 이 친구가 글쎄 작품을 보더니 군침을 흘리는 거야. 이렇게 위대한 작품을 한번 살펴 보고 싶다는 거지. 언제 이런 기회가 있겠냐면서. 그래서 음, 거 뭐야 친구 좋다는 게 뭔가. 그 친구가 한번 연구를 해보고 싶다길래 내가 선뜻 허락했지 뭔가. 그랬더니 며칠 후에 이 친구

가 와서는 이상한 소리를 지껄이는 거야. 뭐랬더라. 음. 거 그림에 쓰인 재료가 1980년대 것이 아니라나 뭐라나. 그런 말도 안되는 헛소리를 늘어놓더라구. 그래서 내가, 그러네 솔직히 좀 속이 상했지."
"친구분이 많이 젊으신 것 같더군요."
김지연이 여전히 냉소적인 표정을 지우지 않은 채 말했다.
"음. 그렇지. 그래. 내가 원래 그런데 격식을 차리지 않지 않나. 나보다 한참 어린 사람들하고 말이야. 허허허!"
양회장이 관대한 할아범같은 목소리로 웃었다.
김지연은 양회장의 수작을 물끄러미 쳐다보더니 나른한 표정으로 눈썹을 만졌다.
"양회장님! 회장님은 예술에 대한 안목이 깊은 분이시죠? 특히 고혼기 화백님에 대한 작품을 잘 알고 계시잖아요."
"그렇지. 내가 예술은 몰라도 고혼기 화백님 작품은 잘 알지."
"그래서 이번 작품을 보셨을 때 위작이라는 생각이 드셨나요?"
"아니지. 그럴 리가 있나."
고개를 도리도리 저으며 양회장이 말했다.
김지연은 호응하듯 고개를 가만히 끄덕였다. 그러곤 타이르듯 느리게 말했다.
"그럼 회장님의 안목을 믿으시면 됩니다. 다른 사람들이 뭐라고 말하든 신경 안 쓰셔도 돼요. 회장님을 그쪽과 연계된 갤러리로 데리고 가려는 수작일 뿐이니까요."
"그래도 좀…. 삼십억짜리 그림인데……. 내가 화백님 그림을 많이 샀지 않은가?"

양회장은 슬쩍 눈치를 보듯 입을 열었다.
"좀 걱정은 되지 않겠나. 김관장! 그게 인지상정 아닌가."
김지연은 아무 대답도 하지 않았다. 그녀는 다시 나른하게 오른손을 들어 올려 눈썹을 스치듯 만졌다. 흡사 생명을 부여받은 조각처럼 차갑고 아름다운 동작이었다. 그러곤 그녀는 몸을 앞으로 살짝 당기곤 두 손을 모아 기도하듯 입술에 대고, 양회장이 지금껏 한 번도 본 적이 없는 표독스러운 악의를 눈빛에 담아 그를 가만히 쳐다보았다.
양회장도 지지 않고 짐짓 어깨를 목까지 바싹 올리곤 고개를 도전적으로 앞으로 내밀었다. 그러곤 뻔뻔한 태도로 김지연을 쳐다보았다. 하지만 그의 모습은 마치 옷걸이에 어깨가 걸린 사람처럼 궁상맞아 보였다. 그는 조금씩 어깨를 더욱 좁혔다. 그의 눈동자에서 자신감이 점점 사라져갔다.

김지연의 눈에 천천히 홍소가 차올랐다. 입술에서 한기가 흘러나온다는 듯이 그녀는 차가운 목소리로 말했다.
"예술을… 좋아하시는 줄 알았는데 투자를 하셨구나? 걱정 마세요. 더 오를 겁니다."
양회장은 아무런 대꾸도 하지 못하고 멀뚱히 그녀를 쳐다보았다.
"올 가을에 이태리에서 비엔날레가 열리는 거 알고 계시죠?"
"음. 당연히 알고 있지. 그거 미술 올림픽 같은 거 아닌가."
머쓱한 표정으로 양회장이 우물거렸다.
"알고는 계시네요. 그럼 거기에 작품이 출품되면 최소 2배는 가격이 뛴다는 것도 알고 계시겠군요."

"그렇다고 하더군."

양회장이 다시 짐짓 거들먹거리는 목소리로 말했다. 그러곤 입천장에 가래라도 낀 것처럼 코를 쿵쿵거리며 인상을 찌푸렸다.

"이번에 고혼기 선생님 작품이 거기에 출품돼요. 비속의 나신들은 이태리에서도 높은 예술적 가치를 인정받고 있죠."

눈을 동그랗게 뜨고 김지연을 쳐다보다가 갑자기 양회장이 몸을 앞으로 숙이며 기침을 토하기 시작했다. 김지연의 눈가에 노골적으로 혐오가 깃들었다.

"어디 불편하신가 보죠. 이제 그만 일어날까요?"

"아니. 아닐세. 계속 이야기해 보게."

양회장이 다급히 손사래를 치며 말했다. 침 한 방울이 그의 입술에서 튀어나와 포물선을 그리며 테이블로 날아가 떨어졌다. 김지연이 징그러운 벌레라도 봤다는 듯이 자리에서 황급히 일어나려다 옷매무새를 바로 하며 다시 자리에 앉았다. 그러곤 혐오스런 냄새라도 난다는 듯이 손바닥으로 코를 가리며 말을 이어갔다.

"양회장님. 1980년대 작품들이에요. 고혼기 화백 최고의 걸작들이죠. 그런 특수성까지 감안하면 작품은 아마도 서너 배로 가치가 뛰어오를 겁니다."

"서너 배까지나!"

양회장이 딸꾹질을 하며 고개를 끄덕였다.

"그래. 역시 고혼기 화백님은 나를 실망시키지 않는다니깐.

음음. 어흐흐음. 내가 진즉에 그 예술혼을 알아봤지. 이태리 사람들도 말이야, 그냥 가만히 있지 못 할거야. 그 나신들을 보면 말이야. 입을 쩍 벌리고 지갑들을 꺼내느라 호들갑들을 부리겠지."
"양회장님처럼 말이죠."
김지연이 미소를 지으며 말했다. 입술에서 서리처럼 흘러나오는 목소리였다. 양회장도 머쓱한 얼굴로 어색하게 웃어 보였다.
"나야, 그렇지 않지. 난 예술을 사랑하…"
"제가 오늘 시간이 많지 않아요."
김지연이 날카로운 목소리로 양회장의 말을 잘랐다. 그러곤 잠시 물끄러미 양회장을 쳐다보다가 다정한 미소를 지으며 말했다.
"홍 변호사와 약속이 있거든요. 이제 곧 경선이 시작되니깐, 함께 의논할 일이 많습니다. 사실 경선은 무난히 이길 거라고 생각하고 있어요. 벌써 모든 여론조사에서 1위로 치고 올라갔으니까요. 다음을 미리 준비하는 거죠."
김지연은 살짝 몸을 앞으로 당겼다. 그러곤 양회장의 눈을 찌를 듯이 쳐다보았다.
"경선 이후를… 그리고 대선 이후의 일들을 말이죠."
양회장은 본능적으로 얼굴에 아양 떠는 미소를 띄웠다.
"마지막으로 이것만 말씀드리죠. 그날 전시회에서 보셨던 모든 작품들은 다 진품이라는 것을 확인받았어요. 도쿄에 있는 세계적인 감정기관에서요. 그리고 고혼기 화백님이 직접 모든 작품에 진품 확인서를 써주셨죠. 물론 회장님이 소장하고 계신 작품도요. 내일 여기로 등기우편이 날아올 거예요. 거기에 고혼기 화백님의 진품 확인서가 들어있을 테니 확인해 보시고요."
"나야. 그래 주면 더이상 바랄 게 없지."
양회장이 마음이 놓인다는 듯이 다시 능청맞게 웃으며 말했다.
"사실 나도 작품이 위작이라고 판명되면 손해야. 김관장. 생각해 보게. 내가 뭐하러 작품을 위작이라고 떠들고 다니겠나. 그러면 나만 손해 보는데. 사실 감정기관에 의뢰를 했던 게 잘못이야. 거기서 언론에 흘린 거지. 내가 미안하게 됐네. 하지만 김관장을 믿지 않은 건 아니야."
양회장의 말이 다 끝나기도 전에 김지연은 자리에서 일어섰다.
"그럼 이만 실례할게요. 양회장님. 더는 소리가 나오지 않는 걸로…"
김지연은 양회장과 눈빛도 마주치지 않고 응접실을 떠났다. 양회장은 엉거주춤 일어서서 김지연을 배웅했다.

그녀가 떠난 자리에 모소(侮笑)한 그림자가 가득했다.

24.

나흘 동안 내내 비가 내렸다. 하늘은 먹구름이 지배했고 지상은 하수에서 넘쳐 흐른 물이 지배했다. 여기저기서 홍수에 집이 잠겼다는 소식이 들려왔다. 강남 사거리에서는 불어난 물에 차량들이 침수되어 교통대란이 벌어졌다. 지하철역에도 빗물은 집요하게 파고들어 서울 곳곳의 지하철역이 폐쇄되었고, 몇 대의 지하철 차량은 우중충한 비의 무덤이 되었다.

지난 나흘간 강청식은 위작 화가들을 만나고 다녔다. 그들 중 몇몇은 강청식을 기억하고 있었다. 오래전 그는 김향란 화백의 위작품을 수사하면서 몇 군데의 위작 조직을 소탕한 적이 있었다. 그들에게 강청식 형사는 결코 좋은 기억으로 남아 있을 리 없었다.

처음에 그들은 강청식에게 호의적이지 않았다. 그러나 강청식이 자신들을 수사하러 온 것이 아니란 걸 알자, 조금씩 입을 열기 시작했다. 최근 갤러리 나래를 둘러싼 일들에 대한 여러 소문을 들려주었는데, 그중에서 강청식의 귀를 솔깃하게 한 것이 있었다. 그것은 2년 전 일본 도쿄에서 고혼기 화백의 위작품들이 시장에 돌아다닌 적이 있다는 이야기였다. 바로 비속의 나신 시리즈 중 몇몇 작품이 옥션에서 비싼 가격에 팔렸는데 그 작품이 모두 위작의 의심을 받고 있다는 것이었다. 그리고 더욱 흥미로운 것은 그런 소문이 한창 떠돌던 무렵, 김지연 관장이 도쿄로 날아갔다는 사실이었다. 명목은 도쿄 갤러리에서 개최하는 전시회에 참관하기 위해서였다. 실제로 그녀는 몇 점의 작품을 구매하기도 했다고 한다. 하지만 그녀가 도쿄를 방문한 후로 도쿄 옥션에서는 고혼기 화백의 작품들이 사라져버렸다. 물론 우연일 수도 있다. 하지만 그 1년 후, 고혼기 화백이 소장하고 있던 비속의 나신들이 세상에 알려졌다. 과연 우연이라고만 할 수 있을까?

"방 선생님은 어떻게 생각하십니까?"

강청식은 지친 눈빛으로 창밖을 쳐다보고 있는 방청호에게 물었다. 그는 지금은 위작 조직에서 손을 떼고 미술학원을 운영하고 있는 중년의 남자였다.

"음…. 우연은 아니지. 형사님이 생각하는 그대로 일겁니다."

방청호는 창에서 시선을 떼지 않으며 말했다. 고대의 하얀 석고상들이 유령처럼 빗소리를 듣고 있는 미술학원은 적적한 공기를 품고 있었다. 창밖에 쏟아지는 빗줄기에서 방청호는 시선을 떼었다. 그리고 한숨과 함께 느리게 강청식을 돌아보며 말했다.

"내 솔직히 말씀드리죠. 형사님 덕분에 2년 살다 나왔습니다. 그걸 생각하면 형사님께 협조할 이유가 하나도 없죠. 하지만 또 덕분에 손을 뗐으니…."

강청식은 말없이 방청호의 눈가에 새겨진 깊은 주름을 쳐다보았다. 몇 년 전에 보았을 때보다 주름이 확연히 깊어져 있었다. 쓸쓸해 보이는 눈가였다.

"결코 우연은 아닙니다. 그 짓을 오래 해온 사람으로서 말씀드리는데요. 김지연 관장이 분명히 만났을 겁니다. 위작 화가를 말이죠."

"그리고 데리고 왔다고 생각하십니까?"

"그렇죠. 그러니 일본에서는 사라진 거죠. 비속의 나신들이."

"그 위작 화가가 누구인지 아십니까?"

"아뇨."

방청호는 고개를 저었다. 그러곤 창문을 활짝 열어 빗소리가 넓게 실내에 퍼지도록 했다.

"하지만 소문은 들었습니다."

"소문요."

강청식이 눈빛을 반짝였다.

"네. 30대 젊은이라는 얘기도 있고, 60대 노년의 화가라는 얘기도 있어요."

"위작 화가가 말이죠?"

강청식이 재촉하듯 물었다.

"그렇죠. 고혼기 화백의 위작품이 돌기 전부터요. 다른 유명 화가들의 작품이 간간이 옥션에 나왔어요. 좀처럼 시장에 유통되지 않는 작품들이었죠. 지금도 그 작품들이 위작인지는 밝혀지지 않았어요. 아마 위작일 거라고 생각합니다만. 저도 작년에 일본에 갔다가 본 적이 있습니다. 고타로 화백의 작품이었는데요. 어찌나 감쪽같이 그렸는지 그야말로 생생한 걸작이었죠. 위작의 세계에도 걸작이 있다고 한다면요. 단순히 그 형상과 질감만을 베낀 것이 아니라, 그 작품에 깃든 정신마저, 아니 화가의 영혼마저 훔쳐낸 듯한 작품이었어요."
"그러면 진품이 아니었을까요?"
"아뇨. 저는 확신합니다. 위작이었어요. 그림에서 미묘하게 '내가 이렇게 화가의 영혼을 훔쳤다' 라는 거만함이 느껴졌거든요. 우리 같은 기술자들은 보면 알 수 있어요. 어떤 화백의 숨겨진 작품들이 있다면 그건 못 알아 볼 수도 있어요. 하지만 그 작품을 베낀 위작이라면 알아볼 수 있죠. 그림에는 훔친 자들의 자의식이 물씬 배어있으니까요."
"그렇게 솜씨가 좋은 화가가 어째서 위작 기술자가 되었을까요?"
방청호는 쓸쓸하게 미소지었다. 그는 창밖에 내리는 빗속에서 자신의 얼굴을 찾고 있는 듯 했다. 속절없는 비들의 낙하를 그는 아슴한 눈빛으로 쳐다보고 있었다.
"돈이죠. 이 세계는 어쩌다 한 번 빠져들면 헤어나올 수 없답니다. 열 번 영혼을 파는 것보다 처음 한 번 영혼을 파는 일이 더 어렵죠."
비를 바라보고 있는 방청호의 옆모습을 강청식은 묵묵히 바라보았다.
"도박에 미친 사람이라는 얘기가 있어요."
방청호가 무심코 말을 흘리듯 입을 열었다.
"그 기술자가 말이죠?"
"네. 근데 확실한 건 아니에요. 그냥 소문이죠. 도박으로 망해서 위작을 하게 되었다는 얘기를 들었거든요."
"아마 소문이 아닐 겁니다."
강청식은 의미심장한 눈빛으로 말했다.
"도움이 많이 됐습니다."
강청식은 딱딱한 작업용 의자에서 일어나 인사를 하고는 문 쪽으로 향했다. 방청호는 계속 비를 보고 있었다. 강청식은 문을 나서기 전 고개를 돌려 그의 뒷모습을 잠시 쳐다보았다. 비가 창가에 떨어지는 소리만 쓸쓸하게 들릴 뿐, 방청호의 굽은 등은 미동도 하지 않았다.

강청식은 문을 열고 미술학원을 나왔다. 그 길로 바로 서울의 주요한 불법 도박장으로 향했다. 그중 몇 군데에 강청식의 오랜 빨대들이 있었다.

며칠간 빗줄기는 세상을 부술 듯이 내렸었다. 실제로 세상이 조금 부서지기도 했었다. 이제 빗줄기는 세상의 더러운 먼지를 씻어내릴 듯이 가만가만 불어오고 있다.

강청호는 엑셀을 밟고 얌전한 빗속으로 질주해 갔다.

25.

다음날 강청식은 오후가 넘어서 회사에 출근했다. 비는 그쳐 있었다.

모처럼 보는 화창한 날씨였다. 그는 절로 흥이 나는 기분에 휘파람을 불었다. 그는 휘파람을 불 줄 몰랐다. 입술에선 피식 공기가 새어나가는 소리가 날뿐이었다. 그래도 그는 계속 휘파람을 부는 시늉을 했다.

강청식이 주차장에 차를 세우고 내리자 나경호 형사가 다가왔다.

"경사님. 대장님이 보자고 하십니다."

"근데 그 얘기를 어째서 자네가?"

강청식이 삐딱하게 눈썹을 찌푸리며 말했다.

"며칠 전화를 받지 않으셨잖아요. 단단히 화가 나 계세요."

"그래?"

"네."

"어떻게 형사가 핸드폰을 꺼놓을 수 있습니까."

"일부러 끈 게 아니야. 핸드폰이 맛이 가서."

나경호 형사가 어이없다는 표정으로 피식 웃었다.

"자네는 뭘 좀 들었나 보네. 뭔가? 대장이 말하려는 게."

나경호는 절로 한숨이 나온다는 듯이 고개를 저었다.

"저도 모릅니다. 직접 올라가 보시죠."

백진수 총경이 강청식을 부른 이유는 간단했다. 이제 사건에서 손을 떼라는 얘기였다.
"내 전화를 씹은 이유에 대해선 묻지 않겠네. 멋대로 휴가를 갔다 왔다고 생각하지."
백진수 총경이 담담히 말했다. 그는 오늘 컨디션이 좋아보였다. 완벽히 근엄한 상사의 가면을 쓰고 있는 걸로 봐서는 기분이 좋은 것이다.
"이유가 뭡니까?"
"방금 말했잖아. 검찰로 이관되었다고."
"이제 막 수사를 시작했는데요?"
"나경호 형사가 제대로 파고들었네. 위작으로 판매된 자금이 로펌 측으로 흘러간 것을 확인했어."
"로펌 전속자문료 아닙니까? 그리고 다른 돈은 홍정훈 변호사가 소유한 그림이 옥션에서 팔린 거고."
"아니. 그것 말고도 삼십억 정도가 더 들어갔네."
강청식은 아무 반응도 하지 않았다. 역시 나경호 형사는 옷을 쉽게 벗을 타입이 아니었다.
"이제 정치 자금 수사야. 더이상 위작 수사가 아니고."
"그래서 사건을 검찰이 가져갔다. 그 얘기인가요?"
강청식은 딱딱하게 굳은 얼굴에 입술만 비틀어 조소를 품은 채 말했다.
"이젠 우리가 감당할 수 있는 사건이 아니네. 내가 처음부터 말했지. 대선후보가 얽혀 있는 사건이니깐 조심히 파고들어야 한다고. 그런데 애초에 생각했던 것보다 더 민감하고 복잡하다는 걸 알게 됐네. 뜻밖으로 갤러리 측에서 로펌으로 흘러간 수상한 돈의 흐름이 발견되었으니깐."
"정말 뜻밖입니까?"
강청식이 빈정거리듯 물었다.
"왜 이 사건에 집착하지?"
백진수 총경은 진짜 강청식이 걱정스럽다는 듯이 말했다.
"청문 감찰 문제 때문에 그러나? 그 문제는 이미 끝났어. 약속대로 더이상 청문 경찰이 자네를 찾아갈 일은 없을 거네."
"그렇겠죠."
강청식은 주머니에 손을 넣어 담뱃갑을 만지작거렸다. 그러곤 손을 빼서 테이블 위에 가만히 올려두었다. 손은 거칠었고 손마디가 울퉁불퉁 튀어나와 있었다. 참으로 못생기고 투박한 손이었다. 자신의 그 못생긴 손을 내려다보면서 강청식은 느리게 말했다.
"나중에 문제가 될 경우를 생각해서 아직 옷을 벗기면 안 되니까요. 그때 가서 옷을 벗어야 할 누군가가 필요하지 않겠습니까? 비밀리에 수사를 했으니 제가 무단으로 단독수사를 한 것이 될 테고요. 아마 검찰 쪽에도 몇 명 있겠죠. 옷 벗을 사람이. 물론 전부 나쁜 시나리오대로 진행될 경우일 테고. 다행히 홍정훈이 대통령이 되지 못하면? 그러면 아무도 옷을 벗지 않겠죠."
백진수는 희미하게 눈가에 주름을 잡으며 웃고 있었다.
"강청식 형사는 감이 좋아서 그런가? 상상력도 좋아. 마음대로 생각하게. 하지만 더는 들쑤시고 다니지마. 검찰 쪽

수사를 방해하는 꼴이 되니깐. 그러면 나도 뒤를 봐줄 수가 없네."

그는 더이상 할말이 없다는 듯이 천천히 고개를 들어 문을 가리켰다.

강청식은 그 시선을 따라 고개를 돌려 총경실의 문을 멀거니 쳐다보았다. 문은 단단하고 무거워 보였다. 저 문을 열고 나가면 자신은 다시는 돌아오지 못할 것 같았다. 여기로도, 여기가 아닌 곳으로도. 그 어디로도.

"정치 자금 수사는 검찰에 맡기죠. 저는 위작에 대한 건만 계속 알아보겠습니다. 그럼 이만 일어나죠."

총경의 얼굴에서 근엄한 상관의 가면이 떨어지고 짜증스러운 중년 남자의 표정이 떠올랐다. 그는 냉소적으로 입술을 비틀면서 문을 나서는 강청식의 등 뒤에 대고 말했다.

"계속 명령을 어기면 옷을 벗게 돼. 경고야."

"옷을 벗기든 말든 마음대로 하십시오. 어차피 집에 가면 벗을 옷인데."

강청식은 시큰둥한 얼굴로 백진수 총경의 얼굴을 돌아보며 말했다. 그리고 정중히 고개를 숙여 인사하고는 문을 열고 총경실을 빠져 나왔다.

*

강청식은 양회장의 집 앞에 차를 주차해놓고 담배를 피웠다. 양회장은 계속 전화를 받지 않았다. 서초동의 고즈넉한

주택가에 요란하고도 위풍당당하게 서 있는 붉은 벽돌 건물. 육중한 문은 굳게 닫혀 있었다. 결코 힘으로 밀어서 열 수 있을 것 같지 않았다. 담장은 지나칠 정도로 높았고, 저기를 기어 올라갔다가는 글쎄 다시는 내려오지 못할 것이다.

그래도 강청식은 저 담장을 올라가고 싶다는 생각으로 올려다보았다. 담장 위에는 잘 단장된 소나무들이 기괴한 손짓으로 듬성듬성 하늘을 가리고 있었다. 하늘을 캔버스 삼아 그려놓은 추상화처럼 보이는 풍경이었다. 그나저나 정말 모처럼 화창하게 갠 눈부신 하늘이었다.

어차피 양회장은 모습을 나타내지 않을 것이다. 벌써 김지연이 다녀갔을 것이라고 강청식은 생각했다.

그는 시계를 보았다. 오후 다섯시였다. 오늘 밤 안에는 소식이 올 것이다. 그는 흘끗 백미러로 골목 저편의 소실점 끝에 어른거리는 형상을 살폈다. 양회장의 집은 조금 경사가 진 언덕 위에 있었다. 강청식 차의 백미러로 보이는 저 아래 골목의 소실점 끝은 경사가 시작하는 지점이었다. 거기 전봇대 뒤에 엉성하게 몸을 숨긴 차의 파란색 보닛이 보였다. 파란색이라니? 너무 눈에 띄는 색깔 아닌가.

강청식은 차문을 열고 나왔다. 그리고 고개를 들어 양회장 집의 담장과 까마득히 푸른 하늘을 올려다보았다. 그리곤 액션 영화의 배우처럼 담장을 향해 뛰어들었다. 담장 바로 앞에서 점프를 했고 손끝이 담장 위에 아슬하게 닿았다. 고개를 살짝 돌려 언덕 아래를 보니 나경호 형사가 헐레벌떡 차에서 나와 뛰어오는 것이 보였다. 강청식은 땅으로 착지하며 양회장 집 담을 따라 옆 골목으로 빠르게 뛰어 들어갔다. 그 길은 유선형으로 휘어지는 골목이었다. 길 끝에 고급빌라 단지가 있었고, 그 옆으로 한줄기 골목이 물처럼 흘러가는 것이 보였다. 강청식은 그쪽으로 뛰어갔다. 그리고 고급빌라 단지의 담장을 넘어서 조경이 잘 되어 있는 정원을 가로질렀다. 뒤를 돌아보니 나경호 형사는 보이지 않았다. 그는 열심히 좁은 골목으로 들어가서 보이지 않는 강청식을 찾아 헤매고 다니고 있을 것이다. 강청식은 단지의 정문을 나와서 차량으로 돌아갔다. 그리고 시동을 걸고 그 자리를 떠났다.

이제 슬슬 그가 나타날 시간이었다. 강청식은 이태원의 으슥한 골목에 차를 주차해 놓고 도박장 빨대의 연락을 기다렸다. 이태원 가구 거리와 이어지는 비좁은 골목 저 안쪽에 음침하게 서 있는 3층 잡거빌딩 지하에는 소규모의 도박장이 있다. 오늘 저녁 위작 화가는 저 도박장에 그림을 들고 나타날 것이다.
"형님. 왔습니다. 왔어요."
정보원인 빨대가 흥분된 목소리로 말했다.
강청식은 핸드폰을 귀에 붙여 대고 도박장 건물을 쳐다보았다. 한 시간 동안 건물 지하로 내려간 사람은 다섯명 정도였다. 그 중 그림을 들고 있는 듯한 사람은 보이지 않았었다. 아마도 둘둘 말아서 가방에 넣어 들고 갔을 것이다.

며칠 전 강청식이 전화를 걸었을 때 도박장의 정보원은 위작 화가로 의심되는 사람에 대해 말해주었다. 몇 달 전부터 현금을 몇백만 원씩 들고 와서 빠칭코를 하다 가는 30대 중반의 남자가 있었는데 돈을 다 쓰고 나자 자신이 고혼기 화백의 그림을 갖고 있다면서 이걸 받아줄 순 없냐고 했다는 것이다. 당연히 도박장의 어깨들은 거절했다고 한다. 강청식은 그 길로 도박장을 찾아가 직접 보스를 만나 타협했다. 그가 바로 강청식의 오랜 빨대였기 때문이다.
"그림은 들고 왔어?"
강청식이 초조하게 물었다.
"네. 들고 왔습니다. 지금 사무실에 앉아 있어요. 그림을 맡기고 오백만원을 받기로 했습니다."
"그래. 잘 붙들고 있어. 지금 바로 들어갈 테니깐."
강청식은 핸드폰을 끄고 차 문을 박차고 나가 도박장으로 뛰어갔다.

도박장 안은 담배연기가 자욱했다. 좀비 같은 남자들이 가득한 곳이었다. 그들은 영혼이 빠져나간 듯 빠칭코 기계를 돌리고 있을 뿐 아무도 강청식을 신경 쓰지 않았다.
강청식은 연기가 자욱한 도박장 가운데를 가로질러 맞은편에 있는 사무실로 걸어갔다.

위작 화가는 영문을 모르는 얼굴로 강청식을 쳐다보았다. 눈두덩이 푹 꺼져 있고 피부가 하얗다 못해 핼쑥해 보이는 젊은 남자였다. 그는 심지어 자신의 나이보다도 더 젊어 보였다. 어깨는 새처럼 가슴으로 접힐 듯 좁아 보였고, 목은 앞으로 튀어나왔으며 허리는 이미 노파처럼 굽어 있었다. 전체적으로 빙충맞은 인상이었다. 이 사람이 진짜 고혼기 화백의 작품을 영혼까지 훔쳐낸 그 화가란 말인가. 강청식은 믿기지 않았다.
"무슨 일이죠? 저는 잘못한 게 없스므니이다."
위작 화가가 강청식을 힐금거리는 눈으로 보며 말했다.
발음이 부정확했다. 재일 교포의 어눌한 억양이었다. 역시 이 남자가 그 화가인 것이다.
"고혼기 화백의 작품을 갖고 있다지?"
"아니요. 그 사람이 누구이므니까?"
옆에 서 있던 도박장의 보스가 그림을 강청식에게 건네주었다. 강청식이 둘둘 말려 있는 그림을 펼쳤다. 침침한 조명 속에서 비가 흘러내렸고 여인의 나신이 홀연히 떠올랐다. 비속의 나신. 위작 화가는 고개를 돌렸다.
"자네에게 특별히 관심은 없어. 내가 관심이 있는 건 김지연 관장이야. 김지연 알지?"
"모르므니이다. 저는 일본 사람. 재패니스. 유 노우? 재피니스."
"니가 한 대 맞고 재팬에 가고 싶은가 보구나?"

강청식은 소파에서 일어났다. 그리고 보스에게 눈짓을 했다. 보스가 다가와 우악한 손으로 위작 화가의 어깨를 찍어 눌렀다.
"아프니무이다. 재패니스. 아이 애무 재패니스."
강청식이 위작 화가에게 다가가 그의 입술에 바짝 귀를 대고 물었다.
"뭐라고? 애무? 아이 애무?"
"아이… 애무… 재패니스."
위작 화가가 몸을 비비 꼬면서 고통스런 신음을 흘렸다. 강청식은 허리를 펴며 보스에게 말했다.
"이 친구가 애무가 받고 싶은가본데. 어쩌지?"
"그럼 해드려야죠. 애무."
보스가 이번에는 양손으로 어깻죽지의 근육을 잡아뽑을 듯이 비틀면서 찍어눌렀다.
"네. 알아요! 알아! 김지연 관장. 내가 다 말할게요."
"야. 너는 애무를 받으니깐 한국어 발음이 정확해진다."
보스가 그의 어깨를 놓아주었다. 위작 화가는 앞으로 허리를 숙이며 고통스럽게 숨을 헐떡였다. 그는 한참을 그렇게 있다가 입을 열었다. 그는 거의 한국 사람처럼 이야기했다. 중간중간 부정확한 발음이 들렸지만 무심코 듣고 있으면 알아채지 못할 정도였다. 그는 자신을 둘러싸고 있는 어깨들의 눈치를 보며 술술 이야기를 풀었다. 강청식이 듣고 싶어했던 이야기였다.

강청식은 그림을 들고 도박장을 나왔다. 위작 화가는 도박장에 잠시 맡겨두었다. 그를 지금 바로 데리고 경찰서로 들어갈 수는 없었다. 먼저 그림을 감정받는 것이 필요했다. 강청식은 그 길로 국과수로 달려갔다.

국과수에는 그의 오랜 지인이 있었다. 미리 전화를 해두었기 때문에 그는 퇴근하지 않고 남아 있었다. 어려운 감정 작업이 아니었다. 그림에 쓰인 물감의 연도가 십수 년 전 것이 아니란 것만 알면 그만이었다. 아침까지 감정을 마쳐준다는 약속을 듣고 강청식은 국과수를 나와서 다시 도박장으로 향했다.

강청식은 도박장에서 위작 화가와 함께 새벽까지 감정 결과를 기다렸다. 지하에 가득한 피폐한 공기와 패배한 자들의 음침한 분위기가 온통 강청식을 유령처럼 감싸고 있었다. 연달아 담배를 태우며 자신의 입술에서 빠져나오는 연기를 바라보는 그의 눈빛은 공허했다. 강청식은 곧 부서질 듯한 녹슨 철제 테이블 너머에 앉아 있는 위작 화가의 얼굴을 멀거니 쳐다보았다. 그는 꼭 미친 사람처럼 내내 시시덕거리며 웃고 있었다. 도박장의 피폐한 냄새가 그를 계속 자극하고 있다는 듯이. 이 냄새에 중독되어 자신의 영혼을 팔고 다른 자의 영혼을 훔쳐 몇 푼의 돈을 버는 이 자와 자신은 그리 먼 거리에 있지 않았다. 그와의 거리는 불과 1미터도 되지 않았다. 사실 영혼의 거리를 생각하면 그보다도 가까울 것이다. 이 하찮 것 없는 도박 중독자의 사건을 끝까지 마칠 수 있을지 자신이 없었다. 도대체 무엇 때문에 이 사건에 매달리는 것일까? 강청식은 스스로에게 묻지 않았다. 물을 필요가 없었던 것이다. 그는 자신에게 들려줄 아무런 합리적인 대답도 갖고 있지 않았다. 그저 그가 중독된 일일 뿐이다. 지금까지 내내 그래 왔듯이. 앞으로도 별 수고 없이 그러할 것처럼.

26.

백진수 총경은 노발대발했다. 강청식이 위작 화가의 손에 수갑을 채워 광수대 사무실에 나타났을 때 사색이 될 듯 기겁한 그의 얼굴은 볼만한 것이었다. 그는 당장이라도 침을 튀기며 위작 화가를 풀어주라고 말할 기세였다. 하지만 그는 정치적인 사람이었고, 정치적인 사람은 상관의 눈치만큼이나 부하 형사들의 눈초리를 신경 쓰지 않을 수 없었다. 그는 결국 아무 말도 하지 못하고 눈만 실컷 부라리다 자신의 사무실로 돌아갔다.

국과수의 감정 결과는 강청식이 예상했던 대로였다. 위작 화가는 구류 상태로 조사를 받았다. 그는 경찰서에 들어오자마자 안도감을 느꼈는지 묵비권을 행사했다. 그리고 변호사를 요청했다. 하지만 명백한 증거가 있었기 때문에 그를 위작 혐의로 기소하는 것은 어렵지 않을 것이다. 강청식은 위작 화가가 갤러리 나래에 들락거리는 시시티티 영상을 이미 확보해 두었다. 그리고 김지연과 위작 화가가 같은 비행기를 타고 입국했다는 사실도 확인했다. 공항 측에 연락해서 그날의 입국장의 CCTV까지 확보하면 일은 더 쉬워질 것이었다. 만약 영장이 나오지 않는다면 강청식은 언론에 이 사실을 흘릴 생각이었다. 그러면 경찰도 이 사건에서 쉽게 손을 뗄 수 없을 것이다.

강청식은 이제 마지막 포석을 두기 위해 경찰서를 나섰다. 차를 몰고 홍정훈의 사무실이 있는 여의도로 향했다. 햇살이 눈부시게 쏟아져 내리는 마포 대교를 건너며 그는 멀리 하늘로 솟아있는 장대한 고층건물들을 바라보았다. 홍정훈은 저 고층건물들이 거인처럼 에워싸고 있는 어딘가에, 길을 잃은 사람 같은 눈빛을 하고 있을 것이다. 비록 그를 한 번 밖에 만나지 않았지만, 강청식은 홍정훈이 세간에서 이야기하는 그런 소문의 사람일지도 모른다고 생각했다. 아니 은근히 그런 기대감을 품고 있었다. 세상의 그 어떤 유혹과 위협에도 흔들리지 않을 강직하고 정의로운 변호사. 강청식은 한 번도 세간에서 이야기하는 소문을 믿어본 적이 없었다. 특히 그 소문이 정의로운 사람들에 관한 것이라면 더욱. 강청식의 경험에 의하면 보통은 대체로 그 반대인 경우가 많았기 때문이다. 간혹 어떤 사람에 대한 세상의 소문이 맞다 해도 그건 그 사람이 악한 사람일 경우일 뿐이었다. 하지만 그마저도, 소문보다는 덜한 악인일 경우가 많았고, 진짜 악한 것은 선인이든 악인이든 타인에 대한 터무니 없는 환상에 사로잡히길 좋아하는 대중들의 가벼운 여론이라고 생각해 왔었다. 그런데 왜 이번에는 홍정훈을 믿어보고 싶은 것일까? 강청식은 알 수 없었다. 다만 그가 엉뚱한 곳을 헤매고 있다는 것은 어렴풋이 알 것 같았다. 그는 결코 정치를 할 수 있는 사람이 아니었다. 그리고 깨끗하지 않은 정치 자금을 받을 사람 또한 아니었다. 더더욱 자신이 판매한 그림이 위작이란 사실을 알고도 그냥 지나칠 수 있는 사람이 아니었다. 홍정훈은 분명 알고 있을 것이다. 그리고 그로 인해 길을 헤매고 있을 것이라고 강청식은 생각했다. 그가 있기에는 여의도의 고층건물들의 그림자는 지나치게 짙었다.

"갤러리 나래 측에서 뜻하지 않은 30억이 송금되었죠?"
강청식은 '뜻하지 않은'에 방점을 찍으며 물었다.
"아마 전속 변호사료도 조금 과도하다고 생각하셨겠죠. 그래도 경선 자금이 필요하니깐 수락했을 거고요. 그건 그림 또한 마찬가지였을 겁니다."
홍정훈은 묵묵한 얼굴로 이야기를 듣고 있었다. 그의 눈빛은 너무나 무거워 보여 마치 땅으로 푹 꺼질 것만 같아 보였다.
"처음 그림을 사라고 권한 사람 또한 김지연 관장이었겠죠. 그리고 그걸 다시 경매에 내라고 한 사람도요. 변호사님이 정계 진출 선언을 하신 시점이 딱 그 무렵이셨죠."
"무슨 소리인지 통 모르겠군요. 지나치게 무례하다는 생각도 듭니다."

홍정훈은 짐짓 불쾌한 표정을 지으며 강청식의 말을 끊었다.

"저는 원래가 무례한 사람입니다."

"제가 대권을 잡을까봐 걱정이 되지 않습니까?"

홍정훈은 넌지시 위협하듯 강청식을 쳐다보았다.

"아니요. 지금도 걱정해야 할 일은 산더미처럼 많습니다."

강청식이 호기롭게 웃으며 말했다.

"위험한 사람이군요. 형사님은."

"그건 변호사님도 마찬가지일 텐데요. 걱정해야 할 산더미 같은 일들을 부리고 다니지 않으셨습니까?"

홍정훈은 피식 웃었다. 그의 관자놀이와 뺨을 팽팽하게 하던 긴장이 한순간에 빠져나가는 소리 같았다.

"원래 이렇게 무사태평하신 분인가 보군요. 굳이 쓰지 않아도 될 소설까지 써가면서 사람을 불쾌하게 하시는 걸 보니."

"사람은 무사태평하게 사는 게 좋죠. 그러다 덫에 걸리기도 하고요."

"덫이라!"

강청식은 남의 이야기를 하듯 무심한 어조로 말을 이었.

"여당 쪽에서 보면 그간 인물이 전혀 없었던 야당에 강력한 대선후보가 생겼습니다. 무난할 줄 알았던 정권 연장에 적신호가 켜진 거죠. 그것도 도덕적으로 흠결을 좀처럼 찾을 수 없는 막강한 경쟁자가 등장한 것이니까요. 그런데 어처구니없게도 그 인물이 사랑에 빠졌습니다. 물론 사랑에 빠지지 않았다면 정계에 나오지도 않았겠지만요. 사랑에 빠진 사람은 해서는 안될 실수를 많이 하죠. 그게 실수인지도 모르고 말입니다. 예를 들어서 터무니없는 그림으로 경매에서 막대한 수익을 얻는 일 같은."

다시 홍정훈의 뺨과 턱에 짙은 근육의 그림자가 지기 시작했다.

"생각해 보면 경선을 코앞에 둔 시점에서 위작 사건이 터졌습니다. 왜 그럴까요. 경선이 시작되면 야당이 그 후보를 버리려고 해도 버릴 수 없는 상황이 되어버리니까요. 그러면 야당 측에서는 전력을 다해 보호를 하려고 들 겁니다. 아니 지금도 그럴지도 모르죠. 그러면 고혼기 화백의 그림을 두고 진흙탕 싸움이 벌어질 거고요. 갤러리 나래는 명성에 막대한 타격을 입게 되겠죠. 변호사님의 도덕성에도 흠집이 생길 거고요. 하지만 그래도 한국의 정치판이란 게 원래 서로에게 똥물을 튀기는 곳이다 보니 대권 행보에는 아무런 지장이 없을지도 모릅니다. 하지만 갤러리 나래는 한국 미술계에서 그간에 차지하고 있던 위치와 명예를 실추하게 될 겁니다."

미묘한 동요가 일었다. 홍정훈은 단단한 뺨의 근육으로 흔들리는 감정에 갑옷을 씌우고 있었지만, 그의 선하고 맑은 눈동자에는 그런 갑옷이 없었다. 그의 눈빛에 짙은 수심의 그림자가 드리웠고, 그는 그걸 숨기지도 못한 채 동요하고 있었다.

"죄송하지만 김지연 관장은 영악한 만큼 순진한 사람입니다. 그녀는 아마도 양회장이 혼자서 일으킨 해프닝이라고 생각했을 지도 모르죠. 아마 정말 그럴지도 모를 일입니다. 하지만 그걸 부추긴 사람은 분명히 있겠죠. 양회장이 그림을 샀던 그 날 전시회에는 김형식 검사장도 있었다고 하더군요. 곧 동부지검장으로 영전하시는… 변호사님은 김형식 검사장과 오랜 인연이 있으시죠? 법조계에서 절친한 선후배 사이라고 들었습니다. 김형식 검사장은 정치적 야망이 큰 사람이죠. 꽤 오랫동안 정치판에 진출할 기회를 노리고 있었고요. 특히 여당 쪽에 줄을 대가면서 말이죠. 그런데 어느 날 갑자기 별 볼 일 없는 줄 알았던 자신의 후배가 유력한 대권후보가 되어 나타났습니다. 이럴 경우 사람은 두 가지 반응을 보이죠. 그 사람을 무너트리는 일로 자신이 이득을 보려고 하거나, 아니면 그 사람을 성공시키는 일로 자신도 한 자리를 차지하려고 하거나. 얼마 전까지 저는 청문 감사를 받고 있었습니다. 이번에는 피해나갈 길이 없었죠. 곧 옷을 벗고 사법처리될 예정이었는데 갑자기 갤러리 나래의 위작 사건에 대한 내사를 맡게 되었습니다. 제게 이번 사건을 던져준 것이 누군지 아십니까? 바로 김형식 검사장입니다. 양회장이 그림을 샀던 날 그 자리에 있던 사람 또한 김형식 검사장이죠. 어쩌면 김형식 검사장이 양회장을 장기판의 말로 조종했거나 최소한 그에게 귓속말로 뭐라고 속삭였을 수도 있죠. 요즘 일본에서 고혼기 화백의 위작 화가가 한국에 입국했다는 소문이 있다더라, 하면서 말이죠. 변호사님은 그 화가를 만나보셨죠?"

강청식은 실눈을 뜨고 가만히 홍정훈의 얼굴을 살폈다. 홍정훈은 엷게 주름진 이마를 만지면서 뭔가 깊은 생각에 빠진 표정을 짓고 있었다. 그는 아무 대답도 할 생각이 없는 듯 해 보였다.

"위작 화가는 만나봤다고 자랑하더군요. 홍정훈 대권후보를. 곧 대한민국의 대통령이 될지도 모르는 사람을 바로 코앞에서 말이죠."

홍정훈은 놀란 얼굴로 강청식을 쳐다보았다.

"아. 모르고 계셨군요. 위작 화가를 체포했습니다. 그가 전시회에 출품했던 작품 말고도 몰래 작업한 위작품이 한 점 있었거든요. 그걸로 도박 자금을 마련하려고 했던 거죠. 도박에 중독된 인간들과 진지한 작업을 하면 안 됩니다. 김지연 관장은 그 첫 단추부터 잘못 끼운 거죠. 그리고 계속 잘못된 단추를 끼워왔습니다. 아까도 말했듯이 김지연 관장은 양회장이 단독으로 벌인 소동이라고 생각하겠지만, 어쩌면 그렇지 않을 수도 있으니까요. 어쨌든 위작 사건은 터지고야 말았습니다. 언론이 시끄럽게 굴기 시작했죠. 김지연 관장은 이쯤에서 수습해야 한다고 생각했겠죠. 그래서 김형식 검사장을 통해 여당 쪽에 연락을 했을 겁니다. 자신은 빠지고 홍정훈 변호사만 정치자금법으로 엮는 것으로 아마 거래를 했겠죠. 그렇지 않다면 어째서 얘기도 없던 30억이 느닷없이 로펌에 송금되었을까요? 김지연 관장은 곧 결혼할 사이니깐, 순수한 마음으로 증여를 했다고 둘러댈 것이고, 거기에 대한 모든 오해와 똥물은 변호사님 혼자서 뒤집어 쓸 계획이었겠죠. 하지만 김지연 관장은 예술은 잘 아는지 몰라도, 정치하는 인간들은 잘 모르나 봅니다. 과연 여당 측이 김지연 관장만 쏙 빼놓고 홍정훈 변호사를 공격하려 할까요? 여기서 핵심은 위작 사건인데 말이죠. 한국 사람들은 자신들은 정작 그렇지 않으면서 타인의 도덕적 잘못에는 엄격한 태도를 보이는 사람들이죠. 지금까지 정의롭고 도덕적으로 순결한 줄 알았던 홍정훈 변호사가 알고 보니 갤러리와 협작하여 고혼기 화백의 그림을 위작하고 그것을 유통하여 정치 자금을 마련했다. 어떻게 생각하십니까? 아까도 말했듯이 그래도 무난히 경선을 통과하고 대권을 거머쥘 수도 있을 겁니다. 하지만 김지연 관장의 갤러리 나래는? 아마 회복하지 못할 타격을 받을 겁니다. 그냥 위작 사건이라 해도 시끄러울 텐데 대선 기간 내내 언론에 오르락내리락 하면서 모든 여론의 주목을 받게 될 테니까요. 그리고 여당과 야당 간의 개싸움에서 생기는 모든 오물을 다 뒤집어 쓸게 될 겁니다. 제가 본 김지연 관장은 그걸 결코 용납할 사람이 아니죠. 그녀에게는 갤러리 나래가 그녀 자신이니까요."

"제게 이런 얘기를 하는 이유가 뭡니까?"

"단도직입으로 말씀드리겠습니다. 경선에 나가지 마십시오. 그리고 갤러리 나래의 위작에 대해서 증언해주십시오."

"그러면 김지연 관장의 갤러리 나래의 명예가 실추된다고 하지 않으셨나요?"

홍정훈이 진지한 얼굴로 물었다.

"아니요. 제가 말씀드렸죠. 이 사건을 대선의 한복판으로 끌고 가면 그렇게 된다고요. 하지만 이쯤에서 끝내면? 대선은 곧 다가올 것이고 다른 쟁점들이 무수히 쏟아지면서 위작 사건은 곧 잊혀지게 될 겁니다. 말이 사라지면 그 말에 관한 소문들도 사라지죠. 몇 년 전 김향란 화백의 위작 건도 조금 시끄러웠을 뿐 쉽게 잊혀졌으니까요. 위작품과 갤러리 간의 공모 같은 건 미술계에서 흔하게 벌어지는 일입니다. 그래도 별 문제 없이 잊혀져 왔죠. 그것이 대선판의 쟁점이 된 적은 지금까지 단 한 번도 없었으니까요."

홍정훈은 바위처럼 무거운 눈빛으로 강청식을 짓누를 듯이 쳐다보았다. 하지만 거기에선 어떤 비열한 위압감 같은 것도 느껴지지 않았다. 어쩌면 홍정훈이 쳐다보는 건 강청식이 아니라 자기 자신일지도 몰랐다.
"왜 제가 정치를 쉽게 포기할 거라고 생각하시죠?"
홍정훈이 천천히 물었다.
"변호사님은 정치를 하실 분이 아니라고 생각했기 때문이죠."
"왜 그렇게 생각하셨습니까?"
"정치는 타협이니까요. 타협이 비겁한 일일 수도 있지만 현실에서 벌어지는 복잡한 문제들은 때로는 그 정치적 타협을 필요로 할 때도 있으니까요. 설혹 그것이 더없이 비겁하고 비열한 타협이라 해도 말이죠. 하지만 변호사님은 결코 자신에게 그것을 용납하실 분이 아니라고 생각했습니다. 법은 건조하고 정의롭지만, 현실을 대하는 유연성은 없죠. 유연해지기 위해서는 때로는 더러워지는 일도 감수해야 합니다."

"저는 그것을 감수하기로 했습니다."
강청식은 홍정훈 변호사의 얼굴을 뚫어져라 쳐다보았다.
"제가 꿈꾸는 이상적인 세상을 위해서는 때로는 더러운 길을 선택해야 할 때도 있다는 걸 알았으니까요."
홍정훈은 강청식을 부드러운 눈빛으로 달래듯이 바라보면서 말했다. 마치 강청식을 달래는 일이 자신의 마음을 달래는 일이라는 듯이.
"더는 드릴 말씀이 없군요. 이제 그만 가보시는 것이 좋겠습니다."
"저는 여기서 물러서지 않을 겁니다. 굳이 말씀드리지 않아도 잘 알고 계시겠지만…… 제가 위작 화가를 체포해 왔을 때 이 사건을 제게 맡긴 총경은 경악한 얼굴로 저를 질책하더군요. 하지만 곧 그도 저를 방해하지 않을 겁니다. 오히려 제가 이 사건을 들쑤시기를 바랄지도 모를 일이죠."
"알았습니다. 형사님은 그렇게 하시죠. 그것이 형사님의 일이니까요. 저는 앞으로 정치인으로서 제 일을 할 겁니다."
그리고 홍정훈은 더이상 말이 없었다. 그는 가만히 시선을 내리고 김지연의 손길이 깊게 배어있는 테이블의 아름다운 나뭇결을 바라보고 있었다. 그곳에 자신의 얼굴이 아련히 떠돌고 있다는 듯이…

강청식은 왠지 안쓰러운 마음이 들었다. 홍정훈 변호사의 얼굴은 마치 피할 수 없는 깊은 진창을 앞에 두고 있는 사람의 얼굴처럼 난감하게 구겨져 있었다. 하지만 이제 더이상 자신이 도울 수 있는 것은 없었다. 강청식은 자리에서 일어났다. 그리고 말없이 문을 열고 밖으로 나갔다.

27.

여느 때와는 달리 미소를 잃은 얼굴로 그는 들어왔다. 심지어 온다는 연락도 없이. 그가 이처럼 갤러리에 전화 한 통 없이 나타난 것은 처음이었다. 분명 무슨 이야기인가를 듣고 온 것이 틀림없다고 김지연은 생각했다.

홍정훈은 관장실로 들어서면서 아주 엷은 미소를 입가에 품으려고 노력하는 듯 보였다. 하지만 곧 미소는 허망하게 사라졌고, 그는 말없이 김지연을 바라보다가 소파에 앉았다. 그러곤 자신의 손에 무언가를 묻혀 왔다는 듯이 손바닥을 펴고 한참을 내려다보다가 입을 열었다.
"30억은 돌려놨어. 내가 받아야 할 돈이 아니니깐."
"……."
"굳이 해명을 듣자고 온 건 아니야."
"아니요. 해명할 게 없는데요. 무슨 해명을 말이죠?"
김지연이 질책하듯 말했다. 그녀는 의자에서 일어나 느린 몸짓의 환영을 대기에 퍼트리며 천천히 앞으로 걸어 나왔다. 그러곤 소파에 앉아 고개를 숙이고 있는 홍정훈의 등을 내려다보았다.
"그 돈은 제가 경선 자금에 쓰시라고 보탠 거예요. 말을 하면 부담스러워하실 테니까요."
홍정훈이 고개를 들고 그녀의 아름다운 턱을 올려다보았다. 그리고 은근히 내리뜨고 있는 시선의 도도한 차가움도.
"그래. 하지만 그렇게 하면 정치자금법 위반이야."
"곧 결혼할 사이인데 왜 위반이 되죠. 경선이 끝나면 결혼해요. 우리."
"……."
홍정훈은 대답하지 않았다. 대답하는 일이 구차하게 느껴졌다. 그는 고개를 숙이고 다시 자신의 손바닥을 내려다보았다.
김지연은 말없이 다가와 그의 어깨에 손을 얹었다. 그녀의 가벼운 손의 무게가 어깨에 전해졌다. 하지만 그 어느 때보다도 무거운 가벼움이었다. 홍정훈은 아무 반응도 보이지 않았다.

김지연은 조용히 손을 떼고는 맞은편 소파에 가서 앉았다.
"위작 문제는 걱정 안 하셔도 돼요. 조용히 지나갈 거예요. 양회장도 더는 소란을 피우지 않을 거고요."
홍정훈이 고개를 들었다. 그러곤 희미한 조소를 품으며 말했다.
"위작 화가가 체포됐어. 알고 있지? 그가 갤러리 모르게 위작품을 하나 더 만들었다고 하더군."

김지연의 눈매가 가느스름해졌다. 그녀는 살피듯 홍정훈의 얼굴을 바라보며 말했다.

"네. 알고 있어요. 당신은 참 걱정이 많군요. 하지만 그 사람도 전혀 걱정할 게 없어요. 경선을 치르는데 누를 끼치지 않을 거니깐."

그러곤 그녀는 차분한 눈길로 그의 손을 내려다보았다.

"내 경선은 걱정 안 해도 돼!"

홍정훈이 갑자기 격하게 말했다. 그가 그녀에게 이런 어투로 말하는 건 처음 있는 일이었다.

"……."

김지연은 모욕받은 듯한 얼굴로 홍정훈을 쳐다보았다. 그녀의 눈빛이 점점 차가워지고 있었다.

"이미 국과수에서 감정 결과를 내렸다고 하더군. 위작이라고."

"네. 그 작품은 위작이 맞아요. 고혼기 화백의 감독 없이 그린 그림이니까요. 그건 단순한 위작이죠."

"그러면 다른 작품들은?"

"이미 말씀드렸는데요. 다른 작품들은 진품이에요."

"그렇지. 당신은 계속 그렇게 생각하겠지."

홍정훈이 빈정거리듯 말했다. 그는 공허해 보였고 어딘가 먼 곳을 쳐다보고 있는 듯했다. 그녀가 아니라 아주 멀리 있는 그 누군가에게 빈정거리고 있다는 듯이.

그런 홍정훈을 김지연은 표독스러운 눈빛으로 쳐다보고 있었다.

"그런데 뭐가 문제죠?"

"세상 사람들은 그렇게 생각 안 할거니깐. 위작 화가가 그린 그림도 갤러리에서 작업한 거라고 생각할 거니깐."
"아니요. 그렇게 생각하지 않을 거예요."
"어째서 그렇게 자신하지?"
"그 그림은 고혼기 화백의 감독 없이 그린 거라고 말했잖아요."
"그걸 어떻게 증명하지? 과연 세상 사람들이 그걸 믿어줄까?"
김지연은 가만히 그를 쳐다보았다. 그녀의 얼굴에서 표독스러움이 점점 사라지고 여유 있는 미소가 돌아오고 있었다.
"거기엔 고혼기 화백의 스탬프가 찍혀 있지 않으니까요."
"내가 알아본 바로는 스탬프가 찍혀 있다고 하더군."
"네. 맞아요. 그런데 위조된 스탬프죠. 고혼기 화백은 일본 데뷔 시절부터 자신만의 스탬프를 써왔어요. 그건 위조가 불가능하죠. 고유한 문양에 특수한 잉크를 사용하니까요. 그리고 그 스탬프는 고혼기 화백이 한국에 왔을 때부터 내가 줄곧 관리해 왔어요."
홍정훈은 갑자기 웃음을 터트렸다. 그는 약간 실성한 사람처럼 고개를 끄덕이며 말했다.
"그렇군. 이제 알겠어. 당신이 왜 이렇게 태연한지. 위작 화가가 그림을 몰래 그리고 있는 걸 당신은 알고 있었어. 그렇지? 그리고 강청식 형사가 그 화가를 잡을 거라는 것도. 위작 그림을 국과수에 맡겨서 감정을 받아낼 거라는 것도. 당신은 예상하고 있었던 거야. 그러면 스탬프가 위조되었다는 사실이 밝혀질 거고. 그렇지 않다 해도 당신이 나중에 스스로 밝히면 될 테니깐. 전시회에 출품된 작품들은 물론 고혼기 화백의 스탬프가 찍혀 있겠지? 결국 진품과 위작의 차이를 만드는 건 그 스탬프 뿐이군. 화가는 결코 자신의 작품을 스스로 위작하지 않는다. 위작의 여부는 화가 스스로가 판단한다. 예술에 문외한인 나 같은 어중이떠중이들이 아니라."

두 사람 사이에 침묵이 자리 잡았다. 마치 바위처럼 크고 딱딱하고 날카로운 침묵이었다.

"더는 예술에 대해서 말하지 않을게요. 그게 당신을 오히려 배려하는 일인 것 같아요."

김지연이 느린 어조로 침묵을 조금씩 적시듯 말했다.

"그래. 고맙군."

홍정훈이 체념한 듯 고개를 끄덕였다.

"다른 방법은 없을 거야. 내게 예술에 대해 설명해도 내가 예술을 알 수 있는 길은 없을 테니깐. 하지만 이건 당신에게 말할 수 있어. 안타깝지만… 당신 뜻대로 되지 않을 거라고. 경선이 시작되면 여당 쪽에서 이 사건을 물고 늘어질 거야. 그러면 당신이 아무리 예술에 대해 강변을 해도 사람들은 어째서 2022년에 그린 작품이, 그것도 위작 전문가였던 사람의 손을 빌려서 그린 작품이 1980년대 작품이라는 가면을 쓰고 나와서 세상을 돌아다녔는지에 대해 납득하려 하지 않을 거야. 그것도 보통 사람들은 평생을 벌어도 모을 수 없는 엄청난 돈으로 거래되면서 말이지."

홍정훈은 말을 마쳤다. 그는 길게 한숨을 쉬었다. 그러곤 자리에서 일어났다. 김지연은 아무 대꾸도 하지 않았다. 그녀는 자신의 말대로 홍정훈에게 예술에 대해 설명할 생각이 없는 듯해 보였다. 하지만 그녀의 눈동자에는 파문이 일고 있었다. 처음으로 그녀가 두려움에 떠는 모습을 홍정훈은 보았다. 그녀는 고집스러운 조소를 입가에 머금고 있었지만, 누군가 그녀를 살짝 건들기만 해도 그 비웃음은 입술과 함께 얼굴에서 툭 하고 떨어질 것만 같았다. 마치 결코 울지 않으려고 이를 악물고 있는 초라한 아이와 같은 얼굴이었다.

그리고 홍정훈은 그녀의 얼굴을 가려주고 싶었다. 세상의 시선으로부터, 그리고 그녀 자신의 시선으로부터. 자신의 못생기고 두툼한 손으로 가만히 그녀의 쓸쓸한 얼굴을 지켜주고 싶었다.

"당신. 김형식 검사장을 너무 얕보지마. 그를 쉽게 믿지도 말고."
홍정훈은 애써 담담한 미소를 지으며 말했다. 마치 오늘 저녁 거르지 말고 꼭 챙겨 먹어, 라고 말하는 사람처럼.
"그렇게 도도한 미소를 짓고 있을 때가 좋아. 언제나 그렇게 웃었으면 좋겠어."

28.

검푸른 비가 추적추적 내리고 있다. 갤러리가 울창한 비의 숲에 잠겨 있다. 흰 건물은 창백해 보이고 빗속에서 오들오들 몸을 떨고 있는 것만 같다. 어디선가 고양이 울음소리가 들려온다. 간밤에 나쁜 꿈을 꾸었다는 듯이 흐느끼고 있다. 비속에 장례식 행렬처럼 검은색 승합차 여러 대가 나란히 들어와 갤러리 앞에 선다. 차량의 문들이 느리게 열리고, 검정 양복을 입은 검찰 직원들이 파란색 박스를 들고 내린다. 비가 그들의 어깨를 적시고 있다. 몇몇 남자의 어깨는 비에 녹아서 몽롱한 안개 속으로 사라진다. 고양이 울음소리가 들린다. 여전히 악몽을 꾸고 있다는 듯이, 가위에 눌려 입을 뻐끔뻐끔 거리고 있다는 듯이, 물고기 울음소리를 흉내내며 고양이들이 흐느끼고 있다. 표정이 흐릿한 검찰 직원들이 파란색 박스를 품에 안고 갤러리로 줄지어 들어간다. 빗소리에 잠긴 젖빛의 로비에서 갤러리 직원들이 검찰의 행렬을 막아선다. 어지러운 몸싸움이 벌어진다. 로비가 현기증에 빠진다. 로비에서 젖빛이 흘러내린다. 파란색 박스가 바닥에 떨어지고 묽은 분유처럼 인형들의 피부가 흘러나온다. 인형의 피부가 갤러리 로비 바닥을 적시며 흐느끼듯 느리게 계단을 올라간다. 2층 전시실로 향하는 계단 참에 수증기처럼 몽롱한 나이트 슬립을 입은 김지연이 서 있다. 그녀는 슬프고 짓궂은 미소를 지으며 어깨를 벌려 모두를 환영한다는 포즈를 취한다. 마치 무대의 이상한 배우처럼, 연극의 피날레를 장식하는 우아한 마녀처럼. 그리곤 고상한 몸짓으로 허리를 숙이고 두 팔로 인형을 퍼올려 가슴에 끌어안는다. 그녀의 품에서 인형이 흐느끼고, 분유빛 피부가 흘러내려 흰 발목을 적신다. 그녀의 발목이 젖빛 피부의 웅덩이에 잠겨 간다. 검찰이 인형의 피부 속을 첨벙거리며 다가가 압수수색 영장을 내민다. 그녀의 품에서 축 처진 채 자꾸만 흘러내리는 나신의 인형을 주워 담기 위해 김지연이 다시 허리를 숙인다. 검고 긴 머리카락이 가슴으로 쏟아지고 아름다운 목덜미가 아스라이 드러난다. 잠잠히 사람을 홀릴듯한 미염(媚艶)한 살빛이 그녀의 목덜미에서 축축한 각질처럼 떨어져 내릴 것만 같다. 비에 어깨가 사라진 검찰과 미술관 직원들은 여전히 계단과 로비에서 흑백영화의 무언극 배우들처럼 분주하게 돌아다니며 소리 없이 소란을 피우고 있다. 그녀가 회색의 혼백처럼 그들 사이로 스쳐 지나간다. 흘러내리는 인형의 피부를 품에 안은 채, 그녀가 높이 솟은 로비 천장을 올려다본다. 그녀의 입술에서 침이 흘러내리고 있다. 한 번도 보지 못한 그녀의 하얀 침방울이 도톰한 입술을 적신다. 가까이 다가가 입술을 닦아줘야 하는데, 예쁘지 못한 모습을 보여줘선 안 되는데, 때로는 침을 흘린 채 잠든 얼굴을 가리는 묵묵한 가면이 되어주고 싶었는데, 내가 잠든 새벽의 침대와 갤러리 로비 간의 거리는 너무나 멀다. 그러나 그녀의 입에서 물거품이 솟아올라 비눗방울처럼 천장의 하늘로 올라간다. 높고 아득한 갤러리 천장에 아련한 물거품들이 흘러 다닌다. 머그컵 속의 커피 향처럼, 인형이 잠든 욕조의 수증기처럼, 그녀의 피부가 멍울멍울 증발해 갤러리 천장으로 스며들고 있다.

홍정훈은 잠결에 손을 뻗었다. 로비의 천장으로 스며든 그녀의 피부를 어루만지려는 듯이. 뜨거운 관자놀이에서 땀이 흘러내려 베갯맡을 적신다. 축축하다. 비몽간에 그는 스멀거리는 얼굴과 목덜미의 땀을 닦아낸다. 밤새 신열에 시달린 것처럼 요와 베개가 온통 젖어 있다.

슬프고 기묘한 꿈이었다. 그녀의 몸에서 흘러나온 물거품들은 공허하고 아름다웠다. 갤러리 로비 천장은 높고 아득했고, 그 아래 로비에선 수많은 사람들이 흑백영화의 정신병자들처럼 아귀다툼을 벌이고 있는데, 그녀만이 오직 흘러내리는 피부의 인형을 안은 채 서서히 증발하는 자신의 나신을 보고 있었다. 희고 묽은 미음의 색감으로 로비 천장을 물들이며 은은히 떠다니는 몸의 수증기를 바라보고 있었다. 가슴이 아려오도록 슬프고 매혹적인 모습이었다.

어제 검찰에 있는 지인으로부터 연락을 받았다. 조만간 갤러리에 대한 압수수색 영장을 신청할 거라는 소식이었다. 이미 예상하고 있던 일이었다. 아마도 검찰은 위작 화가의 작업실 위치도, 그가 그림을 그릴 때 사용한 화구들도, 김지연이 몰래 멋대로 꺼내쓰고 있는 스탬프도, 그녀가 일본에서 위작 화가와 함께 귀국한 사실도 모조리 다 알고 있을 것이다. 자신이 김지연으로부터 구매한 고혼기 화백의 작품이 위작 화가의 작업이라는 것도. 압수수색은 그저 형식적인 것이었다. 증거를 모아 늘어놓고 언론에 유포하기 위한. 일종의 요란한 여론몰이에 지나지 않는. 그리고 그것은 홍정훈의 위선적인 가면을 벗기는 뉴스쇼와 김지연과 갤러리에 대한 망신주기가 될 터였다. 그녀가 그걸 감당할 수 있을까? 어느 날 갑자기 갤러리에 검찰과 기자들이 들이닥친다면? 검찰의 윽박이 그녀의 얼굴을 일그러트리고 카메라 플래시가 그녀의 눈을 아프게 한다면? 그래도 그녀는 그 차갑고 도도한 눈빛으로 미소를 짓고 있을 수 있을까?

어째서 나는 그런 철부지 여자를 사랑했던 것일까? 가슴이 시릴 정도로 아름답지만 결국엔 눈을 뜨고야 말 아름다운 몽유병 같은 여자를.

그녀를 처음 만났을 때의 모습이 생각난다. 조선호텔의 로비에 있는 까페에서 처음으로 그녀를 만났다. 까페의 프렌치 창으로 햇살이 벚꽃의 환영처럼 스며들던 날이었다. 그 눈부시게 아른거리는 햇살 속으로 그녀는 염염히 걸어들어 왔었다. 흡사 햇살에 사부작 번지며 천천히 그림자로 사라질 듯한, 고혹적인 인체의 실루엣처럼 보였다. 손을 대면 자신의 손도 봄날의 햇살 속에서 아른아른 그림자로 사라질 것만 같았다. 사람의 몸이 이토록 아름다울 수 있다는 것을 홍정훈은 그날 처음으로 느꼈다.

비록 엉뚱한 밤의 골목을 헤매고 다니게 만든 몽유병 같은 사람이었지만, 홍정훈은 그녀라는 아름다운 몽유병에서 깨어나고 싶지 않았다. 생각해 보면 자신은 깨끗하고 반듯하게 살아왔지만, 그 반듯함은 아름다움이 없는, 살아있음에 대한 도취와 미혹이 없는 건조하고 황폐한 사막과도 같은 삶이었다. 어쩌면 고혼기 화백과 별반 다르지 않은 삶이었을 것이다. 고혼기 화백이 예술이라는 자신의 고독한 성에서 자족하며 쓸쓸하게 살아온 것처럼, 자신도 결국 법이라는 건조하고 엄정한 들판에서 자유롭게 살아가고 있었다고 착각한 것은 아니었을까? 아버지가 가르쳐준 삶은 바르고 올곧은 삶이었다. 하지만 그 삶의 그 어떤 정직한 들판도, 그 들판에 피어 있는 메마른 법의 꽃들도 자신을 매혹시키지는 못했다. 꿈을 꾸게 하지도, 꿈속에서 길을 잃고 헤매게 하지도 않았다. 길은 언제나 같은 풍경으로 이어졌고, 그곳에 도착하면 또 다시 방향을 잃고 헤맬 염려가 없는 반듯한 길로 들어서야 했다. 하지만 김지연은, 나의 그녀는 방위가 혼혼한 안개 속에서 지워진 미로였다. 어디로 가고 있는지, 어떤 풍경이 기다릴지, 어디를 빙글빙글 헤매고 있는지 전혀 알려주지 않는 꿈속의 회전목마와 같은, 불길하고도 아름다운 동화의 세계였다. 그녀가 내게 선사한 것은. 내가 겪어보지 못한 사춘기의 뜨겁고 혼곤한 열병이었을 것이다. 중년의 나이에 접어든 사춘기의 위험한 봄날이었을 것이다.

홍정훈은 침대 벽에 비스듬히 누워 중얼거렸다. 그녀의 아름다운 물방울이 지금 내 방의 천장을 떠돌고 있다고. 나는 지금 그녀의 물속으로 자진하여 걸어 들어가고 있다고. 그녀를 사랑해서 참으로 좋았다고.

29.

비가 또 내린다. 세상은 온통 비의 숲이다.

사람들은 빗속을 걸어 출근했고 비의 수풀에서 하루를 보냈으며 빗속을 뚫고 집으로 돌아왔다. 그리고 빗소리를 들으며 저녁을 먹었고, 비가 내리는 꿈을 꾸며 잠이 들었다.

폭우가 한바탕 쏟아지고 난 다음 날, 하늘이 맑고 푸르게 갠 오후에 홍정훈은 대통령 경선에서 하차한다는 기자회견을 가졌다. 그의 기자회견문은 건조하고 담백했다. 그는 회견문에서 갤러리 나래와 위작 사건에 대해서는 한마디도 언급하지 않았다. 검찰이 비밀리에 내사를 하고 있는 정치자금에 대해서도 전혀 거론하지 않았다. 그는 다만 자신이 대권후보가 되기에는 정치적 자질이 부족하다는 사실을 토로했고, 그럼에도 자신을 믿고 지지해준 시민 여러분들께 송구하다는 말과 함께 깊은 감사의 마음을 전하고 싶다면서 회견을 마쳤다. 기자들의 질문은 받지 않았다. 그는 담담한 눈빛으로 기자 회견장을 잠시 둘러보고 나서, 깊이 고개를 숙여 인사를 하고는 자리를 떠났다.

그리고 다음 날은 다시 비가 내렸다. 꿈을 꾸듯이 느리게 대기에 퍼지는 안개비였다. 강변은 물안개가 피어올라 주변에 있는 아파트 단지는 회색의 구름 속에 잠겨 있는 듯했다. 건물들은 소리도 없이 내리는 안개비와 강물에서 피어오르는 뿌연 안개에 가려 흐릿하게 지워져 있었다. 그 흐린 하늘 어딘가에서 한 남자가 영혼을 잃은 인형처럼 천천히 떨어져 내렸다. 우산을 쓰고 강아지에게 비옷을 입힌 채 아파트 단지를 산책하던 한 여자가 멀리 하늘의 안개 숲에서 떨어져 내리는 인형 같은 남자를 보았다. 쿵! 하는 소리가 빗속에서 주변에 둔중하게 울렸다. 사람들이 점점이 모여들었다. 그는 잔디밭에 떨어졌고, 머리가 박살이 나서 핏물이 잔디를 염염히 적셨다. 그는 검은 양복을 입고 있었다. 마치 자신의 장례식에라도 갔다 왔다는 듯이. 사람들은 모두 환호하듯 슬퍼했고, 저마다 핸드폰을 들고 전화를 걸거나 사진을 찍어댔다. 경찰은 그 비극적인 구경이 다 지나고서야 왔다.

그는 이 아파트 건물 103동 25층의 주민이었다. 경찰은 그의 집을 수색했고 한 장의 유서와 동영상을 발견했다. 유서와 동영상의 내용은 동일한 것이었다. 그는 부디 자신의 죽음이 사회에 혼란을 일으키지 말았으면 한다는 당부의 말과 함께, 사랑하는 사람들에게 미안하다, 부디 자신을 잊어 달라, 라는 두 문장을 유언으로 남겼다.

30.

홍정훈이 죽고 일주일이 지났다. 언론에서는 그의 자살에 대한 여러 추측성 보도들이 쏟아져 나왔다. 트위터와 페북, 유튜브 등의 SNS 세계에서는 음모론이 넘쳐났다. 현 정부의 국정원이 홍정훈을 자살로 꾸며 죽였다는 위험한 발언을 서슴지 않는 정치 유튜버들도 있었다. 홍정훈을 지지하던 시민단체들이 검찰청 앞에서 그의 미스테리한 죽음에 대한 진상을 밝히라는 시위를 하기도 했다. 이러한 사회의 혼란을 우려한 홍정훈이 동영상으로 명시적인 유서를 남겼음에도 불구하고 사회는 그의 느닷없는 죽음에 대한 충격에서 좀처럼 헤어나오지 못했다. 저마다 자신들이 하고 싶은 말들을 했고 또 저마다 그것을 진실이라고 생각했다. 그러나 놀랍게도 어느 미디어에서도 갤러리 나래와 그의 죽음에 대한 관련성을 언급하는 곳은 없었다. 갤러리 나래의 위작 스캔들이 그를 죽음으로 몰고 갔을 지도 모른다는 사실을 보도하는, 아니 암시조차 하는 언론이 없었던 것이다. 몇몇 정치 유튜버들이 비련의 약혼녀 김지연 관장 운운하면서 홍정훈과 김지연 관장의 약혼 사실을 언급하는 방송을 하기는 했으나, 그의 비극적인 죽음을 가십성 연애담으로 소비하는 행태에 대해 대중들의 원성과 질책을 샀을 뿐이다.

갤러리 나래의 위작 스캔들은 말 그대로 스캔들로 끝나버렸다. 위작 화가가 체포되고 다음날 김지연 관장은 직접 경찰을 방문했다. 그녀는 국과수에 의뢰해 양정호 회장이 소장한 작품과 위작 화가로부터 압수한 작품에 찍힌 스탬프들을 비교 감정해 줄 것을 의뢰했다. 그 결과 경찰이 압수하고 있는 작품에 찍힌 스탬프와는 달리 양정호 회장의 그것은 진짜 고혼기 화백의 스탬프임이 밝혀졌다. 그녀는 언론을 통해 고혼기 화백의 어시스턴트가 무단으로 비속의 나신 한 점을 모작했지만, 전시회에서 공개한 다른 모든 작품들은 고혼기 화백의 진품이라는 사실을 발표했다. 양정호 회장 역시 티비에 나와 이 모든 소동이 자신의 오해에서 비롯되었음을 시인한다는 인터뷰를 가졌다. 결국 경찰이 압수한 위작품이 도리어 다른 작품들의 진정성을 공개적으로 보증해준 셈이 되었던 것이다.

홍정훈은 헛되게 죽었지만, 어떤 점에서 그의 죽음은 결코 헛되지 않았다고 강청식은 자조하듯 생각했다. 어쨌든 그의 바람대로 모든 위작 사건 조사가 끝나고 말았으니 말이다. 홍정훈의 죽음은 그래서 더욱 쓸쓸하게 여겨지는 것이었다. 그리고 자신이 그를 죽음으로 몰았다는 생각을 강청식은 지울 수 없었다.

조용히 세상을 적시는 빗소리처럼 숨죽인 피아노 소리가 딸의 방에서 흘러나왔다. 강청식은 거실 소파에 앉아 딸이 거실에 흘려보내는 피아노 소리에 귀를 기울였다. 그것은 마치 조용히 아버지에게 말을 거는 딸의 소심한 몸짓처럼 여겨졌다. 딸은 아버지가 거실에 있다는 사실을 알고 있었다. 그녀가 거실로 나오지 않는 것이 그 증거였다. 아내는 그가 집에 없을 때는 딸이 거실에 나와 자신과 함께 조용히 음악을 듣거나 식사를 함께 하기도 한다고 했다. 아내는 거짓말을 할 사람이 아니었다. 그런데 과연 자신은 아내에 대해서 얼마나 알고 있는 것일까? 처음 신혼의 몇 달 이후로 자신이 아내와 충실한 시간을 보낸 적은 없었다. 심지어 그는 아내가 평소에 어떤 옷을 입고 어떤 식사를 즐겨 하며 어떤 티비 프로그램을 좋아하는지조차 알지 못했다. 결국 자신은 아내에 대해서 사실 아는 것이 아무것도 없었던 것이다.

어쩌면 아내는 이 모든 비극이 온전히 강청식의 탓이라고 은근히 돌려 말하고 있는 것이 아닐까? 딸의 방에서 흘러나오는 피아노 소리는 아버지와 소통하고 싶어 하는 딸의 안쓰러운 몸짓이 아니라, 그저 아버지가 듣지 못하도록 자신의 기척을 지우고 싶어 하는 딸의 고집스러운 몸부림에 불과한 것이 아닐까? 마치 그가 벽에 귀를 대고 딸의 기척을 훔쳐 듣고 있다는 듯이. 저 피아노 소리는 한때 아버지와 딸이 함께 호흡했던 공기와도 같은 것이었다. 하지만 이제 피아노 소리는 그저 벽에서 흘러나오는 안개와도 같은 것이 되었다. 딸의 기척은 저 안개 속에서 가뭇없이 사라져버렸다.

*

"진짜로 옷을 벗을 거야?"
아내가 물었다. 모처럼 아내와 함께 하는 점심식사 자리였다.
"응. 벗기 싫어도 벗어야 될 지도 몰라."
"그래서 요즘 매일 집에 박혀 있는구나. 지난번 김지환 선배 사건 때문이야?"
"응. 그것도 있고. 이번에 갤러리 나래의 위작 건을 수사하다가 내가 조금 선을 넘었거든."
아내는 말없이 고요한 눈으로 강청식을 쳐다보았다. 아내의 눈은 늘 저렇게 고요하고 잔잔했다. 마치 감정을 잃은 사람처럼, 혹은 오래전에 감정을 놓아준 사람처럼, 그녀는 무심한 듯 고요하게 가라앉은 눈빛으로 강청식을 바라보곤 했다.
"그래. 근데 형사 생활을 하지 않고 살아갈 수 있겠어? 당신은 형사일 외에는 아무것에도 관심이 없는 사람이잖아."
"뭐라도 해야지. 먹고 살려면. 탐정 같은 거라도 해볼까?"

"이런 상황에서도 농담이 나오네. 당신은."

아내는 살포시 웃으며 말했다. 그러곤 놀랍게도 식탁으로 손을 뻗어 강청식의 손등을 매만졌다.

"난 당신이 뭘 하든 괜찮아. 당신은 원래 그런 사람이니깐. 그래도 어디 가서 노름을 하거나 바람을 피거나 하는 그런 남자는 아니잖아."

"응. 난 그런 재주가 없어서."

강청식은 갑자기 쑥스러워져서 얼굴을 붉혔다.

"하지만 돈은 벌어와야 돼. 꼬박꼬박."

아내의 입가에 싱긋 미소가 깃들었다.

"근데 갤러리 나래 건은 진짜 해프닝이야?"

"음…"

"또 말하기 싫은 거야."

아내가 살짝 삐친 듯 눈썹을 찌푸렸다.

"음. 아무래도 회사 일이니깐."

강청식은 얼버무리는 듯한 어조로 말했다. 그렇게 말하고 나니 새삼 미안한 마음이 들어 그는 아내의 시선을 피했다.

"곧 잘릴 회사면서. 잘난 척하기는."

아내는 얄미워 죽겠다는 표정을 지었다.

"근데 내 생각은… 난 뭐 미술학원 강사에 지나지 않지만 그래도 한때 미술을 했던 사람이잖아. 내 생각엔 갤러리 측에서는 위작을 했어도, 자신들은 위작을 했다고 생각 안 할 거 같아."

강청식은 아내를 바라보았다.

"내 주변에 미술하는 사람들은 다 그렇게 생각해. 처음에 뉴스에 나왔을 때 감정연구원이 그랬잖아. 고혼기 화백이 소장하고 있는 비속의 나신 그림들인데, 그림에 쓰인 미술 재료는 1980년대 것이 아니라 2022년 거라고. 그러면 사실 위작이지. 그런데 만약 고혼기 화백이 직접 위작에 참여한 거라면, 적어도 고혼기 화백은 위작이라고 전혀 생각 안 하고 작업했을 것 같아."
"그게 무슨 뜻이지?"
"작가들은 자신만의 세계가 있으니깐."
"……"
"조수가 있었다면서? 뉴스를 보니깐 그 조수가 멋대로 위작을 한 점 그린 건 맞는데, 전시회에 공개한 작품들은 진품이라고 하더라구. 고혼기 화백이 직접 증명서까지 써줬다고 하던데."
"음…. 그랬지."
강청식은 가만히 고개를 끄덕였다.
"그런데 생각해봐. 그 조수하고 작업한 최근 작품들은 왜 공개를 안 하지? 고혼기 화백은 원래 조수를 안 쓰고 자신이 데생부터 색채까지 모든 작업을 혼자 다 했던 사람이야. 자신의 작품에 대한 고집과 자부심이 대단한 사람이거든."
"그런데?"
"그런데 왜 그런 사람이 이제 와서 조수를 썼겠어?"
"…"
"자신이 더이상 붓을 들 힘이 없으니깐 그랬겠지."

"그렇지."

강청식은 목이 타는 듯했다. 그는 무심결에 주머니에 손을 넣고 담배를 만지작거렸다.

"근데 최근에 조수를 써서 그린 그림들은 없잖아? 아니면 있는데 공개를 안 한 거야? 그것도 이상하잖아. 최근에 그린 그림들은 한 점도 공개 안 하면서 1980년대 히트작만, 그것도 자신이 소장하고 있던 작품들이라면서 뒤늦게 공개하는 게."

"근데 왜 고혼기 화백은 위작이라고 생각 안 할 거라는 거야?"

강청식은 아내의 얼굴을 뚫어져라 쳐다보며 물었다.

"뭐랄까? 그게 보통 사람들은 이해하기 힘든데, 세계에서 제일 유명한 현대 미술가 중에 제프 쿤스라는 사람이 있어. 그 사람은 그야말로 스타 작가야. 고혼기 화백보다 훨씬 유명한. 그런데 그 작가는 자기가 직접 그림을 그리지 않아. 작업을 시작할 때 자신이 아이디어를 내고 그 아이디어에 따라 지시 감독을 받으면서 그리는 사람들은 따로 있어. 한마디로 제프 쿤스의 조수들이지. 어쩔 때는 붓 터치 한 번 하지 않을 때도 있다니깐. 그럼 당신은 그 작품이 제프 쿤스의 작품이라고 생각해? 아니면 조수들의 작품이라고 생각해?"

"나도 지난번에 위작 수사를 하면서 그런 조수들을 작가들이 쓴다는 건 알고 있었어. 하지만 나 같은 보통 사람들은 이해하기 힘들지. 그런 식이라면 생각만으로도 미술 작품이 되는 거잖아."

"그렇지. 근데 예술적 영감과 재치만 있으면 굳이 조수를 필요로 하지 않는 작업들도 있어. 왜냐면 그 아이디어가 거의 예술 작품의 전부거든. 그건 예술 창작이란 무엇인가? 라는 근본적인 물음에서 시작하는 거야. 예술은 사물을 작품으로 변형시키는 거잖아. 그런데 그 사물을 변형시키는 작업은 과연 무엇인가? 라는 거야. 꼭 사람의 숙련된 솜씨로 사물을 복잡하게 가공해야만 예술이 탄생하는 건 아니라는 거지. 진짜 예술은 예술가의 정신에서 나오는 것이니깐, 그 정신 자체가 사물을 변형시켜 예술을 만들 수 있다는 거야. 예를 들어 고혼기 화백이 젊었을 때는 도화지에 새의 깃털을 떨어트려 놓고는 그걸 새가 품은 바람의 무늬라고 발표를 했었어. 그때는 그런 작품들을 많이 했었지. 그런데 그건 당신도 할 수 있는 거잖아. 아무나 그런 생각을 하면 그런 작품을 만들 수 있는 거지. 이런 걸 예술에서는 개념미술이라고 하는데…"

"그런데?"

"아마 고혼기 화백은 그렇게 생각하지 않을까? 자신은 지금 1980년대를 현재로 소환해내는 작업을 하고 있다고. 그러니까 1980년대 작품이라고 명명을 하는 것만으로 1980년대 작품이 된다고 생각을 할 수도 있잖아. 고혼기 화백은 자기 작품을 소재로 하여 새로운 개념미술을 하고 있는 거지."

"…"

강청식은 입이 바싹 타들어가는 듯했다. 그는 무심결에 물컵을 들어 목을 축였다.

'모든 비속의 나신들은 내 안에서 흘러나온 것들이네.'

고혼기 화백이 말이 생각났다. 그는 그림에 쓰인 물감은 그저 재료일 뿐, 그림은 자신의 정신으로부터 나오는 것이라고 말했었다. 그때는 위작을 인정하지 않기 위해 둘러대는 뻔뻔한 변명이라고 생각했었다. 그런데 지금 생각해 보니 그건 변명이 아니었다. 그는 진심으로 말했던 것이다.

"근데 이번 주말에 시간 있어?"

"응? 아! 응…."

강청식은 골똘히 생각에 빠진 채 건성으로 대답했다. 이렇게 무언가에 집중할 때 그는 넋을 잃고 꿈을 꾸는 건달처럼 보이곤 했다. 느닷없이 예술적 영감이 찾아와 무아지경에 빠져버린 위험하고 불량한 남자. 아내가 한때 사랑했던 강청식의 모습, 오랜만에 그런 무아경에 빠진 남편의 얼굴을 보면서 아내는 살며시 미소 지었다.

"아니 이번에…. 이번 주말에…."

"응…."

'그렇다면 더 늦기 전에 고혼기 화백을 만나야 한다.'

강청식은 손톱을 깨물었다. 손톱 끝에서 담배의 역한 향이 느껴졌다.

"이번 주말에…. 그러니깐……."

"어, 미안한데 나중에 얘기하면 안 될까?"

집요하게 손톱을 물어뜯으면서 강청식은 입술로 말을 흘렸다. 그러곤 식탁에서 일어나 거실 테이블에 놓아둔 차 키를

집어 들었다.
"아니, 저녁을 세나랑 먹기로 했어."
"……."
어디선가 드뷔시의 달빛이 잠시 거실로 흘러들어오는 듯한 기척이 느껴졌다. 딸의 방에서 들려온 것일까? 아니면 그저 환청이었을까?
"밖에서……, 밖에서 말이야."
아내가 조용히 말을 덧붙였다. 서둘러 나가던 강청식이 현관문 앞에서 아내를 돌아보았다.
아내는 고개를 숙이고 식탁을 치우고 있었다. 그녀의 헝클어진 머리 타래가 관자놀이에 바랜 엉겅퀴처럼 모여 있었다. 방금 아무 말도 안 했다는 듯이. 그녀는 무심히 그릇들을 쟁반에 담고 있었다. 천천히 꿈속에서 저녁 식탁을 치우고 있다는 듯이.
그리고 딸의 방에서 조용히 드뷔시의 달빛이 흘러나왔. 집을 나서는 강청식의 발목에 달빛이 흥건히 젖어 들었다. 체온으로 따스한 달빛이었다.

31.

"관장님 식사 준비되었습니다."
가정부가 문을 노크하는 소리가 들렸다. 침실문은 두꺼운

참나무였다. 목홍빛 조명이 스산히 배어있는 어둠 속에서 그것은 누군가 나무 속에서 이쪽을 향해 노크를 하고 있는 소리처럼 들렸다.

김지연은 아무런 대답도 하지 않았다. 가정부가 잠시 기다리다 조용히 발걸음을 돌리는 기척이 났다. 복도에 놓인 양탄자를 사푼사푼 고양이처럼 걸어서 사라지는 소리가. 그리고 이윽고 침실의 조명과도 같은 깊고 붉고 아득한 정적이 찾아왔다.

홍정훈이 죽기 전 그녀는 위작 스캔들 건을 마무리하느라 분주했었다. 경찰서에 구류되어 있는 위작 화가는 변호사를 써서 빼낸 후에 그 길로 바로 일본으로 귀국시켰고, 역시 변호사를 통해 국과수에 고혼기 화백의 스탬프에 대한 비교 감정을 의뢰했다. 그리고 도쿄에 있는 감정기관에서 발급한 감정서를 모든 언론에 뿌렸다. 홍정훈이 죽기 하루 전은 그러한 작업이 결실을 맺은 날이었다. 언론들은 대체로 이번 사건을 양정호 회장의 오해로 빚어진 스캔들로 취급했다. 갤러리 나래는 한국 최고의 화랑으로서의 명예를 회복했다.
그리고 다음 날 홍정훈이 죽었다.
장례는 간소하게 치렀다. 조문은 받지 않았다. 하지만 정치계와 법조계의 많은 인사들이 홍정훈의 죽음을 슬퍼하는 얼굴을 보이기 위해 삼삼오오 모여들었다. 그들 중에는 김형식 검사장의 얼굴도 있었다. 그는 밤새 울었다는 듯이 얼굴이 퉁퉁 불어 나타났고, 그녀의 어깨를 다독이며 애써 울음을 참는 듯 입술을 오물거리다 흐느꼈다. 입에서 역한 하수구 냄새가 났다. 홍정훈의 영정 앞에서 절을 할 때는 짐짓 휘청거렸고, 홍정훈의 어머니 손을 잡고는 어머니! 우리 정훈이가 어떻게 이럴 수 있어요? 이건 아니에요. 이건 정말 아니에요. 이렇게 불효막심하게 떠나선 안 되는 거예요, 라고 통곡하면서 어머니의 가녀린 어깨를 뽑을 듯이 손으로 잡고 바닥으로 쓰러지는 시늉을 했다. 참으로 보기 좋은 신파극이었다. 그리고 공교롭게도 김형식 검사장이 신파극을 연출하고 난 직후, 여당의 김우근 대표가 수많은 의원들을 대동하고 나타났다. 그는 엄숙하게 자신의 대권을 위협했던 한 남자의 쓸쓸한 말로를 위로하려는 듯 침통한 표정으로 향을 사르고 망자에게 절을 올렸다. 돌아가는 길에 김우근 대표는 김형식 검사장과 어깨를 스치듯 인사를 나눴다. 회사 밖에서는 서로를 모르는 척하기로 한 직장 동료들처럼. 일에 관한 대화는 그들의 은밀한 사무실에서만 나누는 엘리트 회사원들처럼.

그리고 많은 시민들이 장례식장이 있는 병원 앞에 꽃다발을 놓고 갔다. 시신은 화장했고 경기도에 있는 한 묘역에 안치했다. 그가 죽던 날처럼, 하관이 있던 날도 비가 내렸다. 하늘은 화창했고 햇살은 눈부셨다. 비는 그 햇살 속으로 내렸다. 점점이 묘역을 떠도는 여우비였다.

김지연은 그녀의 가족들과 함께 홍정훈의 마지막 길을 배웅

했다.

가족들은 모두 울었지만 그녀는 울지 않았다.

그녀는 마치 집에다 슬픔을 두고 온 사람처럼 굳은 얼굴로 서 있었을 뿐이다.

김지연은 손을 뻗어 협탁에 있는 조명등을 껐다. 어둠의 심장 같은 연붉은 조명이 사라지자 침실은 적막의 공간이 되었다. 어둠조차 사라져 버린 것 같았다. 그녀는 몸을 동그랗게 웅크리고 자신의 종아리를 만졌다. 종아리에서 허벅지를 거쳐 알몸의 복숭아처럼 유혹적인 골반을 지나 미끈한 허리로, 그리고 회귀하는 물고기처럼 그녀의 손은 계속 상류하여 따스한 유방의 기슭에 닿았다. 거기서 손은 유령처럼 스윽 올라와 목을 움켜쥐었고, 도도하게 표정을 잃어버린 얼굴을 감싸 안았다. 이윽고 손을 떼자 그녀의 손바닥에 표정이 묻어났다. 표정에 깃든 감정들이 그녀의 손금 속으로 스며드는 것 같았다.

그녀는 혀로 손금을 핥았다. 감정의 맛은 짜고 비릿했다. 홍정훈의 몸에서 나던 체취가 생각났다. 그녀가 그의 몸을 핥을 때 이런 맛이 났었다. 그가 그녀의 몸을 핥을 때도 이와 비슷한 맛이 났을까?

김지연은 몸을 조금 돌려 협탁에 있는 조명등을 켰다. 미미한 심홍빛 조명이 몽환처럼 침실을 밝혔다. 어둠이 다시 방 안에 차올랐고 어둠의 심장이 두근거렸다. 그녀와 오랜 세월을 함께 해온 고혹적인 가구들은 불그스름한 빛살 속에서 심령이라도 지니고 있다는 듯이 기괴해 보였다. 자신의 수치스런 알몸을 알고, 히스테릭한 슬픔을 알고, 또 자신의 배신을 아는 가구들이었다. 김지연은 이 낡은 가구들을 올바른 자리에 배치하기 위해 섬세한 배려를 아끼지 않았었다. 넓고 휑한 침실은 르네상스 신전 양식의 몰딩으로 분할되어 있었고, 통로 이쪽에 우미한 침대가, 통로 저편에 기괴한 넝쿨 장식이 삼켜버린 화장대가 놓여 있었다. 그 옆에 욕실이 이어져 있는데 목욕을 마치고 나올 때면, 심홍빛 수증기에 스며들어 있는 자신의 나신을 홍정훈은 아득한 눈빛으로 바라보곤 했었다. 바로크와 로코코 풍의 가구들이 중세의 기사처럼 서서 쓸쓸히 지키고 있는 이 적막한 공간에 아름다운 체취를 풍기며 들어온 사람은 홍정훈이 처음이었다. 그녀가 오랜 시간 홀로 꿈을 꾸며 완성한 그녀의 침실이라는 작품에.

그리고 그녀를 그토록 모욕감에 빠트린 사람도 홍정훈이 유일했다. 그는 그녀의 삶이라는 이상을 배신한 유일한 남자였다.
한때 배신할 수 있었던 유일한 연인이었다.

32.

강을 건너는 교량 밑으로 비가 내린다. 비는 교량에서 흘러내리는 검은 머리카락처럼 보인다. 그 머리카락 속을 비집고 은빛의 세단 한 대가 천천히 다가와 교각 밑의 공터로 들어선다. 그리고 반대편에서 검은색 SUV 차량 한 대가 다가온다. 그들은 서로 스쳐 지나갈 듯 옆으로 나란히 선 채 잠시 정차한다. 마치 누군가 정지화면을 누른 것처럼, 교량에서 쏟아지는 비도 한없이 정지하고 있는 것만 같다. 끝없이 정지하면서 쏟아지는 검은 빗줄기들.
강변의 숲속에서 울고 있는 빗소리와 빠르게 헐떡이는 강물 소리만이 요란하게 사위를 감싸고 있다.

은색 세단의 창문이 내려가고, 희멀건한 팔이 빠져나온다. 누런 서류봉투가 두껍고 뭉툭한 손에 들려 있다. 검은색 SUV 차량에서 검정 양복을 입은 날렵한 팔 하나가 나와 서류봉투를 건네받는다. 희멀건한 팔뚝에 망치처럼 달린 뭉툭한 손과 세련된 검은 양복 소매에서 스르르 빠져나온 거무튀튀한 손이 판토마임을 하듯 잠시 빗소리 가득한 허공에서 몸짓을 나누곤 다시 창으로 들어간다.
"이거면 될 거야."
"그럼요 이거면 충분합니다, 총… 아니 죄송합니다."
"됐어. 듣는 사람도 없는데. 하지만 앞으론 조심해. 사람은 말 한마디 잘못해서 골로 가는 거야."

"네. 알겠습니다."

"어쨌든 나도 마음이 편하지 않아. 벌써 아끼는 후배 한 명을 보냈는데, 또 보내야 하니 마음이 영 불편하네. 고통 없이, 응, 지난번처럼 지랄 맞게 하지 말고."

"네. 저희도 깔끔한 게 좋습니다."

"김지환이 그렇게 마음이 무를 줄 알았나? 원래 고지식한 놈이긴 했어. 하지만 그래서 더 쓸모가 많았는데 말이야."

"네 강청식 형사는 감쪽같이 속았죠."

"속았는지 속은 척 했는지 그놈은 음흉한 데가 많아서 알 수가 없어. 그래봤자, 어차피 다 끝났네. 하지만 조심해야 돼! 그놈이 어떤 놈인지는 잘 알고 있지? 그렇게 무턱대고 총질을 해댈 줄은… 완전 미친 놈이야. 그놈은! 하기사 덕분에 자네가 덕을 봤구만."

"아뇨. 저도 형님을 그렇게 보낸 게……."

"능구렁이 같은 놈!"

"네? 제가요?"

"그래. 능구렁이 같은 놈이라고."

"아이구 왜 그러십니까? 총… 아니, 전 시키는 대로만 할 뿐인데요."

"어쨌든 시끄럽지 않게, 깔끔하게 끝내게. 일이 잘못되면 자네만 죽는다는 거 잘 알고 있지?"

"알고 있습니다. 걱정하지 마십시오."

"처리가 끝나고 나면 윗분들에게 전달할 배추 뭉치들 잘 준비하고."

"네. 알겠습니다."

은빛 세단의 창문이 스르르 닫힌다. 정지되어 있던 비들이 다시 쏟아지기 시작한다. 교각 아래 머리카락의 숲이 짙어진다.

검은색 SUV 차량에서 짐짓 경례를 하는 듯한 손짓이 어렴풋이 보인다. SUV의 창문도 닫힌다.

빗소리가 무성하게 엔진소리를 덮는다. 빗소리 속에서 두 개의 엔진이 조용히 숨을 내뱉는 소리가 들린다.

은빛 세단이 떠난다. 검은 SUV 차량도 미끄러지듯 교각 밑을 빠져 나온다.

비가 점점 거칠어진다. 바람이 불어와 교량의 머리카락이 사방으로 휘날린다.

검푸른 강물이 몸을 꿈틀대며 흐르고, 어두운 습지의 무성한 수풀이 비바람 소리를 내며 운다.

차량의 흔적은 이미 어렴풋하다.

교각이 빗속에서 서서히 지워지고 있다.

33.

"자네는 투박한 손을 갖고 있어. 젊고 건강한 손이네만, 섬세하고 아름답지는 않네."

고혼기의 눈은 음침하고 불가사의한 빛을 띠고 있었다. 그는 훔칠 듯이 강청식의 손을 오래 노려보다가, 별 대단한 것도 아닌데 너무 오래 보고 있었다는 듯 흥! 하고 시큰둥한 표정을 지었다. 그러더니 오래전 자신의 손이 얼마나 아름다웠는지, 어떻게 자신의 망막에 고여 든 여인의 나신이 오래 몸속을 떠돌다 붓을 든 손으로 흘러나와 도화지에 아련히 스며들 수 있었는지에 대해 한참을 떠들어댔다. 그는 강청식을 전혀 기억하지 못하고 있는 것처럼 보였다가도, 갑자기 불쑥 화를 내면서 양회장 같은 천박한 놈이 데리고 다니는 수하라느니, 감히 자신의 작품을 의심하고 모욕했다느니 역정을 부리면서 노구를 부르르 떨었다.

강청식은 조바심이 났지만 인내심을 갖고 그의 이야기를 조용히 경청했다. 일단 그가 무슨 이야기를 하든 들어주기로 했던 것이다. 고혼기는 평소처럼 울창한 혼효림이 바라다보이는 넓고 푹신한 소파에 앉은 채, 강청식의 몸을 숲의 바닷가에 세워진 조각상이라는 듯이 꼼꼼한 눈빛으로 관찰하다가 느닷없이 음흉한 미소를 지으며 자네는 김지연을 사랑했구만, 하면서 킬킬킬 웃어댔고, 그러다가 또 강청식이 전혀 눈에 보이지 않는다는 듯이 슬프고 망연해 보이는 얼굴로 점점 어두워져 가는 검은 숲을 바라보았다. 멀리서 빗소리가 다가오는 것이 들렸고, 비는 이 집에 곧 도착할 예정이라는 듯이 서늘한 습기를 몰고 오면서 어스름한 거실을 축축히 적셨다.
"그런데 왜 커피는 안 마시나?"

고혼기는 테이블에서 차갑게 식고 있는 커피잔을 눈으로 가리켰다.
"자네는 기자라고 했지?"
그가 눈을 가늘게 뜨면서 물었다.
"아니요."
"그럼 자네는 화가라고 했나?"
강청식은 조용히 고개를 저었다.
"그럼 자네는 변호사인가?"
"아닙니다. 화백님. 저는 형사였습니다."
"형사?"
"경찰에서 나왔나?"
"아니요. 얼마 전까지는 경찰에 있었습니다."
"그런데 자네는 왜 여기에 있나?"
강청식은 몸을 앞으로 당겨 테이블에 팔꿈치를 괴고 가만히 고혼기의 얼굴을 쳐다보았다. 그는 무슨 좋은 꿈이라도 꾸는지 멍한 눈으로 입가에 히죽이는 미소를 띠고 있었다. 너무 해맑아 보여서 오히려 기괴하게 느껴지는 얼굴이었다. 얼핏 그가 치매가 아닐까 강청식은 의심해 보았다. 하지만 그를 한 시간째 가만히 관찰하는 동안 강청식은 그가 치매가 아니라고 확신했다. 치매라고 하기에는 묘하게 고혼기가 마음 속에 그리는 영상대로 대화를 이끌어가고 있다고 생각되었기 때문이다. 그는 아마 이런 식의 대화를 아주 오래전부터 해왔을 것이다. 예술가로서 세상의 주목과 찬사를 받고 나서부터, 그는 타인을 앞에 두고 자신과 대화를 하는 방식을 익혔을지도 모른다.

"그래서 왔구만?"

늙은 얼굴에서 해맑은 미소를 갑자기 거두며 고혼기가 느닷없이 물었다.

"네?"

"위작이 아니다, 아까 그 말을 하러 왔다면서?"

"아… 네…"

"음, 근데 왜 전에는 위작이라고 했었나?"

"그때는 예술에 대해 전혀 몰랐으니까요."

"지금은 알고 있나?"

"지금은…"

강청식은 혀로 입술을 축였다.

"지금도 예술에 대해서는 모릅니다. 하지만 선생님 작품이 위작이 아니란 것을 조금 알게 되었습니다."

강청식은 느릿느릿하게, 하지만 확고하게 단어에 방점을 찍으며 말했다.

"어째서 그렇게 생각했나? 김지연이 그렇게 시키든가? 아니면 양회장이?"

고혼기는 거만한 눈빛으로 강청식을 내려다보려고 했다. 하지만 강청식의 앉은 키가 그보다 훨씬 컸기 때문에 그의 시선은 공허하게 허공을 떠돌았다.

"아닙니다. 전에 선생님이 말씀하신 것이 생각났습니다."

강청식은 다시 한 번 혀로 입술을 축였다. 그러다 앞에 놓인 커피가 생각났고 천천히 커피잔을 들어 한 모금 마셨다.

"그때 선생님은 말씀하셨죠. '모든 비속의 나신들은 내 안에서 흘러나온 것들이다'라고요. 그때는 그 말씀이 무슨 뜻인지 몰랐습니다. 그저 사람들을 기만하려는 뻔뻔한 거짓말이라고 생각했죠."

"자네는 참 말을 무례하게 하는 재주가 있구만."

고혼기는 흥미로운 듯 심술궂은 미소를 지으며 말했다.

"네. 저의 오랜 말버릇입니다. 죄송합니다. 그렇게 들리셨다면…. 어쨌든 계속 말씀드리죠."

강청식은 허리를 똑바로 펴고 자세를 고쳐 앉았다.

"선생님이 하신 말씀은 뻔뻔한 거짓말이 아니었습니다. 선생님은 그때 진심으로 말씀하셨죠. 다른 화제에 관한 것이라면 선생님도 거짓말을 하실 때가 있는지도 모르겠습니다. 하지만 작품에 관해서라면? 절대로 추호의 거짓말도 안 하시겠죠. 절대로 타인들이 선생님의 작품에 대해 멋대로 생각하는 것 또한 용납하지 않으실 겁니다. 글쎄요, 저는 그 심정을 감히 헤아리지는 못하겠습니다. 자식을 대하는 부모의 심정 같은 것이라고 할까요?"

고혼기는 묵묵히 이야기를 듣고 있었다. 그의 눈빛은 묘하게 비웃는 듯한 슬픔을 띠고 있었다.

"비속의 나신들은 모두 내 안에서 흘러나온 것들이다. 선생님의 이 말씀은 말씀 그대로의 뜻이었습니다. 저는 어째서 선생님이 그토록 작품에 대해 자부심을 갖고 계시는데 뻔뻔하게도 2022년에 만든 작품을 자신이 소장하고 있던 1980년대 작품이라고 했을까 곰곰이 생각해 봤습니다. 그러다가 알게 되었죠. 비속의 나신들은 말 그대로 선생님의 몸속에서 흘러나왔다는 것을요. 선생님이 소장하고 계셨다는 1980년대 작품은 여기 이 집이 아니라 바로 선생님의 몸속에 두고 계셨던 것이 아닙니까? 그것을 지금에 와서 어시스턴트의 손을 빌려 다시 끄집어낸 것이지요. 그러니 그 작품은 2022년의 미술 재료로 만들어졌지만, 정확히는 1980년대 작품인 것이지요. 마치 현대의 액자에 담긴 과거의 그림처럼요. 선생님은 자신의 몸속에서 과거의 작품들을 소환해 오신 겁니다."
강청식은 단숨에 말했다. 고혼기는 여전히 묵묵한 얼굴을 유지하고 있었다. 비웃는 듯한 눈빛은 서서히 흐려지면서 비로소 강청식의 상이 그 눈동자에 고이고 있는 듯했다. 처음으로 보는 고혼기의 진지한 표정이었다.

높은 박공지붕으로 빗줄기가 쏟아지는 소리가 들렸다. 고혼기는 천천히 시선을 돌려 강청식의 등 뒤에 펼쳐진 검은 숲을 바라보았다. 그의 눈은 몽연하고 아득해 보였다. 마치 검은 동공에서 비에 젖고 있는 수림이 줄줄 흘러내릴 것처럼.
"그건 우연이 아니야. 운명인 게지. 처음엔 나도 김지연이 만들어낸 아주 짓궂은 우연이라고 생각했었다네."
여전히 비 내리는 수림에 시선을 둔 채로, 고혼기가 멍하니 꿈을 꾸듯이 입을 열었다.
"하지만 곰곰이 생각해 보니 그건 김지연의 욕심을 이용해서 운명이 내게 다가온 것이었네. 그런 것도 모르고 김지연은 나를 우롱하고 있다고 생각하며 속으로 좋아했겠지."
고혼기의 눈빛에 음흉한 장난기가 번뜩였다. 그는 강청식을 돌아보며 늙고 교활한 임금처럼 입가를 비틀어 웃어 보였다.
"그런데 변호사라고 했지? 나에 대해 좀 조사를 해온 모양이군. 알고 있겠지만, 난 평생 어시스턴트 따위에게 한 번도 내 작품을 그리는 걸 허락해 본 적이 없었다네. 내 작품은 오로지 내 몸속에서 나오는 거야. 그러니 작품을 여기서 꺼내기 위해선 바로 내 손이 필요하지. 하지만 내 손은 늙었다네. 보게 온통 검버섯 뿐이군. 이제 이 손목으로는 붓을 단 1분도 들고 있을 수 없다네. 나는 여태까지 내 자식들을 산파의 손을 빌려 낳아본 적이 한 번도 없었어. 내 아이를 산파 따위의 손에 맡길 수는 없지 않은가? 하지만 나도 늙었네. 내 손으로는 아이를 낳다가 아이를 죽여버리고 말게야. 그래서 나도 남들처럼 산파의 손을 빌리기로 했던 거라네."
"하지만 그 아이는 2022년에 태어난 아이겠죠."
강청식이 재빨리 말을 뱉어내며 치고 들어오자 고혼기는 그의 못된 버릇을 다 알고 있다는 듯이 엄한 눈빛으로 강청식을 노려보았다. 그러곤 짐짓 엄숙한 목소리로 정색하듯 말했다.
"나는 한 번도 김지연에게 2022년에 작업했다는 말을 하지 말라고 한 적이 없었네. 그건 김지연의 욕심이었지. 그녀가 갤러리 나래에서 어머니의 그림자를 지우려고 했는지는 모르겠네. 어쨌든 그건 내 알 바가 아니거든. 기자라고 했나,

자네는? 어쨌든 자네의 말이 맞네. 나는 내 몸속에 1980년대 작품들을 소장해 두고 있네. 그 작품들 말고도 더 많이 있지. 1970년대, 90년대 작품들도 가지고 있네. 내 몸이 사라지면 그 작품들도 다 사라지겠지만. 내 몸이 살아있는 한 나는 여전히 그 작품들을 소장하고 있는 거라네. 이제는 더 이상 그 작품을 현대의 미술 재료에 담아낼 손의 기력이 없는 것이 안타깝네만."

"하지만 세상은 그렇게 생각하지 않을 겁니다. 선생님. 세상 사람들은 그 작품이 1980년대에 만들어진 작품이라고 생각하겠죠. 혹은 어떤 사람들은 2022년에 만들어진 위작품이라고 생각하거나. 어떻게 생각하든 선생님이 자신의 몸속에서 건져낸 1980년대의 작품이라고는 생각지 못할 겁니다. 그런데 선생님 작품의 가장 아름다운 진실은 바로 거기에 있는 거 아닙니까? 선생님이 오래 몸속에 보관해두었던 작품이라는 사실 말이죠."

고혼기는 다시 비 내리는 숲을 바라보고 있었다. 거실에 가득 침묵이 차올랐다. 빗소리가 지붕에서 떨어져 내리며 축축히 거실의 침묵을 적시고 있었다.

고혼기가 입을 열었다.

"기자 양반. 자네는 내게 뭘 원하나?"

강청식이 답했다.

"저는 기자가 아니라 전직 형사입니다."

고혼기가 고개를 끄덕였다.

"그리고 제가 원하는 건 선생님이 세상 사람들에게 직접 작품의 진실에 대해 들려주는 겁니다. 사람들이 오해하지 않도록. 그로 인해 사람들이 선생님의 예술을 알고 있다고 착각하지 않도록. 그 착각이 너무나 비싸게 거래되지 않도록 말이죠."
강청식은 말을 마쳤다. 더는 말할 수 있는 것이 없었다. 이제 고혼기의 선택만이 남았을 뿐이다.

고혼기는 고개를 숙이고 있었다. 그의 목뼈는 너무나 앙상해서 다시는 고개를 들 수 없을 것처럼 보였다. 그는 가만히 무릎에 내려놓은 자신의 두 손을 보고 있었다. 그의 눈빛은 보이지 않았지만, 왠지 공허하고 쓸쓸할 것 같았다.

34.

비는 처절하게 쏟아진다. 비바람 소리에 세상이 지워지고 있다. 강청식은 아스팔트에 뺨을 대고 누워 쏟아지는 빗방울을 느꼈다.

총알이 관통된 복부에서 핏물이 개울처럼 흘러내렸다. 어쩌다 총을 맞았을까? 강청식은 누가 자신을 쐈는지도 알지 못했다.

인터뷰가 녹화된 동영상을 기자에게 건네고 돌아오던 길이었다. 쏟아지는 비를 피해 강청식은 상가 건물들 사이의 어두운 골목으로 들어섰다. 선술집과 국밥집 등이 모여 있는 좁은 골목이었다. 늦은 밤이라 식당들 문은 거의 닫혀 있었다. 그래도 지저분해 보이는 건물 외벽에 종로 포차라는 네온사인 간판이 불을 밝히고 있었다. 강청식은 바람에 곧 날아갈 것 같은 천막 포차에 숨어 들어가 담배에 불을 붙였다. 금세 담배가 빗물에 젖었다. 불이 붙지 않았다. 망할 것! 짜증을 부리며 담배를 집어 던지고 새 담배를 꺼내려고 할 때였다. 갑자기 어디선가 천둥소리 같은 것이 들리면서 종로 포차 네온사인 간판이 땅으로 쿵! 하고 떨어졌다. 그리고 또 한 번 천둥이 쳤다. 비에 젖은 등에서 환한 열꽃이 피는 감각이 일었다. 묘한 현기증과 함께 온몸에서 부질없는 기력이 빠져나가는 느낌이 좋았다. 그것은 이상한 쾌감을 동반한 통증이었다. 강청식은 쓰러졌다.

강청식은 눈을 뜨려 애를 썼다. 눈꺼풀이 천근만근 무거웠다. 자신의 의지로부터 너무 먼 곳에 있는 것처럼 느껴졌다. 마치 고혼기의 늙은 눈꺼풀인 것만 같았다.
'아내가 뭐라고 했었지? 이번 주말? 아니면 다음 주 주말이라고 했었나? 세나를 데리고 밖에서 저녁 식사를 하자고. 세나를 데리고?'
흐려지는 의식을 겨우 붙잡으며 강청식은 아내의 말을 기억해내기 위해 애를 썼다. 그러나 마치 백년 전에 들었던 말인양, 모든 것이 아주 오래된 과거의 일처럼 느껴지기만 했다.

그는 간신히 눈꺼풀을 들어 올리고 뒷골목의 네온사인들이 추적추적 깜박이는 풍경을 보았다. 이것이 어쩌면 자신이 세상에서 보는 마지막 풍경일지도 모른다고 생각하니 피식 웃음이 나왔다. 초라한 레인코트를 입은 부랑아 같은 남자가 저편에서 걸어오는 게 보였다. 아니 멀어져 가고 있는 것일까?

강청식은 손을 들어 그 남자에게 인사를 건넸다.
그의 마지막 인사였다.

작가의 말

모든 사람은 각자의 진실을 가지고 있다. 이 책은 상황과 시각이 달라질 뿐, 진실은 오로지 하나라고들 이야기하지만 진실은 하나여야만 하는가 하는 의문에서 시작되었다.

거짓도 삶이란 복잡한 맥락을 거치면 진실이 된다.
진실도 때로는 거짓이 되기도 한다.
우리는 진실과 거짓이라는 이분법으로 나누기를 좋아한다.
하지만 진실과 거짓은 이분법으로 나누어지는 것인지…

늙은 화가의 손은 그것을 그리는데 좋은 도구가 되었다.
검고 추하고 쪼그라들고 붓조차 들 힘이 없는 메마른 폐허와 같은 손, 한때 힘차게 화폭을 질주하고 붓들을 호령하던 강한 손목의 힘은 어느새 사라져 이제 숟가락조차 떨지 않고는 들 수 없게 된 늙은 화가의 손. 이제 저 화가는 몸이란 우물에서 더는 그림을 길어 올릴 수 없는 것이다. 손이란 두레박이 깨져버렸기 때문에.

화가는 더 이상 그림을 그리지 못하지만 화가의 그림에 세상이 열광한다. 고가에 팔리는 물건들은 항상 소위 가짜를 낳게 된다. 미술시장의 짝퉁들 즉 위작이 넘쳐난다.
과연 이제 더 이상 그림을 그릴 수 없게 된 늙은 화가는, 한때 자신처럼 열정에 넘치는 손을 지닌 젊은 화가들이 자신의 그림을 위조하는 일을 어떻게 생각할까?
단순히 똑같은 그림을 복사하는 것이 아니라, 자신이 일생 그려왔던 소재와 주제를 자신과 똑같은 화법으로 그리면서, 그 그림들을 자신의 이름으로 세상에 내놓을 때, 늙은 화가는 무슨 생각을 하게 될까? 더욱이 그 위조 화가가 자신의 통제하에 놓이게 된다면?
자신의 지시로 그림을 그리게 된다면? 그때 그 그림들은 위작인가? 아니면 어시스턴트를 두고 늙은 화가가 생산한 예술작품인가?

진실과 거짓의 그 모호한 월경(越境)에 대한 이야기를 늙은 화가의 손을 빌려 쓰려 했다. 더불어 그 진실과 거짓의 월경지(越境地)에서 혼란에 빠지는 인물들의 이야기를 하고 싶었다. 화가의 손을 통한 진실과 거짓의 이분법은 비단 예술에 머무르지 않고 우리 삶 곳곳에 자신도 모르는 사이 영향을 받게 된다. 마치 수많은 진실 앞에서 진실 판별기가 되어 '나의 진실만이 진실이다.'라고 말하지만 실은 모두가 가진 또 다른 각자의 진실이 있을 수 있다.

감사하고 싶은 사람들이 많다.
부족한 작품을 읽고 검토해 준 아내와 가족들, 친구들, 그리고 꼼꼼한 손길로 책을 만들어준 이제야 대표와 출판사 식구들에게 깊은 감사의 뜻을 전한다.

2024년

백진호

위작

초판 1쇄	2024년 2월 20일
지은이	백진호
펴낸곳	도서출판 고유명사

펴낸이	이제야, 이미현
기획	김병곤
편집	이제야
마케팅	스튜디오 이제야 1호점
주소	서울시 마포구 성산동 200-341, 402호
전자우편	properbook@naver.com

ISBN   979-11-977273-8-2 (03810)

이 책의 판권은 지은이와 **도서출판 고유명사**에 있습니다.
양측의 서면 동의 없는 무단 전재 및 복제를 금합니다.